本丛书为青岛地方文化研究中心和青岛大学中国文化海外影响力协同创新中心重点规划项目。

　　本丛书获青岛市社科规划办立项，丛书的出版得到青岛市社科规划办及青岛大学中国文化海外影响力协同创新中心的资助。

崂山
文化研究丛书

劳山集校注

刘怀荣　苑秀丽　校注

人民出版社

《崂山文化研究丛书》总序

　　崂山位于齐地之东部，僻处海滨，砥柱洪流，在很长的历史时期里，都属于人迹罕至之地。然崂山之名，不仅在历史上很早就广为人知，而且在当代国际社会，也堪称是东方名城青岛的特殊标志。在国外，如果有人知道崂山而不知道青岛，也许并不是一件不可理解的事。

　　崂山美名的广泛传播，固然与其"三围大海，背负平川，巨石巍峨，群峰峭拔"①、深幽而罕见的自然风光不无关系。而就实际的情形来看，道教及与之相关的一系列神秘文化，也许是引起古今中外人士关注崂山的更重要的因素。在崂山道教正式诞生之前，齐地即已因方仙道、黄老之学以及黄老道而闻名遐迩。这不仅构成了崂山道教特有的显赫"家世"，也成为其后来植根深厚、叶茂枝繁的地域文化沃壤。因此，从汉代的张廉夫、唐末五代的李哲玄，到北宋的华盖真人刘若拙，再到金元之际的全真诸高道，都不约而同地选择崂山作为隐居、修道之所，可谓英雄所见略同。崂山道教后来能发展为"道教全真天下第二丛林"，出现"九宫八观七十二庵"的盛况，虽离不开全真教历代高道的大力弘扬，但神秘独特的自然环境与悠久深厚的文化传统，更是缺一不可的。

　　崂山道教的发展，进一步提升了崂山的知名度。从明代万历年间起，佛教中人也开始把目光投向这里，但道教在这里有深厚的根基，晚

---

　　① 《道藏》第25册，文物出版社、山海书店、天津古籍出版社联合出版，1988年版，第819页。

来的佛教注定无法占据上风。憨山、自华、慈霑，虽然都是僧人中的佼佼者，但憨山所建海印寺在万历佛道之争中被毁，即墨黄氏、周氏两大家族为自华所建的洪门寺（又名西莲台），到了清代乾隆末年就已倾圮。只有慈霑任第一代住持的华严庵，经数次重建，后更名为华严寺，至今仍存，这也是崂山目前唯一的佛寺。虽然崂山佛教远不如道教兴盛，但同样不可忽略。

山海胜境、神仙传统，吸引了道、佛二教，而这三大资源的汇合，进而引发了世人无穷的好奇之心。虽然道路崎岖难行，历代仍不乏名人雅士前来探胜观光。直到德国占领青岛期间（1897—1914），开辟登山通道十六条。此后，沈鸿烈主政青岛时期（1932—1937），进山道路得到进一步的修缮，游人更是接踵而至。而古今文人墨客来游者，往往将人生之悟、身世之慨与山水之美融为一体，即兴为文。岁月沉积既久，不仅道佛文化自成体系，自有历史，名人也为崂山日益增色，他们留下的那些流布人口、传之后世的诗词文赋，更成为崂山人文的重要组成部分，使这座清奇幽深的名山，增加了更加丰富深沉的人文意味。因而，梳理、总结崂山之人文，也就显得更加重要。在这方面，古人已经做了很多，从明末黄宗昌撰写第一部《崂山志》、近代太清宫道士周宗颐撰写《太清宫志》起，修撰各类《崂山志》及探究崂山道教历史发展者，实在不乏其人。因而，崂山宗教文化与历史、来游崂山的名人及其诗文著述，已在无形中构成了人文崂山的重要组成部分。尤其在每年前来崂山的游人动辄过千万①的今日，把崂山文化以通俗易懂的方式，准确地

① 据崂山区统计局《2012年崂山区国民经济和社会发展统计公报》、《2013年崂山区国民经济和社会发展统计公报》，2012年崂山区接待海内外游客995万人次，其中，国内游客863.5万人次，入境游客131.5万人次；2013年接待海内外游客1147万人次，其中，国内游客1119万人次，入境游客28万人次。分别见崂山区委区政府门户网站"崂山统计局"，http://tjj.laoshan.gov.cn/n206250/n500254/index.html，2013年2月5日、2014年2月21日。

介绍给所有海内外游客，就显得更为重要。

这样的一种认识，对我们来说并非一时的心血来潮。早在笔者初到青岛工作的1992年，就发现崂山道教史及文化史的相关介绍中，存在着不少似是而非的问题。1993年9月15日至18日，中国旅游协会旅游文学专业委员会（中国旅游文学研究会）第六届年会暨93青岛国际旅游文化研讨会在青岛市召开，会议由青岛大学文学院具体承办。笔者当时提交的论文是《崂山道教及其在中国道教史上的地位》（后刊于《东方论坛》1995年第3期），这是我探讨崂山道教文化最早的一篇文章。自此之后的二十多年来，我本人断断续续写了一些有关崂山道教、崂山志或崂山文化的文章，也尽可能收集了与崂山文化有关的典籍。其间，还在青岛市崂山文化研究会中负责过宗教文化专业委员会的工作。研究会出版的《崂山研究》第一辑（中国海洋大学出版社2006年版）、第二辑（中国海洋大学出版社2008年版）所收的一批论文，也可以看作是在上述认识的指导下，组织部分师友所做的一点工作。当时的参与者，有两位也是本丛书的作者。

经过多年的思考和准备，我们逐渐形成了选择典型的专题和典籍对崂山文化进行系统整理的思路。苑秀丽教授与笔者共同出版的《崂山道教与〈崂山志〉研究》（中国社会科学出版社2011年版）一书，是这项研究工作的第一部著作。与此同时，我们启动了本丛书的写作。丛书围绕典型专题与代表性典籍两大重点，首先选定了如下七本著作作为第一批研究课题：

《崂山道教与佛教研究》，通过历史文献和田野调查的方式，全面收集崂山道教、佛教的相关史料，对崂山宗教的发展历史、重要事件、高僧高道、宫观兴废等进行系统、深入的研究，考镜源流，订正讹误，在前人研究基础上，对崂山道教、佛教做进一步深入的探讨。

《崂山文化名人考略》，对先秦至近现代的崂山文化名人进行全面梳理，将一千多位崂山文化名人分为本籍文化名人、寓居文化名人、记游文化名人、宗教文化名人四大类，对他们的生平和与崂山相关的事迹及著述等进行研究和考证，增补前人著述之缺漏，订正以往研究之舛误。尽可能完成一部集学术性、工具性、资料性为一体的崂山文化名人研究著作。

《崂山志校注》，对明末即墨人黄宗昌父子所撰的第一部《崂山志》进行全面的校勘、整理和注释。以民国二十三年（1934）本为底本，仔细参校手抄本、民国五年（1916）本《崂山志》及嘉庆十三年（1808）刻本《崂山名胜志略》等其他 7 个版本，对各本择善而从。同时，纠正以往各本失误，并广泛参考各种相关书籍，对书中的难解字词、重要事件、历史人物、典章制度、宗教知识等，做出准确、简洁、通俗的注释。力争为读者提供一个最好的《崂山志》校注本。

《劳山集校注》，《劳山集》为近人黄公渚（1900—1965）歌咏崂山美的专集，收词 137 首，诗 138 首，游记 13 篇。在众多歌咏崂山的文集中，地位独特，成就突出，甚至可以说至今无人能出其右。《劳山集》初印于香港，无标点，且在内地从未正式刊印。本书首次对《劳山集》进行标点、校勘、注释，并对黄公渚生平、创作、学术等做了初步研究，是国内外第一部《劳山集》标点排印本和校注本。

《周至元诗集校注》，周至元（1910—1962）著有《崂山志》、《游崂指南》、《崂山名胜介绍》等多部介绍崂山的著作。其《崂山志》也是黄宗昌《崂山志》之后最具代表性的一部。他存世的一千余首诗歌，也多写崂山，但至今没有一个全本。本书以周至元子女自费印刷的《周至元诗文选》（1999 年）、《懒云诗存》（2007 年）为基础，全面搜集周至元存世诗歌，并做了详细的校勘、注释和订讹，是收集周至元诗歌最全的第一个注释本。

《崂山诗词精选评注》，从历代数千首崂山诗词中精选了从唐代至近代一百五十多位诗人歌咏崂山的诗、词二百余首，每首诗词在原文下，均介绍作者生平事迹，疏解难解字词，并从诗词内容和艺术特点切入，对诗词加以简要的评析。

《崂山游记精选评注》，从各种文献记载的众多崂山游记中，精选29篇游记，对每篇游记进行细致校勘，纠正前贤的校点失误，对难解字句、典章制度、宗教知识等做了通俗的注解，并从艺术上做了简洁的评析。

上述七部著作，或立足于崂山道教佛教和文化名人，或选择最具代表性的崂山文化典籍，或精选历代崂山游记和诗词中最有代表性的篇章，以点面结合、突出重点的方式，对崂山文化最有代表性的部分，进行研究和整理，将其中最精华的部分介绍给读者。我们相信《丛书》的出版，将为读者也为海内外游客了解青岛和崂山开启一扇全新的窗户，对于提升崂山和青岛知名度、推动地方旅游发展，改变青岛文化底蕴相对不足的现状，都将起到积极的促进作用。

七部著作均为青岛市委宣传部与青岛大学合作共建的青岛地方文化研究中心的规划项目，分别在2013年和2014年，获批为青岛市社科规划办重点资助项目。青岛市委宣传部理论处处长、规划办主任王春元博士及相关评审专家，对项目给予了高度肯定。他们的鼓励和支持，是我们完成丛书不可缺少的动力；我校分管文科的副校长夏东伟教授，科研处张贞齐处长，社科办主任、科研处副处长欧斌教授，也都始终关注着项目的进展。正是他们的支持，丛书才得以在较快的时间内完成并面世。在此要首先表示真诚的感谢！

丛书出版过程中，人民出版社以贺畅老师为代表的一批优秀编辑和校对，对书稿内容多有订正，其严谨的编校作风，扎实的专业功底，不仅使丛书消除了很多失误和不足，也给我们留下了很深的印象。在此我愿代表课题组全体成员，表达崇高的敬意和谢意！

　　丛书的作者都是高校研究中国古代文学和传统文化的教师，没有大家数年来的共同努力，这套丛书也许还在进行中。重点研究以山海胜境和神仙传统为依托而形成的宗教文化、名人（家族）文化及各类重要典籍，是包括课题组成员、青岛市古典文学研究会成员在内的一批在青工作的同道，对青岛地方文化研究坚持多年的一个基本思路，也是我们多年来"中心藏之，何日忘之"的愿望。如果这套丛书的出版能成为一个良好的开端，为地方文化研究的深入起到抛砖引玉的作用，则正是我们所衷心期望的。

刘怀荣

2015 年 4 月 8 日于青岛大学

目　录

前　言

在青岛近代史上，曾有过一批长期或短期寓居的文化名人。2003年，青岛市政府将20处名人故居列入"青岛文化名人故居"名录，并设置了标志牌。康有为、杨振声、洪深、王献唐、王统照、闻一多、老舍、梁实秋、沈从文、陆侃如与冯沅君、华岗、萧军与萧红、舒群、刘知侠、张玺、童第周、朱树屏、束星北、赫崇本、毛汉礼，都名列其中。2014年11月，青岛市又新增22处名人故居，赵太侔、台静农、周叔迦、蒋丙然、吴郁生、吕美荪、周钟岐、陈干、林济青、栾调甫、王度庐、丁西林、黄公渚、刘芳松、孟超、丛良弼、何思源、熊希龄、王正廷、孔祥熙、周志俊、丁惟汾22人入选。

在众多寓居青岛的文化名人中（还有不少不在上述42人之列），黄公渚是非常特殊的一位。之所以这样说，一是因为他在青岛生活的时间很长，约有34年；二是他在诗、词、文、书、画方面具有超越时辈的成就；三是他为我们留下了专咏崂山的数百首诗词和13篇游记。这三点合在一起，似乎没有人能和他相比。尤其是《劳山集》，在歌咏崂山的文学作品中，前无古人，独树一帜，值得我们认真阅读和研究。

黄孝纾生于1900年，本是福建省闽侯县（今福州市）人，字公渚、颖士，号匑庵（匑厂），别号霜腴、辅唐山民、灌园客、沤社词客、天茶翁、福唐天茶翁、福唐甘龙翁等。他的父亲黄曾源（1857—1935），字石荪，号槐瘿。清末进士，曾任青州知府、济南知府。宣统退位后，于1912年举家迁居青岛，寓居湖南路51号，后迁至观海二路3号甲。黄孝纾的少年时代即在青岛度过，就读于礼贤中学。自称"少长山麓，日对三标、石门诸峰"（《劳山集·东海劳歌》自序）。直到1924年，他受著名藏书大家刘承干之聘，南下主持嘉业堂。才移居上海、南浔。嘉业堂在全盛时期（1925—1932）藏书约1.3万种，18万册，60万卷，是当时最大的私人藏书楼。其中有宋本79部，元本84部，共计163种；明刊本约2000余部；稿本、钞本、校本2000余种；地方志书4000余部1192种。1924年至1934年的10年间，黄公渚沉潜于这些珍本古籍中，成为一位饱学之士。而上海以晚清遗老为代表的文学群体与《青鹤》杂志，则为他施展诗、词、文、画等方面的杰出才华提供了极好的舞台，使他迅速成长为一位全才式的大家。

1934年，黄公渚回到青岛，先后两度任山东大学中文系教授，一是1934年至1936年，一是1946年至1965年去世。前则和闻一多、梁实秋、黄敬思、张煦、洪深等为同事，后则与中文系的冯沅君、陆侃如、高亨、萧涤非等几位先生并称"五岳"。20世纪50年代以来，他还担任过青岛市政协第二届（1959年5月至1963年10月）与第三届（1963年10月至1966年4月）委员和常委、山东省美协会员、青岛市文联常委等。1958年秋，山东大学的主体部分迁往济南，黄先生仍留在青岛从事古典文学研究，并指导古典文学研究生，直至1965年去世。他前后约有34年生活在青岛，与青岛结下了深厚的情缘。

黄公渚的文学艺术才华，在当时即得到了较为广泛的认可。他很早即以骈文驰誉文坛，与孙德谦、李祥、刘师培并称民国骈文四大家。他的诗、词创作，得到陈三立、况周颐等耆宿名流的指点和高度评价。在上海期间，他与一批前清遗老交往密切，曾从一代宗师陈三立和词学大师况周颐问学，并与陈三立、朱祖谋、潘飞声、夏敬观、吴昌硕、诸宗元等前辈名流唱和。是著名词社"沤社"的重要成员、著名同仁刊物《青鹤》的特约撰述人。他的文学才华，在《匋庵文稿》、《碧虑商歌》、《劳山集》等诗文词集中均可得到印证。

在现存的著作中，据作者手稿影印的《劳山集》是一部歌咏礼赞崂山自然山水美景的诗词文专集，集中显示了黄公渚对崂山的特殊情

感。《劳山集》分为三部分，一是《东海劳歌》，为词集，收录词 137
首；二是《劳山纪游集》，又名《七十二叠山房纪游稿》，是诗集，收
录诗歌 138 首；三是《辅唐山房猥稿》，为游记集，收录游记 13 篇。
《东海劳歌》卷首有叶恭绰、瞿蜕园、龙榆生、汪公严、许宝衡、夏仁
虎、王琴希、朱西溪、吴则虞等名家题词，《劳山纪游集》卷首有黄云
眉、叶恭绰、张伯驹、周至俊等名家题词。诸家题词对《劳山集》评
价甚高，如词作部分叶恭绰的题词说：

> 综读全卷，以一人之词，遍咏一山之胜，至百十阕，昔人无是
> 也。抑模山范水，幽奇巉削，光奇陆离，拟之正则、相如、灵运、
> 明远、郦亭、杜陵、辋川、昌谷、柳州、介甫、皋羽、铁崖、友
> 夏、石巢之文与诗，殆一炉而冶之，词中亦无是也。余诵古人之词
> 至万余首，不得不推此为苍头异军，不但于沤社拔戟自成一队而
> 已。山水有灵，定惊知己。

龙榆生题词也说：

> 读《东海劳歌》，咏二劳风物之作，如饮醍醐，如入宝山，如
> 对魏晋间人语，如读二谢诗，如观荆、关、董、巨画，令人目眩神
> 移者久之，并世词流，允推独步矣。稿中有冯蒿庵、朱彊村、王病
> 山、况蕙风诸老及并世诸贤评语，备至钦挹。以唐宋歌儿传唱之杂
> 曲，写万壑千岩之胜地，千年来，无若兹集之富艳精工者。名山馨
> 业，传后无疑。

诗部分黄云眉题词说：

> 翁厂先生诗峭丽逋逸，余谓极类厉太鸿。然太鸿栖止湖上数十
> 年，流连光景不可谓暂，而集中纪游之作，尚不及先生游劳山篇什
> 之富。盖自有先生诗而劳山乃真无留胜。先生之善于吐纳空灵，平
> 章林瀑，又太鸿之所宜惊叹绝叫者。今日飞轮戚速，千里若接。造
> 化镵削，将无隐而弗显，劳山之必为游屐所麇固无疑。使与先生诗
> 足资印证之岳君纪游文合刊，以告来兹，固大公之义所当尔也。劳
> 山之名，宁人以还，迄无确训。然予谓继此以往，济胜有所藉，入

3

深有所道，则劳山之不能复解为登者之劳，必自是编始矣。

词和游记部分，多数篇章之后，又有著名文人学者的点评。为《东海劳歌》点评者计有王病山、况蕙风、冯回风、瞿蜕园、叶遐庵、徐仲可、夏映厂、林仞厂（忍庵）、潘兰史、冯蒿厂、陈苍虬、冒广生、陈焦厂、程子大、王西神、朱彊村、郭蛰云、路瓠厂、龙榆生19人；为《辅唐山房猥稿》点评者，计有陈散原、陈苍虬、高云麓、王病山、潘兰史、袁蠹厂、曾克端、刘经庐、李拔可、谭泽闿、吴郁生、张季骧、叶莆孙、赵孝陆、周志元、夏枝巢、邢冕之17人。上述36人，大多为当时文学、艺术领域里非常著名的文人。关于他们对《劳山集》的评价，兹举数例，以见一斑：

《瑞龙吟·春日游上清宫牡丹花下作》，况周颐评曰："下笔镇纸，言有寄托。"

《桂殿秋·劳山顶近区纪游》，瞿蜕园评曰："以明人游记中之奇秀语，入花间雅调，岂古人所及见？"

《鹧鸪天·与袁道冲游石老人村口占》，冯蒿厂评曰："感喟苍凉，瓣香稼轩。"

《哨遍》（水以九名），夏敬观评曰："惨淡经营，章法完整。后半喷薄而出，极组舞磬控之致，嗣响须溪，纯以气胜。"

《青玉案·雕龙嘴观海》，朱彊村评曰："意境高浑，笔力奇肆。"

《石老人游记》，陈散原评曰："寓心之文，不徒以写景见长。"

《外九水游记》，谭泽闿评曰："模山范水，笔具化工，步逐《水经注》而少变其体。"

《游华楼宫记》，刘经庐评曰："意境高远，文笔清丽，此下笔不受古人牢笼，而能自得其诀者。"

上述评论者，多名著一时。如冯煦、况周颐、陈三立、朱彊村、瞿蜕园、夏敬观，即使在今天看来，也仍是一代宗师级的人物。这些先辈因都与黄公渚有较深的交谊，他们对《劳山集》的推崇，自有作为前辈对后辈的赞赏在，但以他们的见识和他们在当时的地位而言，这种赞赏绝非虚誉，而是实事求是的。

事实上，《劳山集》以不同文体对崂山自然美景所做的细致、逼真的描摹刻画，固然在崂山文化史上是空前的，在中国山水文学史上也是极为独特的。更为重要的是，在同类作品中，黄公渚的游记广泛吸收了传统游记名篇的技法，又有自己的创新，因而别具特色。而他的数百首咏崂山的诗词，从数量和艺术水准来说，在历代咏崂山的诗词中都达到了无人可以企及的水平。

凭借绘画方面的过人才华，黄公渚在嘉业堂就职期间，就与活跃于上海的著名国画家汤涤、陈曾寿、夏敬观、叶恭绰、黄宾虹等人共同组建了上海"康桥画社"。而《劳山集》中的《劳山纪游百咏》，在咏崂山的一百首诗歌之外，还配有一百幅山水画。其小序曰：

> 癸酉乙亥间，余逭暑劳山饭店，时偕岳子廉识，遍游山中名胜。道途所经，参诸志乘，询之父老，每有所得，记以小诗。日积月累，得七绝乙百章，并图其迹，以当卧游。

可惜的是这一百幅崂山山水画在十年浩劫中几乎全部被毁。晚年定居青岛期间，黄公渚与赫保真、杜宗甫并称青岛画界三老。当时短期寓居或来青岛的文化名人，尤其是文人、画家，大多会登门拜会黄公渚。仅从《劳山集》就可发现，蔡元培、张伯驹、潘素、启功、惠孝同、路金坡、谭延闿、刘福姚、袁道冲等一批名流，都曾与黄公渚同游崂山。黄公渚的同学周至俊说黄公渚"于文笔诗词无不精，兼擅绘事"。即墨诗人周至元则以"才兼三绝诗书画，辞具众长词赋歌"（《呈正〈崂山志〉稿赋感七律二首》其一）对黄公渚给予高度赞誉。著名诗人、画家，也是黄公渚的忘年交夏敬观，对黄公渚的评价极高："闽县黄公渚孝纾，亦号匑庵，著有碧虑移诗词，兼工骈散文，善绘画。其词怀抱珠玉。胎息骚雅，年力甚富，当进而颉颃叔问（郑文焯字叔问）也。"（《忍古楼词话》）他还有诗称赞黄公渚诗画艺术："在昔曰摩诘，画中常有诗。非惟画则然，于诗亦有之。画与诗诉和，诗待画发挥。即诗而即画，相依勿相离。翘厂工诗者，人称为黄师。不知其画妙，乃亦其诗奇。"这样的评价，黄公渚是完全当得起的。

作为不可多得的一代宗师，黄公渚的崂山画作虽然毁于动乱之中。但幸运的是，他的《劳山集》完整地保存了下来。这是崂山之幸，青岛之幸，也是中国山水文学之幸。鉴于《劳山集》从未在大陆刊印，今天学术界知道这部集子的人也不是太多，更遑论一般读者。故笔者近年来于教学之余，展读《劳山集》，在卧游之外，勘定字词，斟酌训诂，对《劳山集》做了初步的校注。现将本书相关体例与具体工作简要说明如下。

现存《劳山集》是台湾文海出版社以王则潞香港影印本为底本再次影印，文字为黄公渚先生亲手抄写。本书以文海本为底本，参校山东省图书馆特藏部藏《劳山集》（词部分）1962 年油印本，并参阅黄公渚《翱庵文稿》、《碧虑商歌》，及周至元《崂山志》、黄肇颚《崂山续志》等崂山文化典籍。因《劳山集》参校本不多，所以校勘记不再单独列出，而是与注释放在一起。

《劳山集》原文手抄本无标点，本书对相关文字全部标点，词作部分还增加了词牌名的简要介绍，对于集中所用词调尽量做出说明。

为避免繁琐，书中异体字，如词作部分《闲中好》中的"埜"（野），《哨遍》中的"敂"（扣）、"埶"（势），《七娘子》中的"緐"（繁），《一剪梅》中的"吅"（叫）等，皆一律改为如括号内通用字，不再一一说明。

原书少数模糊、难以辨认的字，则以"□"代替。

黄公渚交游广泛，同游崂山、相互唱和及对《劳山集》中的词和游记进行点评者，如陈三立、况周颐、朱祖谋、夏敬观、叶恭绰、黄云眉、张伯驹、潘素、龙沐勋、路金坡、启功等，多为当世名流。弄清楚他们的生平及与黄公渚的交游情况，是校注的重点之一。特别是这些人中也有不少处于被遗忘的境地，钩沉其生平，不仅有助于《劳山集》的阅读，对于重新审视民国文化和重写中国 20 世纪文学史，都是很有意义的。

　　《劳山集》为黄公渚实地游览崂山的诗、词、游记专集，是对崂山山水美景的写实，所以地名皆有来历。从地理学的角度，对这些地名做出清楚明白的解释，是校注工作不可回避的难点之一。

　　黄公渚才高学富，凡书中难解字词、典故，都尽可能做了简要注释，以便读者阅读。

　　卷末附录，包括《黄公渚先生生平、创作与学术成就述略》、《黄公渚教授的诗文创作与治学特点》、《黄公渚与周至元交游考》等几篇专门研究黄公渚的论文，使读者在阅读《劳山集》的同时，也能深入了解黄公渚其人。

　　本书是《劳山集》的第一个标点校勘本，也是第一个注本，几乎没有可资参考的著作。限于学力和水平，错谬之处还请方家批评指正。

自　序

　　自古佳山水、名文章获显于世，恒视乎力之所至。济胜有具，力足以胜山水，而后其游始快；纪游有作，力足以称景物，而后其文乃工。造物殚全力缔构[1]，而有名山大川。名山大川负全力，极宇宙嶔崎浩溔瑰玮[2]之观以待人领取，游者各就力之所得，而有丰嗇[3]浅深不同。游焉不能穷其胜，与习焉不能阐诸心声，皆力有未[4]逮耳。

　　劳山天下之壮观也，峰峦、河流、瀑布、涧谷以及精蓝、洞府、浮图、亭观，可指名者以百数。三面襟大海，东西绵亘二百余里，绝顶为巨峰，海拔一千三百三十有公尺，孕育万汇，擅山海之胜，岱宗莫能争奇也。自祖龙除道东归后，游者惮于登陟之劳，罕涉其境。唯修真禅栖之士隐其间，狎焉而不能言，以故山之全力受自天者未尽宣泄。将毋显晦有时，运会未至耶？

　　余性好游，而有羸疾[5]。少长山麓，日对三标、石门诸峰，神游焉，未暇探其奥。甲子丙寅[6]间，始偕友就力所胜，间一游焉。乙亥[7]夏，养疴[8]九水，得以其隙，穷极幽隐，成《劳山百咏》。嗣后游渐数，篇章日增。今老矣，虑其放佚，钞存词及诗、文汇为三卷，名曰《劳山集》。呜呼！年运一往，无足把玩，而心力所殚，殆尽于兹欤？顾就游跻[9]所至，以为能尽山之秘乎？未必然也。即其观览之所得之篇什，以为能尽耳目之奇乎？亦未必然也。禀赋屡薄，文质无所底，力之所限，不可勉强，夫亦可以哀其志矣。

　　世运日新，来轸方遒[10]。继兹以往，必有大力者挟其胜具与惊人之笔，穷岨[11]极幽，藻饰胜践[12]，所得于游与诗歌，将有十百于余者。庶几山之全力获尽泄天壤间，名与五岳争长，则斯篇其嚆矢[13]焉。

天荼翁黄翊厂识

注释：

　　[1] 缔 [dì] 构：缔造，经营开创。

　　[2] 嵚崎浩浒瑰玮：嵚崎 [qīn qí]：亦作"嵚奇"，险峻，不平。比喻品格卓异。浩浒 [hào hàn]：亦作"浩汗"，水盛大貌。形容广大繁多。瑰玮 [guī wěi]：事物珍贵奇异。

　　[3] 丰啬：油印本作"多寡"。

　　[4] 未：油印本作"不"。

　　[5] 赢 [léi] 疾：瘦弱，衰弱。

　　[6] 甲子：民国十三年（1924），丙寅：民国十五年（1926）。

　　[7] 乙亥：民国二十四年（1935）。

　　[8] 养疴 [kē]：养病。

　　[9] 跷 [qiāo]：脚向上抬。

　　[10] 来轸 [zhěn]：后继之车，比喻相续而来的人或事。道 [qiú]：强劲有力。

　　[11] 岨 [jū]：上面有土的石山，或上面有石的土山。

　　[12] 胜践：胜游。

　　[13] 嚆 [hāo] 矢：响箭。因发射时声先于箭而到，故常用以比喻先声，或事物的开端或者先行者。

东海劳歌①

题 词

题词一

　　综读全卷，以一人之词，遍咏一山之胜，至百十阕，昔人无是也。抑模山范水，幽奇巉削，光奇陆离，拟之正则[1]、相如[2]、灵运[3]、明远[4]、郦亭[5]、杜陵[6]、辋川[7]、昌谷[8]、柳州[9]、介甫[10]、皋羽[11]、铁厓[12]、友夏[13]、石巢[14]之文与诗，殆一炉而冶之，词中亦无是也。余诵古人之词至万余首，不得不推此为苍头异军[15]，不但于沤社[16]拔戟自成一队[17]而已。山水有灵，定惊知己。惜余耄矣，不能蜡屐再从君后，冥想太清华楼，徒萦魂梦，姑就诸作，略加评泊[18]，聊比卧游，且证此道尚有可辟之境界耳。

番禺叶遐庵[19]识

注释：

　　[1] 正则：屈原（约前340—前278），战国时期楚国诗人。名平，字原，又名正则，字灵均。

---

　　①　以台湾文海出版社《劳山集》为底本，以山东省图书馆馆藏油印本（简称油印本）《劳山集》（词部分）参校。原书《题词》在《自序》前，今据全书体例改。

[2] 相如：司马相如（约前179—前118），字长卿，巴郡安汉县（今四川省南充市蓬安县）人，一说蜀郡（今四川成都）人，西汉大辞赋家。

[3] 灵运：谢灵运（385—433），东晋名将谢玄之孙，小名"客"，人称谢客。又以袭封康乐公，世称谢康乐。南朝刘宋时期杰出文学家，著名诗人，是中国山水诗派的开创者。

[4] 明远：鲍照（约415—470），字明远，南朝刘宋时期文学家，著名诗人，与颜延之、谢灵运合称"元嘉三大家"。他长于乐府诗，其七言诗对唐代诗歌的发展起了很重要的作用。

[5] 郦亭：郦道元（约470—527），字善长，范阳涿县（今河北涿州）郦亭人。北朝北魏地理学家、散文家，著有《水经注》四十卷，这里是以籍贯代指作家。

[6] 杜陵：杜甫（712—770），字子美，唐朝河南巩县（今河南巩义市）人，自号少陵野老。唐代著名诗人，在中国古典诗歌史上影响深远，被尊为"诗圣"。后世或称为杜拾遗、杜工部、杜少陵，少陵为杜少陵的省称。

[7] 辋川：王维（701—761，一说699—761），唐朝河东蒲州（今山西河津县）人，唐代著名诗人、画家，字摩诘，号摩诘居士，曾任尚书右丞，世称"王右丞"，因笃信佛教，有"诗佛"之称。晚年在辋川购宋之问别墅，其《辋川集》专咏辋川山水美景。

[8] 昌谷：李贺（790—816），唐代著名诗人，字长吉，河南福昌（今河南洛阳宜阳县）人。因家居福昌昌谷，后世因此称他为李昌谷。

[9] 柳州：柳宗元（773—819），字子厚，河东（今山西芮城、运城一带）人，唐宋八大家之一，唐代文学家、哲学家、散文家和思想家，世称"柳河东""河东先生"，因官终柳州刺史，又称"柳柳州"。

[10] 介甫：王安石（1021—1086），字介甫，号半山，人称半山居士。江西临川人（今江西省抚州市临川区），曾被封为荆国公。世人又称"王荆公"。中国历史上杰出的政治家、思想家、文学家、改革家，唐宋八大家之一。

[11] 皋羽：谢翱（1249—1295），南宋末散文家、诗人。字皋羽，晚号晞发子。福州长溪（今福建霞浦县）人。著有《晞发集》、《西台恸哭记》，编有《天地间集》、《浦阳先民传》等。

[12] 铁厓：即铁崖，"厓"古文同"崖"。元末明初著名文学家、书画家杨维桢（1296—1370），字廉夫，号铁崖，会稽（浙江诸暨）人。与陆居仁、钱惟善合

称为"元末三高士"。泰定四年（1327）进士。历天台县尹、杭州四务提举、建德路总管推官。元末农民起义爆发，避寓富春江一带，张士诚屡召不赴，后隐居江湖，在松江筑园圆蓬台。有《东维子文集》、《铁崖先生古乐府》行世。

［13］友夏：谭元春（1586—1637），字友夏，湖广竟陵（今湖北省天门市）人。与同乡钟惺合编有《唐诗归》、《古诗归》，两部诗选在当时名噪一时，影响极大。二人同为明代后期文学流派竟陵派的主要代表人物。著有《谭友夏合集》。

［14］石巢：阮大铖（1587—1646），字集之，号圆海、石巢、百子山樵。安徽桐城（今安庆市枞阳藕山）人。明末政治人物、戏曲作家。以进士居官后，先依东林党，后依魏忠贤阉党，崇祯朝终以附逆罪罢官为民。明亡后在福王朱由崧的南明朝廷中官至兵部尚书、右副都御史，与马士英狼狈为奸，对东林、复社文人大加迫害，南京城陷后乞降于清，后病死于随清军攻打仙霞关的石道上。所作传奇今存《春灯谜》、《燕子笺》、《双金榜》和《牟尼合》，合称"石巢四种"。

［15］苍头异军：即异军突起、异军特起。本指另组一支军队，自树一帜。语出《史记·项羽本纪》："少年欲立婴便为王，异军苍头特起。"裴骃《集解》引应劭曰："苍头特起，言与众异也。苍头，谓士卒皁巾，若赤眉、青领，以相别也。"这里指黄公渚《劳山集》中的词能融汇诸家之所长，独树一帜，自成一体。

［16］沤社：民国时期的重要词社，1930 年秋冬之际成立于上海。社员 29 人，来自于全国各地，有著名词学家、清代遗老、民国政要、书画名家、大学教授等。其词作特色鲜明，在词集文献整理、词选编纂、词话写作、词学研究等方面也有杰出的成就。朱祖谋、叶恭绰、夏敬观、龙榆生、黄公渚等均为沤社成员。

［17］拔戟自成一队：独当一面，别具一格。

［18］评泊：评说，评论。

［19］叶遐庵：叶恭绰（1881—1968），字裕甫（玉甫、玉虎、玉父），又字誉虎，号遐庵，晚年别署矩园，室名"宣室"。广东番禺人，出身书香门第，祖父叶衍兰（兰台）金石、书、画均闻名于时，父叶佩含诗、书、文俱佳。早年毕业于京师大学堂仕学馆，后留学日本。曾任北洋政府交通总长、孙中山广州国民政府财政部长、南京国民政府铁道部长。1927 年出任北京大学国学馆馆长。中华人民共和国建国后，他曾任中央文史馆副馆长，第二届全国政协常委。精于诗文、考古、书画、鉴赏。擅长楷、行、草各体，尤擅大字榜书，崂山"潮音瀑"三字即出自他的手笔。著作甚丰，主要有《遐庵诗》、《遐庵词》、《遐庵谈艺录》、《遐庵汇稿》、

《交通救国论》、《历代藏经考略》、《梁代陵墓考》、《矩园馀墨》、《叶恭绰书画选集》、《叶恭绰画集》等。另编有《全清词钞》、《五代十国文》、《清代学者像传合集》、《广东丛书》等。是中国现代书画大师，20世纪著名文人、收藏家，重要的美术活动家和组织者。1934年5月，与当时青岛市市长沈鸿烈共同发起并创办湛山寺，"居青岛两月，穷山水之胜。北九水有大瀑布无名，先生名之曰'潮音瀑'"（俞诚之编《退庵汇稿》，沈云龙主编《近代中国史料丛刊》第十六辑，文海出版社1966年版，第358—359页）。叶恭绰与黄公渚诗词酬唱，私交甚笃。

题词二

二十年前，与黄子匊庵同旅春明，[1]削牍染翰[2]，匪伊朝夕。哲弟墅厂几于无会不与。观其棣华双秀[3]，博涉多能，辄有邺下论才八斗尽在君家之叹。时迳迹阻，往梦销沉。索居寡闻，自怜衰退。忽承以所著《东海劳歌》见示，贯珠联璧，视昔所尝奉教者，精光奕奕，殆又过之。

词家以纂组宫商为事[4]，虽复家有龙泉，人怀盈尺，终不能窘于重规袭矩。今君乃摄自然之象，抒独铸之词，既艳且雅，不苟于同。以[5]柳州之导源郦亭，貌殊而神会。岂赤城冥奥，足以荡写灵襟。抑遣有涉无之旨，遘[6]神秀而益濬，如兴公之赋[7]，能拔帜于班、张、潘、陆[8]之外邪！云涛茫茫，山花寂寂，抚卷结想，我劳如何？缀此短语，以代书问。

长沙蜕园瞿宣颖[9]，时年六十有九

注释：

[1] 春明：唐都长安有春明门，因以指代京城。

[2] 削牍染翰：牍，古时削薄竹木成片，用以书写的版。有误则刮去重写，谓之"削牍"。翰，即毛笔。染翰指以笔蘸墨。后用以指写诗、作画，泛称书写、撰述。

[3] 棣华双秀：指兄弟二人都才华出众。《诗·小雅·常棣》："常棣之华，鄂

不韡韡。凡今之人,莫如兄弟。"后因以"棣华"喻兄弟。

[4] 词家以篆组宫商为事:《西京杂记》卷二记载,司马相如回答盛览作赋方法时说:"合篆组以成文,列锦绣而为质,一经一纬,一宫一商,此赋家之迹也。赋家之心,包括宇宙,总览人物。斯乃得之于内,不可得而传。"

[5] 以:油印本作"似"。

[6] 同"构",形成。

[7] 兴公之赋:孙绰(314—371),字兴公,东晋玄言诗人。任临海章安令时,写过著名的《游天台山赋》。

[8] 班、张、潘、陆:指东汉班固、张衡,西晋潘岳、陆机,四人均为著名赋作家。

[9] 瞿宣颖(1894—1973),别名益锴,字兑之,简署兑,号铢庵,晚号蜕厂、蜕园。湖南善化(今长沙市)人,晚清军机大臣瞿鸿禨之子。毕业于上海复旦大学。北洋政府时期,曾任国史编纂处处长、国务院秘书长、编译馆馆长等职务。后在南开大学、燕京大学、清华大学、辅仁大学等校任教。曾师从王闿运学古文,能诗词,擅书画,精通文史掌故。新中国成立后任上海市政协委员。著有《中国社会史料丛钞》、《汉代风俗制度史》、《人物风俗制度丛谈》、《方志考稿甲集》、《北平建置谈荟》、《北平史表长编》、《同光间燕都掌故辑略》、《燕都览古诗话》、《铢庵文存》、《骈文概论》、《杶庐所闻录 养和室随笔》、《汪辉祖传述》、《李白集校注》(全四册)、《汉魏六朝赋选》、《通鉴选》、《汉书故事选》等,编有《长沙瞿氏丛刊》、《补书堂诗录》等。其骈文造诣很高,与黄孝纾并称为民国骈文两大家,两人交情很深。黄孝纾《劳山集》(词部分)油印本刊于1962年7月,这一年瞿宣颖正好69岁,题词当写于油印本刊印后不久。

题词三

读《东海劳歌》咏二劳风物之作,如饮醍醐[1],如入宝山,如对魏晋间人语,如读二谢[2]诗,如观荆、关、董、巨[3]画,令人目眩神移者久之,并世词流,允推独步矣。稿中有冯蒿庵[4]、朱彊村[5]、王病山[6]、况蕙风[7]诸老及并世诸贤评语,备至钦挹[8]。以唐宋歌儿传唱之杂曲,写万壑千岩之胜地,千年来,无若兹集之富艳精工者。名山馨业[9],传后无疑。

万载龙元亮[10]识

注释:

[1] 醍醐 [tí hú]:酥酪上凝聚的油,由牛乳精制而成,最益人体。佛教以醍醐灌人之顶,比喻以智慧灌输于人,使人彻悟。这里称赞《东海劳歌》中的词作精妙绝伦,使人深受启发。

[2] 二谢:指谢灵运、谢朓。文学史上又称大小谢,是中国南北朝时期山水诗的代表诗人。

[3] 荆、关、董、巨:五代十国时期(907—960)的四位画家。其中,荆浩、关仝属北方画派,作品沉郁雄浑,气势宏大,多表现北方山河的雄奇;董源、巨然属南方画派,笔法细腻,多描摹江南风景的秀美。

[4] 冯蒿庵:冯煦(1843—1927),字梦华,号蒿庵,晚自称蒿叟、蒿隐,江苏金坛人。清光绪十二年(1886)进士,授翰林院编修。历官安徽凤阳知府、四川按察使和安徽巡抚。辛亥革命后,寓居上海,以遗老终世。冯煦少有才名,诗、词、骈文皆工,参与纂修《江南通志》,著有《蒙香室词》二卷(一名《蒿庵词》)、《蒿庵类稿》、《蒿庵随笔》,辑有《宋六十一家词选》十二卷等。《清史稿》卷四四九有传。黄孝纾在上海期间,与冯煦多有交游,其骈文与冯煦、李祥、刘师培并称民国骈文四大家。蒿庵,文海本原作"蒿盦","盦"同"庵"。

[5] 朱彊村:朱祖谋(1857—1931),原名朱孝臧,字藿生,一字古微,一作古薇,号沤尹,又号彊村,浙江吴兴人。光绪九年(1883)进士,官至礼部右侍郎,因病假归作上海寓公。工倚声,为晚清四大词家之一,著作丰富。书法合颜、柳于一炉;写人物、梅花多饶逸趣。著有《彊村词》。黄孝纾在上海期间,从朱彊村问学,二人有较密切的交游。

[6] 王病山:王乃徵(1861—1933),字聘三,号平珊,又号病山,晚号潜道人,四川中江(今四川省中江县)人。光绪十六年(1890)进士,授翰林院编修,曾任贵州巡按,湖北布政使。工书,尤长北碑,民国时隐于沪上。与黄孝纾交情颇

深，曾同游崂山。

[7] 况蕙风：况周颐（1861—1926），原名周仪，因避宣统帝溥仪讳，改名周颐，字夔笙，一字揆孙，别号玉梅词人、玉梅词隐，晚号蕙风词隐，人称况古、况古人，室名兰云梦楼、西庐等。广西临桂（今桂林）人，光绪五年（1879）举人，曾官内阁中书，后入张之洞、端方幕府。一生致力于词，凡五十年，尤精于词论。与王鹏运、朱孝臧、郑文焯合称"清末四大家"。著有《蕙风词》、《蕙风词话》。黄孝纾在上海期间，从况周颐问学，二人有较密切的交游。

[8] 钦挹 [yì]：钦佩推崇。

[9] 馨业：传之久远的事业。馨本指芳香，散布很远的香气，也用以比喻声誉流芳后世。馨业，在此指《东海劳歌》歌咏崂山美景，足堪流传后世。

[10] 龙元亮（1902—1966），名沐勋，字榆生，江西万载人。晚年以字行。在家族中行七，故自称龙七。别号忍寒居士、风雨龙吟室主、荒鸡警梦室主。生平爱竹，40 岁后自署辇公，1948 年后又名元亮。其词学成就与夏承焘、唐圭璋并称，是二十世纪最负盛名的词学大师之一。早年师从黄侃、陈衍和朱祖谋等名师学习诗词及文字音韵学，后终身致力于词学研究。先后在暨南大学、广州中山大学、南京中央大学及上海音乐学院等校任教授。创办《词学季刊》、《同声月刊》等词学期刊。著有《中国韵文史》、《词曲概论》、《唐宋词格律》、《词学十讲》、《唐宋诗学概论》、《忍寒诗词歌词集》、《东坡乐府笺》、《风雨龙吟室丛稿》、《龙榆生词学论文集》等，所编选的《唐宋名家词选》、《近三百年名家词选》等，风行一时，影响甚大。与黄公渚年纪相仿，早年在上海即交往密切，多有诗词唱和。

题词四

滚滚缁尘，谁遵海、朝观日出。词人有，[1] 姓同山谷。飞履时登云洞上，飙车迅走劳山麓。望遥波、处迭奏壎篪，胜琴筑。　　人世事，风敲竹，群智进，仓增粟。会扶摇直上，太空游目。火箭环周乌足转，卫星迭借蟾宫宿。待再歌，天上好劳模，超凡躅。

调寄《满江红》

汪公严[2] 时年九十又一

注释:

[1] 该题词文海本无,只见于油印本,列在龙元亮题词与许宝蘅题词之间。按《满江红》词律,"姓同山谷"前当少四字,恐为誊写遗漏。这可能也是后来影印本不收此词的原因。

[2] 汪公严:汪鸾翔(1871—1962),字巩庵,一字公严,笔名喜圆,广西桂林人。曾求学广雅书院,为名儒朱一新弟子。27 岁入张之洞幕,民国年间,历任清华大学、河北大学、民国大学中国文学教授,北平国立美术专科学校等校中国画及中国美术史教授,是国立清华大学校歌词作者。1952 年 6 月经董必武推荐,被聘任为中央文史研究馆馆员。长于古文诗词,著有《秋实轩诗集》、《秋实轩文集》、《秋实词钞》、《诗门法律》、《古诗句法研究》等,尤擅中国画,其山水画清幽澹远,工致细微而又气势恢宏。汪公严去世时间为 1962 年 7 月 23 日,终年 91 岁。此题词当作于他去世前不久,或为其绝笔。

题词五

海山东走迷烟雾,天风吹送滔滔去。峰影望劳人,嵯峨斧劈皴[1]。桑田量海水,碧截乖龙尾。一脉指蓬莱,黄冠归去来。

《菩萨蛮》许宝蘅[2]

注释:

[1] 斧劈皴 [cūn]:中国画皴法的一种,其特点是用笔如斧削木。笔线细劲的称小斧劈,笔线粗阔的称大斧劈。

[2] 许宝蘅(1875—1961),字季湘,公诚,号央庐、巢云,晚年号耋斋,浙江仁和(今杭州)人。1902 年中举,后担任军机章京、内阁承宣厅行走。1912 年,任大总统府秘书兼国务院秘书、铨叙局局长、内务部考绩司司长、代理内务部次长。张勋复辟后,担任军机章京。此后担任大总统府秘书、内务部秘书。1927 年任故宫博物院图书馆副馆长,兼管掌故部,主编《掌故丛编》。1928 年,出任奉天省(即后来的辽宁省)政府秘书长。伪"满洲国"成立后,担任执政府秘书、掌

礼处大礼官兼秘书官。1939 年退职后，在北京著述、教学。1956 年被聘为中央文史馆研究馆馆员。是我国著名学者、诗人、画家、书法家。著有《西汉刺史考》、《西汉侯国考》、《西汉郡守考》、《西汉尚书考》、《篆文诗经校正记》、《百官公卿表考证》等，点校有《方望溪文集》、《癸巳类稿》、《唐大诏令》、《国语》、《初学记》等古籍。近年出版的《许宝蘅先生文稿》（中国书籍出版社 1995 年版）、《许宝蘅日记》（中华书局 2010 年版），均有较高的史料价值。

题词六

海上有仙山，东望漫漫。往来潮汐哪曾闲。试问三清清几许，恼煞黄冠。　　倦鸟早知还，鹤唳遥传。闲来点笔写烟峦。犹有耐冬花一树，伴影松坛。

《浪淘沙》枝巢盲叟夏仁虎[1] 时年八十有八

注释：

[1] 夏仁虎（1874—1963），南京人，字蔚如，号啸庵、枝巢、枝翁、枝巢子、枝巢盲叟等。清朝戊戌变法那年（1898），25 岁的夏仁虎以拔贡身份到北京参加殿试朝考，成绩优秀，遂定居北京，曾在刑部、商部、邮传部任职。辛亥革命后，他先后在民国北洋政府交通部、财政部为官，并成为国会议员。1926 年任财政部次长、代理总长，1927 年任国务院秘书长。1929 年，弃官归隐，专事著书和讲学，任北京大学讲师和北京师范大学教授。1951 年被聘为中央文史馆馆员，1963 年在北京逝世。擅长诗、词、戏曲，著有《枝巢编年诗稿》四十卷、《啸庵诗词稿》十卷、《啸庵文稿》十卷、《碧山楼传奇》、《珠鞋记传奇》及《旧京琐记》十卷、《玄武湖志》八卷、《秦淮志》十二卷、《金陵艺文题跋》十四卷等地方志多种；学术著作有《枝巢四述》四卷、《学海探源》八卷、《学海津梁》十二卷、《读战国策笔记》十二卷；还写过小说《五色花》、《公园外史》等。

题词七

爱登临送目畅襟怀，浪游遍西山。纵华颠携杖，西湖放棹，劳顶难攀。客梦疑临九水，潮响靛缸湾。松竹流泉外，瀑间林峦。　　上下清宫小憩，见长春羽士，题咏屡颜。更留仙香玉，谈笑耐冬边。陟高峰欣观海景，忽怒潮冲到破酣眠。揩双眼对孤影畔，梦影空残。

《八声甘州》王琴希[1] 时年八十又三

注释：

[1] 王琴希：王季点（1879—1966），字琴希，江苏长洲县（今苏州市）人，晚清户部郎中王颂蔚第四子。1906年毕业于东京高等工业学校应用化学科。归国后任京师大学堂格致科提调、农工商部主事、北平工业实验所技正兼代所长，是中华化学工业会发起人之一。他热心于实业救国，曾在京、津、丹东等处创办火柴公司及北京玉泉酿酒公司等企业，自任董事长，参与技术指导。沦陷时坚拒与日伪合作。1956年，所营企业实行公私合营，他当选交通银行私方监察直至逝世。为人温和内敛，爱好学术研究与摄影，是我国最早的业余摄影艺术团体北京光社的发起人之一。能填词，著有《词学规范撷要》。

题词八

海山自古无人赏，山下无风千尺浪。行歌互答海潮音，碧水云山千万状。　　山灵有约何曾爽，短櫂长鑱终未让。那知陌上有红尘，玄鬓青山长一样。

《玉楼春》钱塘朱西溪[1]

注释：

[1] 朱西溪（？—1960）：生平待考。与黄公渚、吴则虞、龙榆生交往颇深。

1960 年 10 月 30 日，吴则虞写给龙榆生的信中说："朱西溪翁于本月廿二日逝世。殁前七日尤为黄公渚题劳山图（《玉楼春》），并赋《凤归云》、《安公子》两词见怀。"见张晖《龙榆生先生年谱》，学林出版社 2001 年版，第 203 页注①。

题词九

记听罢、西司残鼓。拂拭珊瑚，钓竿何处。九点齐烟，数峰清苦向谁语。宦情如此，生意尽、前朝树历，下古亭荒，要那日、杜陵重赋。

凝仁。怅仙人不见，料也十洲非故。繁华过羽，更休问，文章尘土。我亦是，万里浮家，迸铅泪绛河同注。乞付与荆关，图取海山盟主。

调寄《长亭怨慢》，奉题《劳山纪游词》。集中兼叙先世旧事，西司尤切时地，乔木苔岑之思，其寄于此矣。

泾川吴则虞[1]

注释：

[1] 吴则虞（1913—1977），字蒲㐩，安徽泾县人。幼承家学，资质聪颖，为章太炎先生入室弟子。毕生从事教育工作，抗战时先后任过南岳师范学院、重庆女子师范学院教授。新中国成立后，任西南师范学院中文系主任，兼图书馆系教授，1957 年调入中国科学院哲学研究所，任研究员，并在北京大学、中国人民大学、中央高级党校讲授中国哲学史、文学史、校勘学等。治学严谨，尤致力于考据。一生著述丰富，校勘整理古籍达 260 余卷，收入《静斋丛稿》有 30 余种 200 余卷。代表性著作有《晏子春秋集释》、《淮南子集释》、《大戴礼记注疏》、《论衡集证》、《荀子集解》、《白虎通论疏证校文》、《弘明集校注》、《礼记述要》等；词学方面有《清真词校记》、《山中白云词校集》、《花间集斠笺》、《稼轩词选校注》；编纂有《中国工具书》、《版本校勘学通论》、《唐宋元明清文学史》、《词学易知》、《中国戏曲史简编》等。自号书斋曰"曼榆馆"，个人创作有《曼榆馆词集》、《曼榆馆诗集》、《曼榆馆文集》等。

东海劳歌

青房并蒂莲[1]

甲子[2]夏日偕依隐[3]、罤弟[4]登劳山绝顶巨峰

御长风。陟[5]翠微[6]高处，秋迥山空。手揽雌霓[7]，绝顶我为峰。玉京[8]咫尺朝天路，俯齐烟[9]、九点蒙蒙。闪去帆，一片孤光，碧瀛如镜荡青铜。　沉沉丽农鸟使，惊海涵尘飞，撼睡鲛宫。慢回首、冥冥八表[10]，日下高春[11]。明灭螣[12]螺可数，送斜照、七十二芙蓉[13]。叹倦游[14]，目极南云[15]，断魂万里逐归鸿[16]。

王病山评：振衣千仞，境界自高。

况蕙风评：萧旷空灵，神游物表。

注释：

[1] 青房并蒂莲：青房指莲房，莲蓬。南朝鲍照《芙蓉赋》："青房兮规接，紫的兮圆罗。"唐张籍《采莲曲》："青房圆实齐戢戢，争前竞折漾微波。"并蒂莲原产于中国，为荷花中的千瓣莲类，一茎生两花，花各有蒂，蒂在花茎上连在一起，亦称并头莲、同心芙蓉、合欢莲、瑞莲，是花中珍品。历来被视为吉祥、喜庆的征兆，善良、美丽的化身。《青房并蒂莲》词牌来历不详，其代表作为周邦彦《青房并蒂莲·维扬怀古》，双调，一百三字。前段十句，五平韵；后段十句，四平韵。

[2] 甲子：民国十三年（1924）。

[3] 依隐：人名，待考。

[4] 罤弟：黄曾源有四子，长子早逝，二子黄孝纾，字公渚，号匑庵；三子黄孝平，字君坦，号叔明；四子黄孝绰，字公盂，号讷庵。《劳山集》中多次出现的罤弟、璺弟，是孝平、孝绰别号，还是其他从弟，待考。

14

［5］陟［zhì］：登高。

［6］翠微：青翠的山色，也泛指青翠的山。

［7］雌霓：即雌蜺。虹有二环时，内环色彩鲜盛为雄，名虹；外环色彩暗淡为雌，名蜺，即霓，今称副虹。

［8］玉京：道家称天帝所居之处。

［9］俯齐烟、九点蒙蒙：典出唐代诗人李贺《梦天》诗："遥望齐州九点烟，一泓海水杯中泻。"李贺诗中"齐州"本指中国，清代人因济南古称齐州，便借用该诗句描绘济南的山景。"九点"所指，古今不同。清人郝植恭在《游匡山记》中曰："自鹊华而外，如历山、鲍山、崛山、粟山、药山、标山、匡山之属，蜿蜒起伏，如儿孙环列，所谓'齐州九点烟'也"。"九"并非确数，泛指山多。

［10］八表：八方之外，指极远的地方。

［11］高舂［chōng］：薄暮，指日影西斜近黄昏时。

［12］䲥［téng］：鱼名。身体黄褐色，头大眼小，下颌突出，有两个背鳍，常栖息在海底。俗名敏鱼，为辐鳍鱼纲鲈形目石首鱼科的其中一个种，又称网纹䲥。

［13］七十二芙蓉：语出明代诗人陈宗契（衡阳人）《咏南岳诗》："青天七十二芙蓉，回雁南来第一峰。"衡山由包括长沙岳麓山、衡阳回雁峰在内的巍然耸立的七十二座山峰组成，因状似莲花，故得名。这里的"七十二"非确数，泛指山多。

［14］倦游：厌倦于游宦或行旅生涯，也指游览已倦。

［15］南云：南飞之云。常以寄托思亲、怀乡之情。晋陆机《思亲赋》："指南云以寄欵，望归风而效诚。"

［16］归鸿：归雁。诗文中多用以寄托归思。

鹧鸪天[1]

劳山头[2]

放眼长空对泬寥[3]，瀛壖[4]地尽海嶕峣[5]。冈峦阅世无古今，潮汐知时自暮朝。　　山为幛[6]，石巉巉[7]，波掀地轴[8]撼灵鳌[9]。云岳涛立天容墨，百怪回皇海若骄。

注释：

[1] 鹧鸪天：又名《思佳客》、《思越人》、《醉梅花》，如两首七绝相并而成，但后阕换头处稍变，改第一句为三字两句。双调五十五字，前后阕各三平韵，一韵到底。上阕第三四句、下阕第一二句一般要求对仗。通体平仄，除后阕首、次两句有一定，及前阕首尾，后阕末句之第三字不能移易外，余均与七绝相通。但应仄起，不得用平起。

[2] 劳山头：位于王哥庄村东南 15.5 公里，崂山之最东南端，面积约 5.5 平方公里，主峰为土峰顶，海拔 372.8 米。半岛尖端即为崂山头，海拔 242.1 米，陡峭耸峙，嵯峨险峻，峰头直插入海，顶部遍植黑松。东坡临海的峭岩上，生有两株耐冬，传为张三丰道士所植。因此处是崂山最东的山头，故名。

[3] 沉寥 [xuè liáo]：亦作"沉漻 [liáo]"。清朗空旷貌。《楚辞·九辩》："沉寥兮天高而气清。"王逸注："沉寥，旷荡空虚也。或曰，沉寥犹萧条。萧条，无云貌。"

[4] 瀛壖 [yíng ruán]：海岸。

[5] 嶕峣 [jiāo yáo]：亦作"蕉峣"，峻峭高耸。

[6] 屴崱 [lì lù]：山高峻的样子。

[7] 颣额 [láo yáo]：颣，鼻子高，眼睛深陷的样子；额，头高长的样子。颣额：大首深目之貌，胡人面相。此借指山石凹陷的样子。

[8] 地轴：古代传说中大地的轴。晋张华《博物志》卷一："地有三千六百轴，犬牙相举。"

[9] 灵鳌：神话传说中的巨龟。

[10] 云岳：高耸入云的山岳。

春从天上来[1]

太平宫[2]与璧、罡二弟同游

上苑莺花。迓[3]讨春游屧，修竹排衙[4]。幡影飞翚，铃声怖鸽，芳林高啄檐牙[5]。香火三清[6]缘结，瑶华[7]荐、为折疏麻[8]。醉流霞^[9]。恍神游圆峤^[10]，肩拍洪崖^[11]。　　堪嗟。太平梦渺，几项蹶嬴颠^[12]，满地虫沙^[13]。萧瑟江关，笺天^[14]欲问，言归争奈无家。莫上狮峰^[15]极目，迫崦嵫^[16]、日影西斜。怅云涯。愿留身灵琐^[17]，且住为佳。

冯回风^[18]评：竟体骚雅，神似中仙。

瞿蜕园评：沉郁处出以绮丽，愈见笔力，非徒以篆组为工。

注释：

[1] 春从天上来：词牌名。调见金元好问所编《中州乐府》，是吴激自度曲，双调一百四字，前段十一句六平韵，后段十一句五平韵。此调以吴激词为正体，若张耒词之多押一韵，张炎词之添字，周伯阳词之减字，皆为变格。此词牌《钦定词谱》收四种变体，《全宋词》录有三首。张炎词："海上回槎，认旧时鸥鹭，犹恋蒹葭。影散香消，水流云在，疏树十里寒沙。难问钱塘苏小，都不见、攀竹分茶。更堪嗟。似荻花江上，谁弄琵琶。　　烟霞。自延晚照，尽换了西林，窈窕纹纱。蝴蝶飞来，不知是梦，犹疑春在邻家。一掬幽怀难写，春何处、春已天涯。减繁华。是山中杜宇，不是杨花。"上下片第七句俱添一字作六字句，换头句藏一短韵异。全词一百六字，前段十一句六平韵，后段十二句六平韵。本词与张炎词为同一格式。

[2] 太平宫：初名太平兴国院，又称上苑。系宋太祖为华盖真人刘若拙敕建道场，金明昌年间（1190—1195）重修。整个建筑呈"品"字形，由正殿和两个偏殿组成，正殿名三清殿，供奉妈祖，东西偏殿为三官殿和真武殿，分别供奉关圣和文昌帝君。太平宫坐落在崂山东部上苑山北麓、仰口湾畔，负山面海，景色绮丽，有奇峰异石，古木幽洞，又经全面修建，现为崂山的主要游览区之一。

[3] 迓 [yà]：迎接。

[4] 排衙：旧时主官升座，衙署陈设仪仗，僚属依次参谒，分立两旁，称为排衙。

[5] 檐牙：檐际翘出如牙的部分。

[6] 三清：道教所指玉清、上清、太清三清境。

[7] 瑶华：亦作"瑶花"。玉白色的花。有时借指仙花。《楚辞·九歌·大司

17

命》："折疏麻兮瑶华，将以遗兮离居。"王逸注："瑶华，玉华也。"洪兴祖补注："说者云：瑶华，麻花也，其色白，故比于瑶。此花香，服食可致长寿，故以为美。"

[8] 疏麻：亦作"疎麻"。传说中的神麻，常折以赠别。《楚辞·九歌·大司命》："折疏麻兮瑶华，将以遗兮离居。"王逸注："疏麻，神麻也。"

[9] 流霞：指美酒。北周庾信《卫王赠桑落酒奉答》诗："愁人坐狭邪，喜得送流霞。"

[10] 圆峤 [qiáo]：即员峤，海外五仙山之一。《列子·汤问》："渤海之东不知几亿万里，有大壑焉，实惟无底之谷，其下无底，名曰归墟……其中有五山焉：一曰岱舆，二曰员峤，三曰方壶，四曰瀛洲，五曰蓬莱。"后"员峤二山流于北极，沉于大海，仙圣之播迁者巨亿计"。

[11] 洪崖：亦作"洪厓"、"洪涯"。传说中的仙人名。黄帝臣子伶伦的仙号。晋郭璞《游仙诗》之三："左把浮丘袖，右拍洪崖肩。"

[12] 项蹶 [jué] 嬴颠：蹶，倒下，失败。颠，覆亡，覆灭。项蹶，指项羽在楚汉相争中失败；嬴颠，指嬴秦灭亡。韩愈《桃源图》有："嬴颠刘蹶了不闻，地坼天分非所恤。""项蹶嬴颠"与"嬴颠刘蹶"，意义基本相同，都代指某一朝代的灭亡。

[13] 虫沙：比喻战死的将士或因战乱而死的人民。《艺文类聚》卷九十五引晋葛洪《抱朴子》曰："周穆王南征，一军皆化，君子为猿为鹤，小人为虫为沙。"《抱朴子·内篇·释滞》曰："三军之众，一朝尽化，君子为鹤，小人成沙。"

[14] 笺 [jiān] 天：行文以祭告上天。

[15] 狮峰：即狮子峰，又名狮子岩。在太平宫东北，危峰耸起，远望如一张口的雄狮。峰顶是观赏日出的胜地。

[16] 崦嵫 [yān zī]：山名，传说中日落的地方。《楚辞·离骚》："吾令羲和弭节兮，望崦嵫而勿迫。"王逸注："崦嵫，日所入山也。"

[17] 灵琐：神灵府宅。宋刘克庄《谒南岳》诗："驾言款灵琐，楼堞晃丹赤。"

[18] 冯君木（1873—1931），冯开 [jiān]，初名鸿墀，字阶青，又字君木，号木公、回风，室名回风堂。浙江慈溪（今宁波市江北区慈城镇）人。清末民初著名学者、国学家，人称回风先生。有《回风堂诗文集》14卷。晚年与吴昌硕、

况周颐、朱孝臧、程颂万互有吟酬，交往密切，故黄公渚与他亦有交谊。

桂殿秋[1]

劳山近区纪游

丹山[2]路，草初青。崇桃积李绚春晴。沉沉林际山如睡，唤醒黄鹂三两声。

丹山在李村，居民以蔬果为业，花时游屐綦[3]盛。

注释：

[1] 桂殿秋：唐李德裕《送神迎神曲》有"桂殿夜凉吹玉笙"句，调名本此。平韵格，单调，二十七字，五句，三平韵。

[2] 丹山：是青岛市城阳区夏庄街道人口大村，明嘉靖年间立村聚户，已有500多年的历史。丹山岭南北走向，像一只俯卧的老虎，原名老虎山，主峰海拔135米，周围自古是一片桃李芬芳的花海，历来被文学家、政治家、艺术家所欣赏。早在1888年，有识之士就在丹山岭上建起了文昌阁，并立丹山碑，吸引人们登山拜阁赏花。1933年丹山岭上建立了观景凉亭，安放了石桌、石凳，与文昌阁南北相对，也与顶峰自然天成的望海楼遥相呼应。1936年被评为青岛十大美景之一"碧霞丹丘"。山顶上还有天然的石椅子、石拐炕、金鱼缸和传说的狈胡子窝，在民间流传着神奇多彩的神话故事。每年的农历二月初三和八月十三，周围百姓都前来赶山会、祈山神并赏花，异常热闹。

[3] 綦［qí］：极，很。

山自少，意云何。笑人白发已婆娑。桃花十里春风路，二月韶光尔许多。

少山在丹山东，桃花为一春胜赏。

春烂漫，日晴暄。李村[1]几许好林园。压枝金帅苹婆果，满架葡萄火齐[2]燃。

李村果园以产红玉苹果、金帅苹果驰名海外。

注释：

[1] 李村：明代中期正统年间，云南李氏万里迢迢举族迁至即墨县，在县府南约六十里处一条无名河畔定居建村，并以姓氏命名，此即李村的由来，无名河遂称李村河。以李村大集闻名。据1872年版的《即墨县志》记载，李村大集为当时青岛地区24乡集之一。进入20世纪三四十年代，更是盛况空前。新中国成立前，跻身山东省四大集市之一。

[2] 火齐 [huǒ jì]：即火齐珠。《文选·张衡〈西京赋〉》："翡翠火齐，络以美玉。"李善注："火齐，玫瑰珠也。"《梁书·诸夷传·中天竺国》："火齐状如云母，色如紫金，有光燿。别之，则薄如蝉翼；积之，则如纱縠之重沓也。"

月子口[1]，水湾环。白沙河[2]出乱山间。村娃个个双丫髻，踏地能歌八拍蛮。

月子口在夏庄，为白沙河上游。

注释：

[1] 月子口：位于华楼北侧，在夏庄东1公里处，是白沙河的发源地，崂山的最后一个山谷。四围环山，中成盆地，建有崂山水库。

[2] 白沙河：发源于崂山巨峰海拔千米的天乙泉，是青岛地区水位最高的河流，号称"青岛天河"。

法海寺[1]，接康庄。酒垆买醉胜琼浆。趁虚日午游人集，竿木邀棚正作场。

法海寺在夏庄，建自宋代。

注释:

[1] 法海寺:青岛法海寺位于石门山西麓夏庄镇源头村东,是青岛地区最古老的佛教寺院之一,因纪念创建该寺的第一代方丈法海大师而得名。寺始建于北魏,曾经多次重修。创建时的规模及供佛殿堂已无可稽考。现在的法海寺,是1934年重修后的规模,重修时拆除八蜡殿、娘娘殿,并将该寺分为前后两院。前院建大雄宝殿5间,殿前两侧各有高大银杏一株,有碑亭两座,西为元泰定三年(1326)重修碑,东为清康熙五十二年(1713)重修碑。该寺为佛教临济派,寺庙坐禅、挂单、收徒,是崂山境内唯一传戒的丛林寺。1982年青岛市人民政府将法海寺列为市级文物保护单位。

阿兰若[1],窣堵坡[2]。亭亭三塔影微俄。石门庵[3]戴中心崮[4],云髻[5]嵬峨[6]耸黛螺[7]。

石门庵中心崮在石门山。

注释:

[1] 阿兰若 [rě]:梵语 aranya 的音译,意译为寂静处或空闲处。原为比丘洁身修行之处,后亦用以称一般佛寺。

[2] 窣堵坡:亦作"窣堵波",梵语 stūpa 的音译,即佛塔。

[3] 石门庵:石门庵位于石门山南麓的深山幽谷之中,始建于元代,清乾隆年间重修,原祀观音。北倚危峰,南临陡涧,林深树密,枝繁叶茂,幽雅肃静。20世纪60年代倾圮,现遗留断壁残垣10余间。临涧处用宽大石条叠垒而成,有5米多高,基址所用石条也很笨重庞大,可见当年之辉煌。石门庵山后就是石门山最高峰"中心崮",与"那罗崮"相隔约30米。山壁陡立,中间平整,远望如门,所以叫"石门山"。

[4] 中心崮:石门山最高峰。

[5] 云髻:高耸的发髻。

[6] 嵬峨:亦作"嵬峩"。高大雄伟。

[7] 黛螺:比喻翠绿的山峰。

那罗崮[1]，势屠颜[2]。遥空迓客石门山[3]。双崖壁立三千尺，积铁嵯峨[4]鬼斧镌。

那罗崮在石门山[5]。

注释：

[1] 那罗崮：位于崂山巨峰西南支脉石门山上，与中心崮相对。

[2] 屠颜：险峻、高耸貌。

[3] 石门山：石门山位于华楼山西南，海拔570米，山巅有两峰，即中心崮和那罗崮，对峙如门，故名。将阴时，云气缭绕峰头，景色极为迷人。石门山山势险峻，不易攀登，由山南坡上，北下无路，向北俯瞰千峰综翠，万峦点黛，村落河流遥遥点缀，如锦绣画幅。最高峰为中心崮，卓立如椎，旁有那罗崮磐石相叠，从那罗崮的西北，转东南，倚石方能登上形如平台的山顶，由此东望巨峰，高峻雄伟，出没云中，西南望大海，波光莹晶，天水一色，北瞰华楼山，峰峦耸峙。那罗崮东有两峰壁立，相隔仅丈许，斩截直下，如同斧劈，上有石片两条，横担成"井"字形，石色光洁，实为奇观。山上还有皇姑洞（又名黄崮洞）、仙姑坟、仙人桥、千花顶等名胜。山南麓有石门庵，该庵后倚危峰，前临陡涧，极为幽静。清代即墨文人杨还吉有《雨中望石门》诗："微雨丝丝杨柳风，石门烟雾有无中。呼童急扫藤萝径，雨里山光更不同。"

[4] 嵯峨[cuó'é]：形容山势高峻。

[5] 油印本"石门山"后有"东北"二字。

财帛涧[1]，霸王台[2]。沙沉铁戟莽蒿莱[3]。离离禾黍闲丘垄[4]，日暮牛羊自下来[5]。

财帛涧在夏庄东，有丘隆起，曰霸王台。

注释：

[1] 财帛涧：又名"财帛沟"、"财贝沟"，位于夏庄街道安乐村西侧，沟为东南至西北走向，长约500米，宽约70米，深约5米。财贝沟的地势较高，东依崂山，西有丹山，北临源头河，与古老的法海寺隔河相望，是崂山山脉的峡谷地带。

早年村民在大雨冲刷后或在沟中取土时，经常能捡到铜器、陶器、石器、玉器、玛瑙及贝币等出土文物，人们把这些东西当为"宝贝"、"财贝"，或卖掉换钱票，或兑换用品，时间久了，人们就叫这条沟为"财贝沟"了。1984 年，崂山县人民政府将其列为县级文物保护单位，1992 年，山东省人民政府将此处遗址公布为省级文物保护单位。

[2] 霸王台：商代遗址，位于夏庄街道云头崮村北石门山脚下的云头崮水库之中，原址一面着陆，三面临水，属黄土台地，高出地面 8 米多，东西约 300 米，南北宽约 200 米，由于河水常年冲刷，台地面积逐年缩小，现仅存 1/10，原有的小河已于 1958 年截为云头崮水库，使遗址成为孤岛。传说楚霸王项羽与韩信交战时，曾以此台地为营点将，因而得名。该遗址于 1953 年发现，后多次调查，发现文化层较厚，内容丰富。1956 年，该遗址被专家鉴定为商代遗址，距今有 3000 多年历史。1984 年，崂山县人民政府将此遗址列为县级文物保护单位。

[3] 蒿莱：野草；杂草。

[4] 丘垄：虚墟，荒地。

[5] 日暮牛羊自下来：《诗经·王风·君子于役》首章曰："君子于役，不知其期，曷至矣？鸡栖于埘，日之夕矣，牛羊下来。君子于役，如之何勿思!"这里化用"日之夕矣，牛羊下来"两句。

　　山鹘突，卧狼匙[1]。翠岩巉削[2]碧琉璃。山塍[3]短短桃花发，叱犊声中雨一犁。

　　卧狼匙峰在石门山南。

注释：

[1] 卧狼匙：又名"卧狼齿"，位于石门山西南，距李村东北 4.5 公里处，虽海拔仅 400 米，但高陡险峻，山峦重叠，怪石嶙峋，像一只龇牙咧嘴的恶狼，因名"卧狼齿"；另有一说是此山有狼，又因山顶有石勺（匙），故名。清同治版《即墨县志》用卧狼齿之名。

[2] 巉削 [chán xuē]：形容山势险峻陡峭。

[3] 山塍 [chéng]：指山上田地。

海神庙，建何年？山农报赛谱神弦。明珰[1]翠羽[2]天妃[3]像，缥缈灵旗去渺然。

海神庙建自明季，中祀天后像。

注释：

[1] 明珰：用珠玉串成的妆饰品。

[2] 翠羽：翠鸟的羽毛。古代多用作饰物。

[3] 天妃：海神名，又称妈祖、天后、天后圣母、娘妈，是历代船工、海员、旅客、商人和渔民共同信奉的道教神祇。古代在海上航行经常受到风浪的袭击而船沉人亡，船员的安全成航海者的主要问题，他们把希望寄托于神灵的保佑。在船舶起航前要先祭天妃，祈求保佑顺风和安全，在船舶上也供奉有天妃神位。

烟台顶[1]，燹[2]痕多。神州地尽海嵯峨。乾坤百战修罗劫[3]，过眼兴亡一刹那。

烟台顶在崂山南海滨，有明季防倭遗址。

注释：

[1] 烟台顶：由石老人村东北行2.5公里为石湾庵（大石寺），庵东1.5公里为烟台顶。明代为防止倭寇入侵，曾在崂山沿海设报警烟墩多处，因该山山顶曾设过狼烟台，故名。此处有崂山最古老的刻石两处，相距甚近。据《胶澳志》载："崂山刻石惟以此为最古。"

[2] 燹 [xiǎn]：野火，多指兵乱中纵火焚烧。

[3] 修罗：阿修罗的略称。据佛经记载，修罗最初为善神，后又转为恶神之名。修罗有美女而无好食，帝释天有好食而无美女，互相憎嫉，时有争战，故后世亦称战场为修罗场。修罗劫，在此指战争劫难。

沙子口[1]，几人家。渔庄蟹舍[2]足生涯。东风解冻流渐活，开遍田间荠菜花。

沙子口在姜哥庄东，居民以捕鱼为业。

注释：

[1] 沙子口：位于崂山南麓、黄海之滨，隶属于崂山区，是崂山风景名胜区的西大门。

[2] 蟹舍：渔家。亦指渔村水乡。宋范成大《倪文举奉常将归东林且以赠行》诗："我亦吴松一钓舟，蟹舍漂摇几风雨。"

登窑[1]路，海南漘[2]。轻阴天气草初薰。缘岩路入陈芳国，漠漠梨云十里春。

登窑在汉河东南，春时梨花尤为巨观。

注释：

[1] 登窑：即崂山登瀛，秦时徐福东渡登船出海之地，原崂山十大胜景之一"登瀛梨雪"所在地。

[2] 漘 [chún]：临水的山崖。

小赤壁[1]，大劳村[2]。乌衣巷[3]有百家屯。莎坪一个灰牛石[4]，雨打风吹卧树根。

小赤壁在乌衣巷东北。

注释：

[1] 小赤壁：在大劳村西河边有石壁，因颜色赤红，故名。

[2] 大劳村：即大崂村，位于山东省青岛市崂山区北宅街道办事处驻地东北3.6公里处，东临孙家村，南临北头村，西临东乌衣巷村，北临南北岭村，从华楼景区通往北九水景区的公路穿村而过。大劳村山势陡峭，连绵起伏，周围有很多自然景观。

[3] 乌衣巷：村名，建于明永乐年间，原名"老鸹巷"。明即墨（今山东省即墨市）人胡从宾慕崂山九水风光，遂在该村构筑别墅居之，并附会晋朝王、谢等族在南京居住的乌衣巷，更村名为"乌衣巷"。明万历年间即墨文人周如锦有《胡京

兆乌衣巷诗》："山中何得乌衣巷，曾有乌衣隐此间。不是逢萌挂冠人，定缘房凤作州还。二劳归属神仙窟，万壑森如虎豹关。风气最宜京兆老，可知须鬓未能斑。"诗题中的胡京兆即胡从宾，曾任宛平知县。明代宛平县为京师顺天府下辖两京县之一，县署在今北京城内鼓楼附近。旧时京城知县也称"京兆"。

[4] 灰牛石：在小赤壁东南"灰牛石村"（今北宅街道晖流村）的巨石，因形如卧牛而得名。

呼浪子，莫惊疑。飞泉界破碧山垂。回风任意为挥洒，成就飞云一段歌。

飞云瀑[1]一名花花浪子，在神清宫[2]东南。

注释：

[1] 飞云瀑：俗名"花花浪子"，正式名称叫泻云瀑或飞云瀑。位于崂山外八水河东村南、北九水太子洞尽头的一东西峡谷中，此处河谷陡然跌落。整个瀑布有15米左右，分为两层，第一层高5米，第二层高10米，水流呈S形，是三叠瀑，人称"小靛缸湾"。当雨水充沛时，瀑布急泻而降，恰如银河落九天。

[2] 神清宫：位于青岛崂山区北宅镇大崂村南山。创建于宋代元祐年间（1086—1094）。据《重修神清宫碑记》载，该宫建于宋代延祐年间，宋代无此年号而有元祐，可能为传抄之误。宫为崂山古老道观之一，元、明两代曾重修，至清代康熙中期和民国十二年（1923）又加修葺。宫中祀三清，后为玉皇阁，东厢为精舍，西厢为救苦殿，有长春洞、自然碑、摘星台、会仙台诸名胜，邱处机来崂山时曾居此。1939年被日军烧毁，1943年又被日军轰炸，庙舍全毁。

慧炬院[1]，古禅林[2]。一泓池水空人心。凤凰崗[3]落三天外，古碣[4]开皇[5]不可寻。

慧炬院在石门山青龙峰下。

注释：

[1] 慧炬院：又名石竹庵，位于城阳区夏庄镇崂山水库北岸。创建年代失考，

隋代开皇二年（582）、元代大德年间都曾重修，是崂山古老寺院之一，明代万历二十八年（1600）海印寺被拆毁后，其经卷、供器、文物等移存此处。清同治年间，又将倒塌的庙堂改建为三间佛爷庙。1939年时尚完好，住持为道士韩信奎，有僧2人。1966年被拆除，现只剩庙址、碑座各1个。

［2］禅林：寺院，僧徒聚居之处。

［3］凤凰崮：即凤凰山，位于崂山北麓，山下西南有蔚竹庵，南为慧炬院。明代黄宗昌《崂山志》卷三说："慧炬院，在凤凰山下。"

［4］碣：圆顶的石碑。

［5］开皇：隋文帝杨坚年号，时间为公元581年至600年。慧炬院有残碑，字迹模糊，只有"开皇二年重修"几个字可以辨认。

　　凌烟崮[1]，白云封。华楼[2]绝顶更无峰。峡门一纵南天目，合沓[3]云峦百万重。

　　凌烟崮在华楼山，为华楼山二十四景之一。

注释：

　　［1］凌烟崮：又称灵烟崮，位于华楼峰之西，在华楼宫西北上方，与华表峰东西遥遥相对。大石垒叠在峰顶，像人工筑成的平台，四周陡峭，危不易登。崮顶为一平台，台上有大石，上凿一洞，洞旁有砖砌坟墓一座，名"老师父坟"。崮南侧有石洞，曾埋葬着元代道士刘志坚的骨骸，洞上镌"灵烟坚固，永丘之坟"，侧畔直刻四行字："云岩子，刘志坚，永丘门，三阳洞。"附近石刻多为元代遗迹。

　　［2］华楼：华楼山，位于青岛市崂山区北宅镇毕家村西，海拔350米，因山巅的华楼石而得名，是古时西进崂山的主道，土地富饶。隋唐时，建有玄元殿；至元代，刘志坚弃家入道，在碧落岩下结庐修行，留下了众多的道家心得及语录石刻。他去世后，其门人于元泰定二年（1325）建起华楼宫，文人雅士趋之若鹜，元代礼部尚书王思诚，明代蓝田、陈沂、邹善等，皆留下了诸多题刻，使该山与黄石洞成为崂山摩崖石刻最密集的胜地。

　　［3］合沓：重叠；攒聚。

白鹤峪[1]，望华萼岩。路迷幽莜[2]乱松间。飞泉一道从天下，碧澈澄潭启镜奁[3]。

白鹤峪有瀑曰天落水，下为白鹤潭。

注释：

[1] 白鹤峪：又名鹁鸽峪，是一处小幽谷，位于华楼山西北。四面岩壁环牟，东南削壁若屏，有一悬泉自高处泻下，如素练挂于天空，即"天落水"，水落成潭，名"白鹤潭"，潭清似镜，清冽甘美。明代即墨进士黄宗庠有《白鹤峪》："山深泉愈响，石险路难穷。屋隐千林表，烟生一径中。湿云归洞白，霜叶等花红。何用清尘虑，萧萧满涧风。"

[2] 莜［tiáo］：古同"条"。也指羊蹄菜，一种草本植物，根可入药。

[3] 镜奁：亦作"镜奁"，即镜匣。《急就篇》卷三："镜奁疏比各异工。"颜师古注："镜奁，盛镜之器，若今镜匣也。"

峰一朵，碧芙蓉。神清随喜[1]谒琳宫[2]。云堂[3]自饱伊蒲馔[4]，谩听阇黎[5]饭后钟。

神清宫在大劳观西南。

注释：

[1] 随喜：旧指游览寺院。

[2] 琳宫：仙宫，亦为道观、殿堂之美称。

[3] 云堂：僧堂，僧众设斋吃饭和议事的地方。

[4] 伊蒲馔［yī pú zhuàn］：斋供，素食，亦省作"伊蒲"。

[5] 阇［shé］黎：佛教与印度教术语，又译为阇梨、阿阇梨、阿舍梨等，意译为轨范师、正行、教授、智贤、传授。意即教授弟子，使之行为端正合宜，而自身又堪为弟子楷模之师，故又称导师。原指古印度教中婆罗门教授弟子有关吠陀祭典规矩、行仪之师，后为佛教采用，作为出家众对其师长的名称，与和尚、喇嘛意义相近。密宗与真言宗多以阿阇黎作为上师与传授密教仪轨者的名号，而汉传佛教则较少使用这个名称。在密宗一些经典中，佛与阿阇黎是同一意思。这里指和尚、

僧家。

石门屋，午山村[1]。沧溟无际海天昏。平生政有乘桴[2]愿，遗世相从石老人[3]。

石门屋、午山村，并在崂山东北。

瞿蜕园评：以明人游记中之奇秀语，入花间雅调，岂古人所及见？

叶遐庵评：花间遗韵。

注释：

[1] 午山村：现位于崂山区松岭路，至今已有五百多年的历史。相传明朝永乐年间，王福政带家人从山西大槐树迁往山东即墨。他们来到一座山前时，时值正午，他打量着此山南北方向，凭着掌握的天文知识，看到日影恰在子午线上，南北向，所以将此山命名为子午山。后省去"子"字，简称午山。午山村因山而得名。

[2] 乘桴：乘坐竹木小筏。《论语·公冶长》："道不行，乘桴浮于海。"后用以指避世。

[3] 石老人：中国基岩海岸典型的海蚀柱景观，位于石老人国家旅游度假区最东端，石老人村西南的午山脚下。在临海断崖南侧，距岸百米处有一座17米高的笋状礁石石柱，形如老人坐在碧波之中，传说古代一老渔翁，因娇女被龙王抢去，便矗立海边翘望呼唤，久之变成礁石，从西北方向望去，这块海中奇石极像一位老人，故名"石老人"。

瑞龙吟[1]

春日游上清宫[2]牡丹花下作

青山[3]道，依旧碧峭[4]摩空，看人如笑。朝真又过溪桥，上清路近，风铃缥缈。

洞天悄，一径碧梧[5]修竹，绿荫芳草。番风几换芳菲，凭栏凝望，红深翠窅[6]。

应是花王留客，倚桩犹认，年时风貌。谁道富贵无心？归隐璚[7]岛。鞓红瓯碧[8]，春色枝头闹。从容向、花间命酒，风前侧帽。只恐韶光[9]老。煖香易褪，惊啼谢豹[10]。商略[11]丹青稿。倾国艳、多买胭脂难好。绕廊怅惘[12]，立残斜照。

况蕙风评：下笔镇纸，言有寄托。

徐仲可[13]评：清迥高华，意兼比兴。

瞿蜕园评：此又似唐人写景文。

注释：

[1] 瑞龙吟：北宋末期著名的词人周邦彦所创词调，三段一百三十三字，前两段各六句三仄韵，后一段十七句九仄韵。以周邦彦词为正格。前两段句数和字数相同，为双拽头。

[2] 上清宫：在崂山东南部、太清宫西北。此宫原在山上，名崂山庙，因与太清宫（俗称下宫）对称，又简称上宫，是崂山的主要道观。宋太祖建隆元年（960）。太祖赐封刘若拙为"华盖真人"，并为他修建太清宫、上清宫和"上苑"（即今太平宫）。上清宫后毁于山洪，元代大德年间（1297—1307），道士李志明再次重建，后历代屡有修缮。分前后两进庭院，前院门内东西各植古银杏一棵，枝叶繁茂；后院为正殿和东西配殿及道舍。正殿祀玉皇大帝像，配殿奉全真七子塑像。宫西北岩上刻有丘处机及明陈沂等人诗词与题字，岩下石间有一清泉，名"圣水泉"。宫前石桥名"朝真"，宫西石桥曰"迎仙"。宫外不远处有丘处机的"衣冠冢"。1982年12月，上清宫被列为市级文物保护单位。

[3] 青山：位于崂山东麓垭口东侧，青山村北，东为青山湾，西为明霞洞，北有黄山崮与黄山。

[4] 碧峭：形容山峰苍翠陡峻。

[5] 碧梧：绿色的梧桐树。

[6] 窅[yǎo]：眼睛眍进去，喻深远。

[7] 璚[qióng]：古同"琼"，赤色的玉，泛指美玉。

[8] 鞓[tīng]红瓯碧：牡丹花。鞓红，牡丹的一种。宋欧阳修《洛阳牡丹记·花释名》："鞓红者，单叶深红花，出青州，亦曰青州红……其色类腰带鞓，

故谓之鞓红。"宋陆游《栽牡丹》诗:"携锄庭下劚苍苔,墨紫鞓红手自栽。"明朱有炖《风月牡丹仙》第一折:"姚黄魏紫驰名姓,鞓红玉板相辉映。"瓯碧,即欧碧。一种浅绿色的牡丹花。宋陆游《天彭牡丹谱》:"碧花止一品,名曰欧碧。其花浅碧而开最晚,独出欧氏,故以姓著。"

[9] 韶光:指美好的光阴(多指春天),也比喻青年时期。

[10] 谢豹:即子规,亦名杜宇、杜鹃。《禽经》:"巂周,子规也,啼必北向。江介曰子规,蜀右曰杜宇。"晋张华注:"啼苦则倒悬于树,自呼曰谢豹。"宋陆游《老学庵笔记》卷三:"唐顾况《送张卫尉》诗曰:'绿树村中谢豹啼。'若非吴人,殆不知谢豹为何物也。"巂[guī],古同"嶲",即子规。

[11] 商略:商讨、评论。

[12] 怅惘:亦作"怅罔"。惆怅迷惘。

[13] 徐仲可:徐珂(1869—1928),原名昌,字仲可,浙江杭县(今杭州市)人。光绪十五年(1889)举人,后任商务印书馆编辑,并参加南社。曾担任袁世凯在天津小站练兵时的幕僚,不久离去。1901 年在上海担任《外交报》、《东方杂志》的编辑,1911 年,接管《东方杂志》的"杂纂部"。与潘仕成、王晋卿、王揖唐、冒鹤亭等友善。编有《清稗类钞》、《历代白话诗选》、《古今词选集评》等。

鹧鸪天

白云洞[1]题壁

金碧檀栾[2]出树颠,花宫[3]钟磬[4]近钧天[5]。盘龙路入逍遥谷[6],泼墨[7]云吞邈邈山。   丹灶客[8],白云仙。飞翔华盖[9]列苍官[10]。缥黄[11]暮色雕龙嘴[12],目极沧海万里船。

注释:

[1] 白云洞:崂山白云洞有二,一是位于崂山区王哥庄街道办事处雕龙嘴社区西山的白云洞,它背山面海,风景秀丽,海拔380 米,属崂山全真道教金山派庙宇。蓝水《崂山古今谈·白云洞》中说:"清建,在海拔四百米楼门峰之阳。余脉东走南转结成大仙、二仙上。"周至元《崂山志》也说:"(白云洞)在大仙山巅,

背倚危岩，前临深涧，二仙山峙其东，望海门矗其西，东南俯视大海，气象万千。洞系三巨石结架所成，深广可丈许，供玉皇于其中。……洞额镌白云洞三字，是日照尹琅若题。"二是位于崂山巨峰上的白云洞，明代蓝田称其"甲于巨峰"。周至元《崂山志》称："（巨峰白云洞）在铁瓦殿东二里，俗名避牛石屋。势甚穹敞，有暗泉落石隙间，潺潺有声。"这里指的是前者。

[2]檀栾：又作"檀欒"，秀美貌。诗文中多用以形容竹。

[3]花宫：指佛寺。

[4]钟磬：佛教法器。

[5]钧天："钧天广乐"的略语。指天上的音乐。

[6]逍遥谷，又称逍遥径，在白云洞的东南，并列着两座山峰，南曰"大仙山"，北曰"二仙山"。白云洞和二仙山之间有一谷，因谷底地质略为平坦好走，因而称"逍遥谷"，谷中苍松秀竹，特别茂密。更难得的是，这是一个没有遭到人类破坏的冰川峡谷，随处都是亿万年前的冰川遗迹。

[7]泼墨：比喻天气或景物所呈现的暗黑色。

[8]丹灶客：丹灶，炼丹用的炉灶。丹灶客，炼丹道人。

[9]华盖：即"华盖松"，又名"飞龙松"，系崂山古松，位于白云洞后。此松形状奇特，其老干盘曲，遮满洞顶，小枝斜出，伸向洞外，从下仰望恰似一条张牙舞爪的飞龙，在洞顶上腾空而起，甚奇。这一由古树和白云洞交织而成的奇特景观，即"崂山著名十二景"之一"云洞蟠松"。惜已无存。

[10]苍官：松或柏的别称。

[11]缥黄：黄昏。《楚辞·九章·思美人》："指嶓冢之西隈兮，与缥黄以为期。"王逸注："缥黄，盖黄昏时也。缥，一作曛。"

[12]雕龙嘴：位于崂山东部沿海的王哥庄街道办事处驻地东南6.5公里处。海岸一岬角深入海中，悬崖下插大海，石岩颜色赤黄，遥望形似龙头，故名雕龙嘴。海水烘托一大圆石悬空探出，酷似骊龙颔下珠，此石名"钓龙矶"。危岩顶部有两棵（其中一棵新中国成立前被砍）古朴树，像两根龙须。每遇潮来，此处洪涛波荡，摇摇欲飞，云雾缭绕，远看犹如巨龙在戏珠。雄踞此石西的村庄由此取名为"雕龙嘴村"。

叠嶂攒峰[1]翠插天，蓬壶[2]宫阙有无间。云开溟渤[3]平如鉴，日出榑桑[4]赤似盘。　　　银杏[5]老，玉兰[6]残。抚栏话旧[7]有黄冠[8]。旧题笼壁[9]交期近，遗我庐堂一兀然[10]。

况蕙风评：神似六一翁。

注释：

[1] 攒峰：亦作"攒峯"、"攒峰"，即密集的山峰。

[2] 蓬壶：即蓬莱。古代传说中的海中仙山。晋王嘉《拾遗记·高辛》："三壶则海中三山也。一曰方壶，则方丈也；二曰蓬壶，则蓬莱也；三曰瀛壶，则瀛洲也。形如壶器。"

[3] 溟渤：溟海和渤海。多泛指大海。南朝宋鲍照《代君子有所思》诗："筑山拟蓬壶，穿池类溟渤。"

[4] 榑[fú]桑：古同"扶桑"，海外的大桑树，中国古代神话中太阳升起的地方。

[5] 银杏：指白云洞院内的两株古银杏，一雌一雄，比肩而立，相伴而生，宛如一对情侣，在白云缭绕的山洞前守护了千年。其中雌株略显瘦小，雄株较粗壮，并有两子株。两树均为国家一级古树，为唐朝初建道场时所植。

[6] 玉兰：在白云洞右边一石洞旁，有一株白玉兰树，粗逾合抱，树龄达三百余年，花期时半山郁香。可惜树身受损，现旁边已长出碧绿子株。

[7] 话旧：油印本作"谈往"。

[8] 黄冠：指道士。《至道太清玉册·冠服制度章》："古之衣冠皆黄帝之时衣冠也，自后赵武灵王改为胡服，而中国稍有变者，至隋炀帝东巡使于畋猎，尽为胡服，独道士之衣冠尚存，故曰有黄冠之称。"另一说此称呼起自隋代李播。据《新唐书·方技传》："李淳风父播，仕隋高唐尉，弃官为道士，号黄冠子。"后代乃称道士为"黄冠"，一般指男道士。

[9] 旧题笼壁：五代王定保《唐摭言》卷七《起自寒苦》："王播少孤贫，尝客扬州惠昭寺木兰院，随僧斋飡。诸僧厌怠，播至，已饭矣。后二纪，播自重位出镇是邦，因访旧游，向所题已皆碧纱幕其上。播继以二绝句曰：'二十年前此院游，木兰花发远新修。而今再到经行处，树老无花僧白头。''上堂已了各西东，惭愧阇黎饭后钟。二十年来尘扑面，如今始得碧纱笼。'"这里借用王播事，指词人旧日所题受到道士的重视。

[10] 兀然：突兀的样子。

六州歌头[1]

龙潭瀑[2]遇雨

砏[3]崖转石，声势倒银河。林壑暝，飞匹练，挂岩阿，郁嵬峨，千尺从天下。挟风力，排云气，飞霹雳，卷潭底，起风波。破壁玉龙，飞舞翔空际。鳞鬣[4]婆娑。伟奇观倒海，难得雨滂沱，万象森罗，百灵呵。　　渐烟菲敛，岩扃[5]启，狂飙驻，夕阳焞。收雨脚，阴晴划，一刹那，坐磐陀。弥望山如沐，临水镜，照青螺[6]。天为我，开画本，意何多。笑傲花花浪子，玉鳞瀑[7]，不数鹰窠[8]。恍冰壶濯魄，一为起沈疴[9]，引首高歌。

夏映厂[10]评：气象旁魄，音响沉雄。

瞿蜕园评：笔阵亦有倒海之观。

注释：

[1] 六州歌头：词牌名，本为鼓吹曲名，后用作词牌。"六州"指唐代西部边界的伊、凉、甘、石、熙、渭诸州。六州各有歌曲，统称《六州》，歌头即引歌。双调143字，有平韵、平韵兼叶仄韵、平仄互押3体。音调悲壮，多吊古之词。龙榆生《唐宋词格律》曰："宋人程大昌《演繁露》：'《六州歌头》，本鼓吹曲也。近世好事者倚其声为吊古词，音调悲壮，又以古兴亡事实文之。闻其歌，使人慷慨，良不与艳词同科，诚可喜也。'一百四十三字，前后片各八平韵。又有于平韵外兼叶仄韵者，或同部平仄互叶，或平韵同部、仄韵随时变换，并能增强激壮声情，有繁弦急管、五音繁会之妙。要以平韵为主，仄韵为副，务使'玄黄律吕，各适物宜'耳。"

[2] 龙潭瀑：又称玉龙瀑，在崂山南部八水河中游，北距上清宫约1公里。周围岩壁峭立，八水河至此，沿20米高、10余米宽的绝壁悬空倒泻，喷珠飞雪，状如玉龙飞舞。瀑布落下十几米，与石壁相击，分数股跌入潭中。碧水凝寒，清澈见

底，潭旁巨石上镌"龙潭瀑"三字。大雨过后，山洪暴注，飞腾叫啸，更为壮观，故有"龙潭喷雨"之称。

［3］砯［pīng］：象声词，水击山崖声。

［4］鬣［liè］：马、狮子等颈上的长毛。

［5］岩扃［jiōng］：扃，古同"扃"，门、门户。岩扃，山洞的门，借指隐居之处。

［6］青螺：喻青山。唐刘禹锡《望洞庭》诗："遥望洞庭山水翠，白银盘里一青螺。"

［7］玉鳞瀑：即潮音瀑，瀑水凌空而下，一波三折，飞泻的声音犹如澎湃的潮水，素有"崂山第一瀑布"之称。因其流水形状像鱼鳞，又名鱼鳞瀑。

［8］鹰窠：鹰窠河，即内九水的内三水。其东北岩峭水急，流水破峡飞泻，形成马尾状的短瀑，名"马尾瀑"。这一带林木茂盛，有很多鹳鸟，当地人称之为山鹰子，这条涧溪也称为"鹰窠河"。黄公渚《崂山纪游百咏》其十二曰："鹰窠河畔日昏黄，九水分流入下方。破庙无僧集蝙蝠，阅人佛亦厌津梁。"

［9］沈疴：亦作"沉疴"。重病；久治不愈的病。

［10］夏映厂：夏敬观（1875—1953），江西新建人，字鉴臣、剑臣、剑丞、盥人，缄斋等，晚号映盦，又作映庵，映厂，别署玄修、牛邻叟。早年为著名经学家皮锡瑞弟子，精通经史。光绪十七年（1891）入新建县学，光绪二十年（1894）举人。1900年后在上海随文廷式学词。曾入张之洞幕府，办两江师范学堂，任江苏提学使，兼复旦公学第三任校长，中国公学监督，署提学使。光绪三十五年（1909）辞官。1916年任涵芬楼撰述，1919年任浙江省教育厅长，1924年辞职闲居上海。晚年专攻山水花卉，鬻画自给。擅长诗词，著有《忍古楼诗集》、《忍古楼词》、《忍古楼画说》、《音学备考》等。

减字木兰花[1]

外九水[2]与美荪[3]同游

老僧入定[4]，云拥孤峰呼不醒。九曲回环，水送山迎到菊湾[5]。
澄潭窅绿，涧叶玉笙声断续。异境天开，容我搜寻画本来。

因风转籁，谡谡[6]松涛青入海。大石嵬峨，翘首奇峰耸骆驼[7]。花花浪子，倒挂飞泉通八水，拄杖丹丘[8]，坐爱枫林半日留。

夏映厂评：模山范水，高唱入云。

注释：

[1] 减字木兰花：《木兰花》本为唐教坊曲，后用为词牌。本有五十二、五十四、五十五、五十六字四体，北宋以后多遵用五十六字体，前后片各三仄韵。又有《减字木兰花》，四十四字，或简称《减兰》，上下片第一、三句各减三字，改为平仄韵互换格，每片两仄韵、两平韵。又有《偷声木兰花》，五十字，上下片于第三句各减三字，平仄韵互换，与《减字木兰花》相同。宋教坊复演为《木兰花慢》，一百一字，前片五平韵，后片七平韵。本词即为四十四字体《减字木兰花》。

[2] 外九水：位于崂山白沙河上游。白沙河源出山顶北麓，河水经山脚而折流，有九折；人行河畔小路，转折处须涉水而过，亦九涉；每涉一次为一水，故称九水。九水又分内九水、外九水（内九水和外九水合称北九水）和南九水三路，其中以北九水的景观最为著名。

[3] 美荪：吕美荪（1882—1945），安徽旌德人，名贤钫，后改名眉孙，眉生，又易名美荪，字清扬，号仲素，别署齐州女布衣。近代女诗人，吕碧城二姐，工诗词，尤精古体诗。历任天津北洋女子公学监督、奉天女子师范学堂总教习、女子美术学校、安徽第二女子师范校长。1935 年东游日本。旅居南京多年。晚年寓居青岛，与康有为、梁启超、赵尔巽、吴郁生、于元芳、黄公渚等人交往密切，并互有诗词唱和。著有《眉生诗稿词稿》（《吕氏三姐妹集》之一种）、《辽东小草》、《葂丽园诗》、《葂丽园诗再续》、《瀛州诗访记》和《勉丽园随笔》等，章士钊早年曾在吕美荪来信后跋云"襄淮南三吕，天下知名"，即指吕惠如、吕美荪和吕碧城三姐妹。

[4] 老僧入定：三水有定僧峰，位于三水水库坝东。1967 年此处建三水水库，水丰时从溢洪坝顶凌空跌落，如挂珍珠壁帘，晶莹夺目。坝东一峰如兀坐的老人，石纹披斜恰如衣纹，颇似老僧打坐入定，故名。清代画家高凤翰有《三水题定僧峰》五言律诗："三水峰尤怪，天然古定僧。禅机云冥冥，骨相石棱棱。破衲合荒藓，庞眉引瘦藤。何年占此胜，跌坐悟三乘。"

[5] 菊湾：在孙家村村东，大崂观村北，外九水之一水即从这里开始。

[6] 谡谡[sù sù]：象声词，形容风声呼呼作响。

[7] 骆驼：指"虎飞投"，俗称骆驼头。六水涧北有黄褐色山峰耸立，直插蓝天，远望如一匹骆驼临涧而卧，有昂首嘶空、气吞长川之气势，故俗称"骆驼头"。此峰从不同角度看，有不同的形状，由东看似骆驼头，由西与南望则形似鹰嘴，东北望狰狞粗猛形似恶鬼，故亦有鹰嘴峰和恶鬼峰之名。峰西叠嶂排空，陡峭险恶，名飞虎岩，这两个并列的一峰一嶂，令人叹为观止。清代康熙年间即墨文人宗方侯有《骆驼头》诗："秦桥万里返东流，疑是当年鞭石游。力尽五丁驱不得，山灵幻结骆驼头。"

[8] 丹丘：传说中神仙所居之地。《楚辞·远游》："仍羽人于丹丘兮，留不死之旧乡。"王逸注："丹丘昼夜常明也。"唐韩翃《同题仙游观》诗："何用别寻方外去，人间亦自有丹丘。"

浣溪沙[1]

劳 顶

呼吸浑疑帝座[2]通，浮空朵朵碧芙蓉。天开海市破鸿蒙[3]。
落叶尘风如逐北，连山趋[4]海尽朝东。振衣[5]直上最高峰。

林忍厂[6]评：超然物表，意境宏阔。

注释：

[1] 浣溪沙：唐教坊曲名，因春秋时期人西施浣纱于若耶溪而得名，后用作词牌名，又名"浣溪纱"、"小庭花"等。张泌词，有"露浓香泛小庭花"句，名"小庭花"；韩淲词，有"芍药酴醿满院春"句，名"满院春"；有"东风拂栏露犹寒"句，名"东风寒"；有"一曲西风醉木犀"句，名"醉木犀"；有"霜后黄花菊自开"句，名"霜菊黄"；有"广寒曾折最高枝"句，名"广寒枝"；有"春风初试薄罗衫"句，名"试香罗"；有"清和风里绿荫初"句，名"清和风"；有"一番春事怨啼鹃"句，名"怨啼鹃"。此调有平仄两体。平韵体始于唐代韩偓，通常以其词《浣溪沙·宿醉离愁慢髻鬟》为正体；仄韵体始于南唐李煜。全词分上下两片，上片三句全用韵，下片末二句用韵，过片二句用对偶句的居多。音节明

快，句式整齐，易于上口，为婉约派与豪放派多数词人所常用。别有《摊破浣溪沙》，又名《山花子》，上下片各增三字，韵全同。

[2] 帝座：亦作"帝坐"，古星名。属天市垣，即武仙座α星。战国甘德、石申《星经》："帝座一星在市中，神农所贵，色明润。"

[3] 鸿蒙：迷漫广大貌。《汉书·扬雄传上》："外则正南极海，邪界虞渊，鸿濛沆茫，碣以崇山。"颜师古注："鸿濛沆茫，广大貌。"

[4] 趄：古同"趋"。

[5] 振衣，抖掉衣服上的灰尘。出自晋代左思诗："振衣千仞岗，濯足万里流。"意思是在极高的山冈上整饬衣服，抖落衣服的灰尘；又在长河中洗去脚上的污浊。多指放弃世俗的荣华富贵，立志在山中隐居

[6] 林忍厂：林葆恒（1872—?），字子有，号讱庵，福建闽侯（今福州）人。近代著名词学家、藏书家、书画家。林则徐侄孙。光绪十九年（1893）举人，后毕业于美国哥伦比亚大学，经过学部考验以及廷试，于1910年9月赏为当年唯一的文科进士出身，并授翰林院编修。民国后曾任驻小吕宋（今菲律宾）副领事、驻泗水领事。谙于书史，精于词学。在天津组织词社。后至上海，创建沤社。著有《讱庵诗稿》、《讱庵词》，词作"清声逸响，饶有韵味"（夏敬观《忍古楼词话》）。辑有《闽词征》六卷、《词综补遗》一百卷。曾协助叶恭绰编纂《全清词钞》。"忍厂"，当为"讱庵（厂）"。

清平乐[1]

秋日游南九水暮宿劳山饭店

数行官柳，路入南龙口[2]。弹月桥[3]边人载酒，照影溪流面皱。
打窗如雨虫声，梦醒山馆难成。林月窥人半面，多情欲似无情。
潘兰史[4]评：不事粉饰，情文自胜。

注释：

[1] 清平乐：原为唐代教坊曲名，后用为词牌。又名《忆萝月》、《醉东风》。双调，四十六字。上片四仄韵，下片三平韵。也有全押仄声韵的。

[2] 南龙口：位于沙子口西北处，因地处龙口石以南而得名。

[3] 弹月桥：位于沙子口北部 7 公里处的大石社区，拱形，横跨南九水河，因其形如弯月故名。1914 年，日军在王哥庄仰口湾登陆，一路直奔沙子口。德军为了阻止日军前进，把该桥炸毁。日军侵占青岛后，又将其修复。1970 年，沙子口公社出资将该桥加宽，架设两边护栏，一直使用至今。

[4] 潘飞声（1858—1934）：字兰史，号剑士、心兰、老兰，别署老剑、剑道人、说剑词人、罗浮道士、独立山人，斋名蒭淞阁、室名水晶庵、崇兰精舍、禅定室等，祖籍福建省人，先祖于清乾隆年间迁居广东经商，遂落籍于广东省番禺县（今广州市番禺区）。清末民国诗人、书画家。早年以诗词名世。清光绪十三年（1887）应德国聘请，执教柏林大学汉文学教授，讲授中国文学。客居海外四年。光绪十七年（1891）回国，光绪二十年（1894）甲午海战后，赴香港任《华字日报》、《实报》主笔，倡导中华文化，居港逾十三载。光绪三十三年（1907）到上海定居，加入南社，与高天梅、俞剑华、傅屯良被誉为"南社四剑"，并在上海参与成立淞社。又参加希社、沤社、鸥隐社及题襟金石书画会等。长于诗词书画，善行书，苍秀道劲，善画折枝花卉。诗笔雄丽，时有奇气。与罗瘿公、曾刚甫、黄晦闻、黄公度、胡展堂并称为"近代岭南六大家"。著有《西海纪行卷》、《天外归槎录》、《说剑堂诗集》、《说剑堂词集》、《在山泉诗话》、《两窗杂录》、《说剑堂全集》、《饮琼浆室词》、《春明词》、《饮琼浆室骈文钞》、《蒭淞阁随笔》等，其中《两窗杂录》是手抄本，现存广东省中山图书馆。

忆少年[1]

暮秋游神清宫

一山黄叶，一溪红蓼[2]，一林风箨[3]。重阳[4]菊初绽，占秋光[5]篱角。　金阙[6]璇、台云漠漠绕，回廊旧游如昨。凭高恨如许，付南云行脚[7]。

注释：

［1］忆少年：北宋词人晁补之创制的一个词牌。又名《十二时》、《桃花曲》、《陇首山》。双调四十六字，前片两仄韵，后片三仄韵，亦以入声部为宜。两结皆上一、下四句法。亦有于过片处增一领字者。本词为四十六字格。

［2］红蓼［liǎo］：蓼是一年生草本植物，叶披针形，花小，白色或浅红色，果实卵形、扁平，生长在水边或水中。茎叶味辛辣，可用以调味。全草入药。亦称"水蓼"。红蓼是蓼的一种。花呈淡红色。

［3］萚［tuò］：古书上说的一种草，根如葵而叶似杏，黄花，荚实。也指草木脱落的皮或叶。

［4］重阳：我国传统节日，农历九月初九日。古以九为阳数之极。九月九日故称"重九"或"重阳"。魏晋后，重阳日有登高游宴活动。

［5］秋光：秋日的风光景色。

［6］金阙［què］：道家谓天上有黄金阙，为仙人或天帝所居。《神异经·西北荒经》："西北荒中有两金阙，高百丈。"

［7］行脚：谓僧人为寻师求法而游食四方。

醉翁操[1]

山中招隐寄璺厂

嵯峨，槃薖[2]，吟哦[3]。舞偌偌[4]，猗那[5]，攀丛桂兮岩之阿。闲来一醉无佗[6]，心太和。世事付南柯[7]，莫更寻梦中臼窠[8]。　　净瓶[9]梵夹[10]，一卷莺摩[11]。兴来坐隐[12]，销与情怀骏騀[13]。山可樵而行歌，石可礨[14]而婆娑[15]，冥冥鸿雁过。江湖多风波，把臂[16]意云何，与君偕隐安乐窝。

夏映厂评：竟体高浑。

注释：

［1］醉翁操：词牌名。原为沈遵所作琴曲名，苏轼始为填词。其序云："琅琊幽谷，山川奇丽，泉鸣空涧，若中音会。醉翁喜之，把酒临听，辄欣然忘归。既去

十余年，而好奇之士沈遵闻之往游，以琴写其声，曰《醉翁操》，节奏疏宕，而音指华畅，知琴者以为绝伦。然其有声而无其辞，翁虽为作歌，而与琴声不合。又依《楚辞》作《醉翁引》，好事者亦倚其辞以制曲。虽粗合韵度，而琴声为词所绳约，非天成也。后三十余年，翁既捐馆舍，遵亦没久矣。有庐山玉涧道人崔闲，特妙于琴。恨此曲之无词，乃谱其声。而请东坡居士以补之云。"（见《东坡乐府》卷二），双调九十一字，上片十平韵，下片七平韵，一仄韵。

[2] 槃薖 [kē]：典出《诗经·卫风·考槃》"考槃在阿，硕人之薖"两句。考槃，盘桓之意，指避世隐居。阿，山阿，山坡。薖，貌美，引申为心胸宽大。两句意为避世隐居者，道德高尚又心胸宽广。

[3] 吟哦：写作诗词；推敲诗句。

[4] 傞傞 [suō suō]：醉舞忘形貌。

[5] 猗那：表示赞美之辞。

[6] 无佗：无他，没有别的。

[7] 南柯：唐李公佐作《南柯太守传》，叙述淳于棼梦至槐安国，娶公主，封南柯太守，荣华富贵，显赫一时。后率师出征战败，公主亦死，遭国王疑忌，被遣归。醒后，在庭前槐树下掘得蚁穴，即梦中之槐安国。南柯郡为槐树南枝下另一蚁穴。后因以指梦境，亦比喻空幻。

[8] 白窠 [jiù kē]：比喻陈旧的格调，老一套。

[9] 净瓶：净瓶观音手持之物。净瓶观音亦名"杨柳观音"，因菩萨手上的净瓶是插有杨柳的。杨柳取其柔顺，是象征观音慈悲救苦，普度众生之意，所谓"金刚怒目，菩萨低眉"。传说观音菩萨有三十三个化身，净瓶观音就是其中之一。

[10] 梵夹：亦作"梵荚"、"梵筴"。指佛书。佛书以贝叶做书，贝叶重叠，用板木夹两端，以绳穿结，故称。唐李贺《送沈亚之歌》："白藤交穿织书笈，短策齐裁如梵夹。"王琦汇解引唐杜宝《大业杂记》："新翻经本，从外国来，用贝多树叶，形似枇杷叶而厚大，横作行书，约经多少，缀其一边如牒然，今呼为梵夹。"

[11] 鸯摩：梵语鸯窭 [jù] 利摩罗的省称，佛教人名，意译为指鬘 [mán]。佛陀在世时，舍卫城北的深山里有一个人名叫阿含萨，由于受人愚弄，以为只要在七天之内杀满一千人，然后切下死尸右手的一只指头，串成鬘饰，佩戴在身上，来生便可升天享福，因此四出杀人，城中的人都称他为"指鬘外道"。当他杀了九百九十九人，眼看七天期限将满，一时又找不到其他人，情急之下，竟然要加害自己

的母亲。这时正好佛陀赶来，对他进行点化启导，此人终于改过忏悔，皈依佛门。这一故事也见于唐玄奘《大唐西域记·室罗伐悉底国》。原文说："善施长者宅侧有大窣堵波，是鸯窭利摩罗舍邪之处。鸯窭利摩罗者，室罗伐悉底国之凶人也。作害生灵，为暴城国，杀人取指，冠首为鬘。将欲害母，以充指数。世尊悲愍方行导化。"

[12] 坐隐：下围棋的别称。南朝宋刘义庆《世说新语·巧艺》："王中郎以围棋是坐隐，支公以围棋为手谈。"

[13] 駊騀〔pǒ'é〕：起伏不平。

[14] 罾〔zēng〕：四边有支架的方形渔网。《说文解字》："罾，鱼网也。"段玉裁注引颜师古曰："形如仰伞，盖四维而举之。"宋陆游《入蜀记》第三："渔人依石挽罾，宛如画图间所见。"这里指山石可用于挽罾捕鱼。

[15] 婆娑〔pó suō〕：逍遥，闲散自得。

[16] 把臂：握持手臂，表示亲密。唐钱起《过沈氏山居》诗："贫交喜相见，把臂欢不足。"

万里春[1]

秋暮北九水[2]独游览

枫屑柳愁，黄叶浓于酒。展冰奁[3]、一鉴明漪，映丹崖[4]错绣[5]。

正潦收山瘦，况摇落，清秋时候。坐溪桥、贪看斜阳，趁昏鸦归后。

瞿蜕园评：少许胜人，一字千金。

注释：

[1] 万里春：调见周邦彦《片玉词》，《清真集》不载。双调四十五字，前后片各四句、三仄韵。此调在古代作者中止此一词。按周邦彦《万里春》："千红万翠，簇清明天气。为怜他、种种清香，好难为不醉。　　我爱深如你，我心在、个人心里。便相看、老却春风，莫无些欢意。"秘长青校《词律校勘记》以为，第二句"簇"下落"定"字，应从《片玉词》增补。如此，则周词为双调四十六字。

［2］北九水：参前《减字木兰花·外九水与美荪同游》注释"外九水"。

［3］冰奁［lián］：梳妆镜。

［4］丹崖：绮丽的岩壁。

［5］错绣：色彩错杂的锦绣。

西地锦[1]

太清宫[2]口占

金刹[3]十年重到，看宝珠[4]花老，绿暗红稀，登临纵目，损伤春怀抱。　　壁题旧欢如损，添树轮多少，一迳经幢[5]，四山梵呗[6]，梦龙天缥缈。

注释：

［1］西地锦：词牌名，不详所起。双调，有三体。一体四十六字，前后片各五句、三仄韵，结句均为四字；又一体四十八字，前后片各五句、三仄韵，结句均为五字；又一体四十七字，前后段各四句、三仄韵，第三句均为七字。其前片第二句不作上一下四句法，后片第二句六字折腰，自成一体。本词为四十八字体。

［2］太清宫：又名下宫，位于崂山区王哥庄镇青山村南，太清宫湾北岸。创建于宋代太平兴国年间（976—984），是崂山规模最大的古老道观。"文化大革命"初期，宫内之神像、供器、经卷、文物、庙碑全部被捣毁焚烧。1983年修复，现为青岛市文物保护单位。

［3］金刹：本指佛寺，这里指太清宫。

［4］宝珠：即宝珠山。在太清、上清两宫之间，峰峦奇秀，山下即以著名的太清宫为核心的太清风景游览区。宝珠山的七座山峰从东、北、西三面环抱着这一临海谷地，形成了特殊的地理环境。宝珠山南面是太清湾，因有暖湿气流不时从海上送来，使这里形成了亚热带气候环境，故有"崂山小江南"之称。

［5］经幢［chuáng］：我国佛教石刻的一种，创始于唐。凿石为柱，上覆以盖，下附台座，刻佛名、佛像或经咒于上。其制式由印度的幢形变化而来。

［6］梵呗［fàn bài］：佛教作法事时的歌咏赞颂之声。

渔歌子[1]

黄山[2]櫂歌十阕

仰口[3]弯头槲叶[4]黄，漩心河[5]畔蓼花香。朝撒网，晚鸣榔，一曲渔光唱夕阳。

注释：

[1] 渔歌子：又名《渔父》，唐教坊曲，二十七字，四平韵。中间三言两句，例用对偶。后来此调多用为双调。

[2] 黄山：位于崂山东麓王哥庄东南，青山东北。

[3] 仰口：位于崂山东北部，附近有太平宫、白龙洞、犹龙洞、白云洞、关帝庙等道教人文景观，上苑山、狮子峰、觅天洞及仰口雕龙矶、峰山岬角等自然风光。

[4] 槲 [hú] 叶：槲树的叶子，形大如荷叶。槲树为多年生灌木，木不成材，生长缓慢，易弯曲。

[5] 漩心河：又名泉心河，位于王哥庄村南约8.5公里处。发源于巨峰的东麓和棋盘石山南和北坡，东流注入黄海，流程5.4公里，流域面积12.5平方公里。属季节性河流，水质甘洌，富含矿物质。河水在距入海口泉心湾1公里处的山谷里，被横排巨石所阻，形成天然水潭。潭水在急流冲击下，回旋不止，潭心漩起"斗"形漩涡，洞由此得名"漩心洞"，河得名"漩心河"，潭得名"漩心潭"。因该河由三股泉水汇成一个中心水流，又称泉心河。

二月南风鱼[1]讯来，黄鲇赤鲫间仙胎[2]。施桴淀[3]，布罾罶[4]，更着槎头[5]傍水隈。

注释：

[1] 鱼：油印本作"渔"。

[2] 仙胎：即仙胎鱼，学名香鱼，崂山白沙河流域生长的一种珍稀淡水鱼，鱼形如梭，长不过尺；脊背呈淡青色，鱼体扁平透明，长约15—20厘米，重量一般

在二三十克左右。嗅起来无鱼腥味，却有一股特殊的瓜香味。肉质细嫩，鲜美异常。明代起进贡皇上，来到崂山的历代官员也都有幸尝到仙胎鱼为荣。素有"崂山中华鲟"的美称。

［3］施栫［jiàn］淀：栫，本义为篱笆，这里指鱼栫，又叫鱼籪［duàn］，是插在水里阻挡鱼类，以便捕捉的竹栅栏；淀，较浅的湖泊。此指在湖水中设置鱼籪。

［4］罶罶［liǔ］：罶，见前《醉翁操》注。罶，捕鱼的竹篓子，鱼进去后无法再出来。

［5］槎［chá］头：即鳊［biān］鱼，古名槎头鳊，亦省称"槎头"。缩头，弓背，色青，味鲜美，以产于汉水者最著名。唐孟浩然《岘潭作》诗："试垂竹竿钓，果得槎头鳊。"

窑货堤[1]宽二里强，渔村八月烂秋光。山枣熟，柿经霜，红出人家牡蛎[2]樯。

注释：

［1］窑货堤：位于现王哥庄街道返岭村前，以前曾是码头，地势险要，明人张允抡《游崂东境记》中描述其地势说："石壁千尺，下浸海，阻南北之路，凿壁开道，仅可通人。"1928年修建由雕龙嘴至太清宫的"东海路"时，窑货堤被凿去。据此，本词当作于1928年之前。

［2］牡蛎［mǔ lì］：亦称"牡蛤"。海产双壳类软体动物（牡蛎科），有粗糙不规则贝壳，壳可入药。又名蚝。肉鲜美，可食用。

绛色裲裆[1]双髻丫[2]，踏歌连臂唱村娃，红姬娵[3]，绿槎枒[4]，一树山茶若个家。

注释：

［1］裲裆［liǎng dāng］：古代一种长度仅至腰而不及于下，且只蔽胸背的上衣，形似今之背心。军士穿的称裲裆甲，一般人穿的称裲裆衫。

［2］鬟丫：盘于头顶左右两边的发髻。

［3］妮嫘［nuǒ wǒ］：当为嫘妮之误，娇媚柔美。在此当指山茶花娇媚柔美。

［4］槎枒［chá yá］：亦作"槎丫"，树木枝权歧出貌。在此当指山茶树枝的长势。

蛏圳蠔山[1]计岁租，海星[2]熠熠海珠[3]腴。囊碌石[4]，网珊珠[5]，生涯滨海胜江湖。

注释：

［1］蛏［chēng］圳蠔［háo］山：蛏，蛏子，软体动物，介壳长方形，淡褐色，生活在沿海泥中，肉可食，味鲜美。圳，田边水沟。蠔山，蠔即蚝，牡蛎的别名。蚝附石而生，相黏如山，故称蚝山。

［2］海星：海星是无脊椎动物的一类，非鱼类。体扁，无头和胸，只有口面与反口面之分。它的身体像五角形，呈辐射状对称。体型大小不一，小到 2.5 厘米、大到 90 厘米，体色也不尽相同，几乎每只都有差别，最多的颜色有橘黄色、红色、紫色、黄色和青色等。

［3］海珠：海兔，俗称海珠、雨虎，又名"海猪仔"。是一种海产软体动物，系蚝、蚌等贝壳类的近亲，但体外无皮毛，也没有石灰质的外壳，只有一层薄而半透明的角质膜覆盖着身体。其体形略呈卵圆形，运动时身体可变形。头上一前一后，长有二对触角。后触角较长，当它不动时，活像一只蹲在地上竖着一对大耳朵的小白兔，因而最早被罗马人称为海兔。后被世人所公认，海兔因而得名。一般体长 10 厘米以上，宽约 7 厘米，重 130 克左右，但亦有更大者。经济价值很高，是一种食药兼优的海味珍品。

［4］囊碌［lù］石：碌，矿物名，又称"石碌"，也称"碌石"，即"孔雀石"。囊碌石，指将捡到的碌石放入口袋中。囊在此做动词，意为用口袋装。

［5］网珊珠：用网捕获珊瑚、珠蚌等。

到处风吹麦饭香，蒲帆[1]暮卸鸟栖樯。鱼贯柳，蛤[2]盈筐，村酒浓于蟹壳黄。

注释：

[1] 蒲帆：用蒲草编织的帆。唐李贺《江南弄》诗："水风浦云生老竹，渚暝蒲帆如一幅。"

[2] 蛤：即蛤蜊［gé lí］，在山东半岛地区的方言中，被称为［gá là］或［gǎ là］。软体动物，壳形卵圆，色淡褐，稍有轮纹，内白色，栖浅海沙中，有花蛤、文蛤、西施舌等诸多品种，肉可食，属物美价廉的海产品。

出海千帆舶䑲风[1]，浮家泛宅翠涛中。看蜃市，㹠鲛宫[2]，鲸鱼张眼射波红。

注释：

[1] 舶䑲［bó chào］风：指的是梅雨结束、夏季开始之际强盛的季候风，也叫季风。苏东坡有《舶䑲风》诗曰："三旬已过黄梅雨，万里初来舶䑲风。几处萦回度山曲，一时清驶满江东。惊飘蔌蔌先秋叶，唤醒昏昏嗜睡翁。欲作兰台快哉赋，却嫌分别问雌雄。"诗的小引指出："吴中梅雨既过，飒然清风弥旬，岁岁如此，湖人谓之舶䑲风。是时，海舶初回，云此风自海上与舶俱至云尔。"

[2] 鲛宫：神话传说中人鱼即鲛人的水中居室，又叫鲛室。晋张华《博物志》卷九："南海外有鲛人，水居如鱼，不废织绩……从水出，寓人家，积日卖绢。将去，从主人索一器，泣而成珠满盘，以与主人。"

莹子[1]泉眼十里途，渔舟晚唱载鹈鹕[2]。惊巷犬，吓栖乌[3]，家家竞把醉人扶。

注释：

[1] 莹子：位于王哥庄村东北6.1公里海中，小管岛西北2.1公里，距陆地最近点大台子2.9公里。系干出礁，低潮时露出水面2.3米。因位于小管岛内侧，亦名"内岩"，又因礁石光洁明亮，体小似玉，故名。

[2] 鹈鹕［tí hú］：水鸟，体长可达2米，翼大，嘴长，尖端弯曲，嘴下有一个皮质的囊，羽毛灰白色，翼上有少数黑色羽毛。善于游泳和捕鱼，捕得的鱼存在

皮囊中。多群居在热带或亚热带沿海。肉可以吃，羽毛可以做装饰品。

　　[3] 栖乌：晚宿的归鸦。

　　积翠烟霞岭逼天，黄山南面是青山。郎竹马，女鸦鬟[1]，村似朱陈[2]日往还。

注释：

　　[1] 鸦鬟：亦作"鸦鬟"，犹鸦髻。色黑如鸦的丫形发髻。

　　[2] 朱陈：古村名。唐白居易《朱陈村》诗："徐州古丰县，有村曰朱陈……一村唯两姓，世世为婚姻。"宋苏轼《陈季常所畜朱陈村嫁娶图》诗："何年顾陆丹青手，画作朱陈嫁娶图。"后用为两姓联姻的代称。

　　腊鼓[1]磬磬祀海神[2]，垂髫[3]戴白[4]趁墟[5]人。衣食足，屋庐[6]新，何必桃园[7]始避秦。

　　叶遐庵评：此亦源出《花间》。

注释：

　　[1] 腊鼓：古人于腊日或腊前一日击鼓驱疫，因有是名。南朝梁宗懔《荆楚岁时记》："十二月八日为腊日，谚语：腊鼓鸣，春草生。村人并击细腰鼓，戴胡头，及作金刚力士以逐疫。"

　　[2] 海神：传说的海中之神。

　　[3] 垂髫 [tiáo]：古时儿童不束发，头发下垂，因以"垂髫"指儿童。陶渊明《桃花源记》："黄发垂髫，并怡然自乐。"

　　[4] 戴白：头戴白发，形容人老。亦代称老人。《汉书·严助传》："天下赖宗庙之灵，方内大宁，戴白之老，不见兵革。"颜师古注："戴白，言白发在首。"

　　[5] 趁墟：亦作"趁虚"、"趂虚"，赶集。

　　[6] 屋庐：住房。

　　[7] 桃园：指晋陶潜《桃花源记》中之桃花源。

夜半乐[1]

暮春华楼宫[2]题壁

暖风养麦天气，萋萋芳草，一碧连平楚[3]。耸黛鬓烟环，白云深处。嵊[4]危壑际，桃花夹道，山灵[5]天外相招，轩轩[6]霞举，曳竹杖、来寻旧游路。

望中紫府[7]绛阙[8]，鸠唤芳林，燕衔飞絮，高架崮[9]、沉沉半隐烟雾。翠屏[10]一逻，丹崖[11]万仞，妆楼[12]片片花飞，落红[13]无主，叫蜀魄[14]，匆匆送春去。

对此杖触，稚竹[15]成林，胜游非故，碧落[16]（岩名）迥，泉声咽如诉。望云门[17]、群岫列戢青无数。林壑[18]晦、羲驭[19]归何处？断虹[20]暗澹[21]南天暮。

冯嵩厂评：声情并懋（同茂），涩调见笔力。

注释：

[1] 夜半乐：唐教坊曲。段安节《乐府杂录》："明皇自潞州入平内难，半夜斩长乐门关，领兵入宫剪逆人，后撰此曲，名《还京乐》。"又有谓《夜半乐》与《还京乐》为二曲者。一百四十四字，分三段，前段、中段四仄韵，后段五仄韵。前段第四句是上一、下四句式。全曲格局开展，中段雍容不迫，后段则声拍繁促。

[2] 华楼宫：又名万寿宫，位于崂山区北宅镇蓝家庄西华楼山之阳。创建于元代泰定二年（1325），于明代天顺年间重修，东为老君殿，中为玉皇殿，西为关帝殿。"文化大革命"初期，宫内之神像、供器、经卷、文物、庙碑全部被捣毁焚烧，房屋由崂山林场使用。现为青岛市文物保护单位。

[3] 平楚：平野。

[4] 嵊［yǎn］：大山上的小山。

[5] 山灵：山神。

[6] 轩轩：仪态轩昂貌。

[7] 紫府：道教称仙人所居。

[8] 绛阙: 宫殿寺观前的朱色门阙。亦借指朝廷、寺庙、仙宫等。

[9] 高架崮: 也称"高家崮", 华楼景区内最高的一座山峰, 海拔407米。是一花岗岩石崮, 东壁高大陡险, 西壁有长达100米的"一线天"景观, 顶部较为平坦。据说明代永乐年间, "永乐扫北"时, 有一高姓人家为避难, 在山顶上筑室居住, 因此得名。现在山顶上还有当年高家人居住时留下的遗迹。

[10] 翠屏: 即翠屏岩, 位于华楼山风景区, 是一座陡壁。抬头仰望, 峭崖壁立, 岩体光翠斑斓, 犹如一幅锦屏, 故名。岩壁上诸多石刻为明代陈沂、邹善、蔡叔奎所题。壁下有玉皇洞。洞额为明朝武举周鲁题写。

[11] 丹崖: 绮丽的岩壁。

[12] 妆楼: 旧称妇女居住的楼房, 这里用来形容山峰的雅致。

[13] 落红: 落花。唐戴叔伦《相思曲》: "落红乱逐东流水, 一点芳心为君死。"

[14] 蜀魄: 即蜀魂, 鸟名, 指杜鹃。相传蜀主名杜宇, 号望帝, 死化为鹃。春月昼夜悲鸣, 蜀人闻之, 曰: "我望帝魂也。"故称。

[15] 稚竹: 亦作"稺竹"。幼竹, 新长的竹。

[16] 碧落: 即碧落岩, 华楼宫北的一块巨石, 崂山奇岩之一, 呈红褐色, 上刻"碧落岩"三字。岩顶树木葱郁, 雀鸟群集。岩下金液泉, 泉水清澈常年不涸, 崂山名泉之一。

[17] 云门: 即云门峰, 又名天门峰、南天门。位于华楼宫宫前, 突岩兀立, 四面环山。前临流清河湾, 山峰耸峙, 峰峰相连, 中有长涧通幽, 植被繁茂, 西有"摩头崮", 东有"天门后", 沟壑处"将军槽"幽中带险, 涧深处"倒溜子口"深不见底。峭壁对峙, 绝壁悬空, 山梁石壁上镌有长春子之手书"南天门", 明代进士陈沂有《南天门》诗: "望入天门十二重, 夐然飞雾半虚空。千寻不假钩梯上, 一窍惟容箭括通。风气荡摩鹏翮外, 日光摇漾海波中。欲求阊阖无人问, 但拟形云是帝宫。"

[18] 林壑: 山林涧谷。南朝宋谢灵运《石壁精舍还湖中作》诗: "林壑敛暝色, 云霞收夕霏。"

[19] 羲驭: 古代神话传说, 羲和是驾驭日车的神, 故以羲驭代指太阳。

[20] 断虹: 一段彩虹, 或残虹。

[21] 暗澹 [dàn]: 亦作"暗淡", 不鲜艳, 不明亮。

浣溪沙

大劳观[1]

合沓冈峦翠接天，夹溪风籁[2]碧琅玕[3]。攲筇[4]九水[5]一探源。

破庙蒙尘歌玉佛，孤峰浴日立金仙[6]。崖松倒挂不知年。

注释：

[1] 大劳观：也作大崂观。位于大崂村东，后环白沙河，前对芙蓉峰，土地平旷，竹木清幽。该观建于元代延祐年间（1314—1320），又名真武庙，祀真武、老君。明代万历年间（1573—1620）重修，正殿三间，院宇整洁，环境清幽。观左是一片竹林，林北河中有龙潭湾，湾中产仙胎鱼，味极鲜美。清代文人王卓如《宿大劳观》诗云："斜阳下西岭，炊烟远弄景。道人知客来，伫立久延颈。山深天易暝，连床人尚醒。万籁寂无闻，冷然一声磬。""文化大革命"初期，观内神像、文物、庙碑全部被毁，后为工商总局青岛干校使用，现辟为观光游览场所。

[2] 风籁：风声。

[3] 琅玕：形容竹之青翠，亦指竹。

[4] 攲筇 [zhī qióng]：攲，古同"支"，支撑；筇，一种竹子，实心高节，可做手杖，故筇又可指手杖。攲筇，指拄杖。

[5] 九水：大劳观是外九水的始发地。白沙河的上游为北九水，北九水又有内外之分，自大崂观村北的菊湾溯至太和观（即北九水村）为外九水，长约5公里，自太和观溯流而上至靛缸湾（鱼鳞口、潮音瀑）为内九水，长约3公里。

[6] 金仙：指佛。唐李白《与元丹丘方城寺谈玄作》诗："朗悟前后际，始知金仙妙。"王琦注："金仙，谓佛。"

鹧鸪天

与袁道冲[1]游石老人村口占

沙口[2]重来已十春，丹枫[3]策策[4]迓[5]车轮。云开雁路霞舒绮，波撼鲛宫浪卷银。　　　形疴偻，骨嶙峋。风晨雨夕阅千尘。天荒地老无穷意，独立苍茫石老人。

冯蒿厂评：感喟苍凉，瓣香稼轩。

注释：

[1] 袁道冲（1881—1975）：袁荣叟，字道冲，浙江桐庐人，民国初期曾任山东省教育厅厅长、青岛市地方自治筹办委员会副委员长等职，《胶澳志》总纂。曾多次与黄公渚同游崂山。

[2] 沙口：即沙子口。

[3] 丹枫：经霜泛红的枫叶。

[4] 策策：象声词。

[5] 迓：迎接。

遍地花[1]

丹山观桃花

二月韶光正年少。酿轻阴、春意枝头闹。几番风、花信[2]催人。看破萼[3]、千红窈窕。　　　望山树，赤焰痕如烧。芳心自禁寒峭。酹[4]桂浆[5]、暗祝东君[6]，怎奈向、芳菲易老。

注释：

[1] 遍地花：词牌名，又名《玉阑干》，为双调五十六字，前后段各四句，三仄韵。

[2] 花信：花开的信息。自小寒至谷雨，一百二十日，八个节气，中国古代以每五日为一候，计二十四候，人们在每一候内开花的植物中，挑选一种花期最准确的植物为代表，应一种花信，称之为"二十四番花信"。

[3] 破萼：破蕾，指花蕾绽开。萼，花瓣下部的一圈叶状绿色小片。

[4] 酹 [lèi]：把酒洒在地上表示祭奠或起誓。

[5] 桂浆：指酒浆，美酒。

[6] 东君：日神。屈原《九歌》中有《东君》，祭祀对象也是日神。

穆护砂[1]

乱后重游太清宫

鼓枻[2]沧溟去。践山盟、待证鸥鹭[3]。趁禹貥[4]收浪，海天霞曙。瀛壖[5]清浅如许。一迳窈、檀栾青凤舞，炎景敛、日中无暑。林海汤、绿云靡极，绕殿脚、泉声如故。婀娜蓬莱，葳蕤[6]蒼葡[7]。十年重到渺愁余。访錬师[8]羽化，玉徽辍轸[9]，腹痛赏音无。　寥若钟鱼[10]琳宇[11]。碧纱笼、壁题尘污。怅蕊珠宫阙，沉沉朱鸟，年时洞天曾住。遁藕孔、将身迷处所。生意抚、婆娑庭树。道场散，饥鸦掠食。兵尘梗[12]，归雁无书。海印芜平，宝珠花萎，魂归绛雪泪应枯。又黄昏、战舰空滩，角声吹暮雨。

陈苍虬评：隐轸菀结[13]，枨触[14]万端，神明于规矩方圆，故多奇致。

注释：

[1] 穆护砂：乐府曲名，一作《穆护子》。唐张祜《穆护砂》："玉管朝朝弄，清歌日日新。折花当驿路，寄与陇头人。"调名本此。盖因旧曲名，另倚新声也。双调一百六十九字，前段十五句七仄韵、一协韵，后段十四句六仄韵、两协韵。明杨慎《词品·穆护砂》："乐府有《穆护砂》，隋朝曲也，与《水调》、《河传》同时，皆隋开汴河时辞人所制劳歌也。"古人所作，仅元代宋聚《穆护砂》一首。

[2] 鼓枻 [yì]：枻，船桨。鼓枻，亦作"鼓栧"，划桨，谓泛舟。

[3] 践山盟、待证鸥鹭：《列子·黄帝》："海上之人有好鸥鸟者，每旦之海上，从鸥鸟游，鸥鸟之至者百住而不止。其父曰：'吾闻鸥鸟皆从汝游，汝取来，吾玩之'。明日之海上，鸥鸟舞而不下也。"这一寓言是说人无巧诈之心，异类可以亲近。后世多用以比喻淡泊隐居，不以世事为怀，并有"鸥鹭忘机"的成语。

这两句表达了词人对远离世事纷争，与鸥鹭为盟的隐居生活的向往。

[4] 禺貌：传说中的海神、风神，《山海经·大荒东经》：“东海之渚中，有神，人面鸟身，珥两黄蛇，践两黄蛇，名曰禺貌。黄帝生禺貌，禺貌生禺京，禺京处北海，禺貌处东海，是惟海神。”

[5] 瀛壖 [yíng ruán]：海岸。

[6] 葳蕤 [wēi ruí]：形容植物生长茂盛的样子。

[7] 薝蔔 [zhān bǔ]：梵语 Campaka 音译。原产印度，释迦牟尼成道时，其背后即有此花。宋人所称之薝蔔，已非印度所产，而是中国化的薝蔔，又称栀子花，花瓣六出，与五瓣梅花明显不同。古籍中又作“薝卜”、“薝葡”等，这多是版本有别造成的，《辞海》（上海辞书出版社 1999 年版缩印本）第 747 页作“薝卜”，其解释为：“花名。《本草纲目·木部三》‘卮（zhi）子’：‘木丹，越桃，鲜支，花名薝卜。’又引苏颂曰：‘木高七八尺，叶似李而厚硬，又似樗蒲子，二三月生白花，花皆六出，甚芬香，俗说即西域薝卜也。’”

[8] 錬师：油印本作“练师”，指德行高超的道士。

[9] 玉徽辍轸 [chuò zhěn]：玉徽，玉制的琴徽，亦为琴的美称。辍，撤销，撤除。轸，弦乐器上系弦线的小柱，可转动以调节弦的松紧。在此指擅琴的道士去世，琴弦弃置，无人弹奏。

[10] 钟鱼：寺院撞钟之木。因制成鲸鱼形，故称。亦借指钟、钟声。

[11] 琳宇：殿宇宫观的美称。

[12] 梗 [gěng]：阻塞，阻碍。

[13] 隐轸 [zhěn] 菀 [yù] 结：隐轸，犹隐赈，隐通“殷”，众多，富饶。菀结，郁结，思积于中而不得发泄。意为颇多忧思郁结。

[14] 枨 [chéng] 触：触犯，触动；感触。

闲中好

劳山四时歌

春山睡，莺唤梦初醒。雨带溪流活，海连岚气[1]青。（春）
山居好，消夏最相宜。雨过泉千道，雾收峰四围。（夏）

秋山瘦，黄叶下如潮。海近风先硬，地偏天自高。（秋）

千峰雪，巘磴[2]白云封。野烧畲田[3]赤，耐冬山寺红。（冬）

注释：

[1] 岚气：山中雾气。

[2] 巘［yǎn］：同"巘"，大山上的小山。磴：阶梯；石级。也指险峻的山坡。

[3] 畲［shē］田：畲，火耕，播种前，焚烧田地里的草木，用草木灰做肥料的耕作方法。畲田，火耕地，指采用刀耕火种的方法粗放耕种的田地。

浣溪沙

石门峡[1]与美荪同游

鼓吹林陬[2]两部蛙，松风声挟海涛哗。丹枫艳似一林花。　　八水争流齐赴壑，两崖对立俨排衙。满襟冷翠入金华。

金华谷在石门峡。

徐仲可评：金风亭长得意之作。

注释：

[1] 石门峡：位于崂山内九水第八水的东面，其峡两崖对峙，崖高数十米，四周崖壁形成一圆圈，中断成门，宽3米，故名。又名"大龙门"、"二龙门"、"鱼鳞峡"。峡谷内壁呈赭黄色，危岩悬空欲坠，十分险奇。

[2] 林陬［zōu］：林隅。

哨　遍[1]

夏日游外九水遇雨旋晴，景尤奇丽，赋柬同游诸子，时戊辰六月[2]

水以九名，曲处有潭（外九水以九潭著），擅此溪山美。避炎歊[3]，消夏最相宜。叩岩扉楼台林际。天骤晦，风声雨声综至，云垂便有吞山势。倒银汉如倾，黛发如沐，千岩万壑争奇。挟藤篴箬笠[4]菊湾来，倚杖看悬泉四天[5]飞。濯足溪流，玉笋亭亭（玉笋峰在一水），窥人妩媚。

噫！异境天开（明"天开异境"石刻摩崖在五水），定僧兀坐浑如睡（定僧峰在三水）。雨过林霏敛，重峦出涌胜翠。看飞虎投崖，明驼昂首，奇峰啄日苍鹰嘴（飞虎崖、骆驼头、鹰嘴峰，在六水）。幻石壁中空，窍开混沌，岩端霞散成绮（二水南有石壁裂处名混沌窖）。展翠屏（岩名，在二水）一逻带斜晖，湛碧玉（潭名，在二水）澄潭鉴须眉。涧中行、松涛忽起（松涛涧[6]在八水）。丹丘自在人世（小丹丘[7]在八水），意惬理无违。曷[8]来晞发盘陀坐啸，容我寻盟松桂。鸢飞鱼跃共忘机，引归途、蛙声鼓吹。

夏映厂评：惨淡经营，章法完整。后半喷薄而出，极组舞磬控之致，嗣响须溪，纯以气胜。

冒疚斋[9]评：兴会飙举，抟挽[10]处见笔力。

注释：

[1] 龙榆生曰：一作《稍遍》，始见《东坡词》。其小序云："陶渊明赋《归去来》，有其词而无其声。余既治东坡，筑雪堂于上，人人俱笑其陋，独鄱阳董毅夫过而悦之，有卜邻之意。乃取《归去来辞》，稍加檃括，使就声律，以遗毅夫。使家僮歌之，时相从于东坡，释耒而和之，扣牛角而为之节，不亦乐乎？"汲古阁本《东坡词》于《稍遍》后附小注："其词盖世所谓'般瞻'之《稍遍》也。'般瞻'，龟兹语也，华言为五声，盖羽声也，于五音之次为第五。今世作'般涉'，误矣。《稍遍》三叠，每叠加促字，当为'稍'，读去声。世作'哨'，或作'涉'，皆非是。"明曼山馆本《东坡先生诗馀》注同。元刊《东坡乐府》及《稼轩长短句》则皆作《哨遍》。各家句逗平仄，颇有出入，殆由"每叠加促字"较有伸缩余地耳。兹以苏词一阕为准。二百三字，仍依各本只分两段。前段五仄韵，四平韵，后段五平韵，八仄韵，同部参差错叶。《康熙词谱》谓："其体颇近散文。"（龙榆生：《唐宋词格律》，上海古籍出版社1978年版，第173—174页）本词括号

内文字为作者自注，以下各类作品，凡出现同类情况者，不再一一说明。

[2] 油印本作"戊辰六月游外九水。遇雨旋晴，景尤奇丽，赋東同游诸子"，戊辰，1928 年。

[3] 炎歊 [xiāo]：亦作"炎熇 [xiāo]"，暑热，炎热。

[4] 箬笠 [ruò lì]：用箬竹叶及篾编成的宽边帽。

[5] 四天：四方的天空。

[6] 松涛涧：八水西山为松林，山雄水涌，水应松啸如惊涛之远至，环境幽静，至此已近九水。水中石崮上有题刻"松涛涧"，集黄庭坚书，字径 80 厘米。

[7] 小丹丘：七水山谷宽敞，天光大亮，两岸翠竹苍松，山村掩映其间。涧北一峰临水独立，呈丹褐色，山势奇特秀如盆景，名小丹丘，又因岩石突出如发髻，又叫仙人髻，亦名小梳洗楼。峰顶石上，南向刻有"小丹丘"三字，集郑板桥字。

[8] 朅 [qiè]：句首助词，无意义。

[9] 冒疚斋：冒广生（1873—1959），字鹤亭，号疚斋，江苏如皋人，因出生于广州而得名，其先祖为元世祖忽必烈。冒氏为如皋大族，书香门第，冒辟疆是他的祖辈；1889 年他历县、州、院三试皆列第一。1894 年被录取为举人，担任刑部及农工部郎中。民国时历任农商部全国经济调查会会长、江浙等地海关监督。抗战胜利后任中山大学教授、南京国史馆纂修。新中国成立后，时任上海市市长的陈毅特地聘任他为上海市文管会特约顾问。著有《京氏易三种》、《管子集校长编》、《后山诗注补笺》、《疚斋词论》、《疚斋杂剧》、《小三吾亭诗词文集》、《冒鹤亭诗歌曲论集》、《宋曲章句》、《南戏琐谈》、《四声钩沉》、《倾杯考》、《蒙古源流年表》等，编有《如皋冒氏丛书》、《永嘉诗人祠堂丛刻》、《楚州丛书》、《永嘉高僧碑传集》、《二黄先生集》等，是我国近代文化史上著名的诗人、词人、书法家和学者。

[10] 抟挍 [tuán wán]：抟，把东西捏聚成团；挍，刮、打、击。指借鉴吸收进行再创造而形成全新的艺术品。

春去也[1]

胶东人呼峰为崮，崮读若个，山中峰以崮名者，不可一二数，口占得二十二解。

麂子崮[2]，大石蠢轮囷[3]。波海参天无畔岸，甘龙顶[4]外日黄昏，路指八仙墩[5]。

麅子崮在甘龙顶途中。

注释:

[1] 春去也:《梦江南》别名。又名《望江南》、《忆江南》、《江南好》等,唐代刘禹锡作《忆江南》:"春去也! 多谢洛城人。弱柳从风疑举袂,丛兰裛露似沾巾,独坐亦含颦。"故又有《春去也》词牌。此词牌名称多至十四个,双调为五十九字,上下片各五句,两仄韵,两平韵;另一体为五十四字,上下片各五句三平韵。单调二十七字,本词为单调。清舒梦兰《白香词谱》曰:"本词原名《望江南》。《乐府杂录》:'《望江南》,始自朱崖、李太尉镇浙日,为亡妓谢秋娘所撰',故亦名《谢秋娘》。白乐天作《忆江南》三首,第一《江南好》,第二、第三《江南忆》,自注云:'此曲亦名《谢秋娘》,每首五句。'(见《碧鸡漫志》)于是又名《江南好》、《江南忆》;而《忆江南》本名,亦以此而起。此外刘禹锡词,首句作'春去也';皇甫松词,有'闲梦江南梅熟日'之句:因又名为《春去也》、《梦江南》、《望江南》。而《全唐诗》于李后主《忆江南》注又名《归塞北》;万氏《词律》,又有《梦江口》之名。至梁武帝与沈约之《江南弄》各曲,或以为亦《忆江南》之别名;此调异名,可谓夥矣。"

[2] 麅[páo]子崮:麅同"狍"。在青山村西,明霞洞南,垭口之北,距上清宫不远。

[3] 轮囷[qūn]:囷,古代一种圆形谷仓。轮囷意为高大、硕大。

[4] 甘龙顶:在太清宫附近。周至元《游崂指南》:"太清宫,在东南海滨。后倚宝珠山,左为甘龙顶,其前平阔处为海印寺,旧址劳山头。去宫东可八里,八仙墩及张仙塔在焉。"

[5] 八仙墩:位于崂山头西南侧,在一刀砍斧劈般的断崖下面。断崖高约70米,南北长200米,石色褐黄,五彩斑斓。岩下散布着十多方大石,高约3米,长阔5—6米,上平如削,高低方圆不一,石色与壁同,光彩耀目,如锦似绣,传说八仙过海时曾在这里歇息,故得名。此处巨浪排空,状如鼎沸,怒涛撞壁,声若惊雷,山摇摇欲动,岩岌岌欲倾,扣人心弦,惊险万分,在崂山十二景中称"海峤仙墩"。明高弘图《劳山九游记》中,誉为崂山"第一奇、第一丽"之景观。

金刚崮[1]，负日紫磨光。千仞凌虚天倚杵，结跏[2]努目看沧桑，万劫[3]亦寻常。

金刚崮在铁瓦殿[4]西。

注释：

[1] 金刚崮：位于铁瓦殿西企鹅峰南，直插青天，恰似一威猛金刚傲立群峰之中，故得名。

[2] 结跏 [jiā]：结跏趺 [fū] 坐的省称，是佛教徒的一种坐法，即以左右两脚的脚背置于左右两股上，足心朝天。佛教认为这种坐法最安稳，不容易疲劳，且身端心正，因此修行坐禅者经常采取这种坐法。

[3] 万劫：万世。佛教称世界从生成到毁灭的一个过程为一劫。

[4] 铁瓦殿：原名"东华宫"，道教名胜。在崂山顶峰之下。始建于宋代，殿顶覆铁瓦，后脊青山，面临大海，是崂山地势最高的殿宇，清乾隆年间（1736—1795）毁于大火。现仅存清顺治十年（1653）墓碑一通和元明清三代摩崖石刻数处。殿之附近有银壁、老君、葫芦、慈光、普照、铸钱六个天然石洞，六洞大小不一，风光各异。

光光崮[1]，俯视小王村。日出扶桑[2]金焜耀[3]，桃都[4]鸡唱迓东君，望海石为门。

光光崮在萧旺。

注释：

[1] 光光崮：位于王哥庄西南的二龙山上，形似铜打击乐器而得名。

[2] 扶桑：神话传说中的树名，太阳从这里升起。

[3] 焜 [zhāo] 耀：照耀；照射。

[4] 桃都：上古神木。《述异记》卷下："东南有桃都山，上有大树名曰桃都，枝相去三千里，上有天鸡。日初出照此木，天鸡则鸣，天下之鸡皆随之鸣。"

凌烟崮，天外碧岩峣。杰出华楼标绝顶，左携高架石王乔，鼎足崎云霄。

凌烟峒、高架峒、王乔峒[1]并在华楼山。

注释：

[1] 王乔峒：位于华楼峰和高架峒之东。王乔即王子乔，《列仙传》载："王子乔者，周灵王太子晋也，好吹笙，作凤凰鸣，游伊、洛之间。"相传古代仙人王乔曾在此峒顶吹笙以游，故名。元代礼部尚书王思诚有《王乔峒》七言绝句："仙子吹笙何处游，碧天明月几千秋。谁知万叠崂峰顶，犹有遗址在上头。"崂山有两个王乔峒，另一个王乔峒在崂山水库北岸，位于惜福镇东南4.7公里处，该峒属三标山支脉，明代永乐年间因有王、乔二姓避战乱于该处，故名。

凤凰峒，昂首俯华阴。慧炬钟鱼禅呗[1]起，福堆灯火市声沉，日暮一登临。

凤凰峒在华阴，其下为慧炬院，东为福堆。

注释：

[1] 呗 [bài]：佛教徒念经的声音。

老乌峒，铁色望中赊。天际孤骞[1]疑啄日，翠微影里乱飞鸦，落日带明霞。

老乌峒在滑溜口[2]东南。

注释：

[1] 孤骞：超逸、与众不同。周密《齐东野语》卷十引宋牟端明《返棹图赞》："孤骞兮风雅，唾视兮爵禄。"

[2] 滑溜口：是崂山的著名山口之一，又名牤牛岭。此处地势甚高，海拔1009.4米，因岭口皆为沙石且坡陡，光滑不易行走而得名。该口为一多岔路口，由该口北上约6公里可直上巨峰，西北去2.5公里可达蔚竹庵，东行则能抵棋盘石、明道观、刁龙嘴和返岭后。四周多植落叶松，郁郁葱葱，覆盖遍山。

琵琶崮，造物费雕镂。石作檀槽[1]浑紫色，松涛搿搿起山陬，风送四弦秋。

琵琶崮在土堑岭西南。

注释：

[1] 檀槽：檀木制成的琵琶、琴等弦乐器上架弦的槽格。亦指琵琶等乐器。唐李贺《感春》诗："胡琴今日恨，急语向檀槽。"王琦汇解："唐人所谓胡琴，应是五弦琵琶耳。檀槽，谓以紫檀木为琵琶槽。"

那罗崮，卓立石门山。俯瞰中心云四面，长河如带月如烟，钟梵[1]出云间。

那罗崮在石门山，其下为中心崮。

注释：

[1] 钟梵：寺院的钟声和诵经声。宋王安石《光宅寺》之一："千秋钟梵已变响，十亩桑竹空成阴。"

比高崮[1]，天外影颀颀[2]。妆点额黄[3]留晚照，平量腰素锁朝霏，烟视自然碑[4]。

比高崮即美人峰，在劳顶。峭拔若与巨峰争高，故名。

注释：

[1] 比高崮：即"美人峰"，环绕崂山巨峰的山峰之一。海拔1083米，相对高度约100米，山体笔直陡立，顶部比较平坦。从西侧看，好像比巨峰还要高，大有与巨峰试比高的气势，故而得名。该崮又像一位亭亭玉立的窈窕淑女，面向巨峰含情凝望，因此还被称为"美人峰"。

[2] 颀颀［qí qí］：崇高貌。

[3] 额黄：一种古代中国妇女的美容妆饰，也称"鹅黄"、"鸦黄"、"约黄"、"贴黄"，"花黄"。因以黄色颜料染画或粘贴于额间而得名。

[4] 自然碑：位于比高崮之南，是崂山南麓登巨峰必经之处。该碑是崛起于山半的一块巨石，宽约7米，高约40米，顶端前突如碑盖，碑面平削，上望时，见此石傲然耸立在苍翠的群峰层峦中，俨然是一座巨碑，堪称鬼斧神工，是崂山的名石之一。明代文人曹臣《劳山周游记》中有："三、四里许，为自然碑，直削千尺，本修额短，俨若天质之妙，因笑秦皇汉武，何不于此勒功德而遂失之也！"周至元有诗赞曰："岌岌丰碑矗，树来不计年。凿应施鬼斧，题尚待飞仙。苔篆蜗文古，云浸蜗额鲜。秦皇空一世，不敢勒铭篇。"

丈老崮[1]，痀偻[2]倚天门。平揖大台相伯仲，俯携小扁若见孙，冷眼阅千尘。

丈老崮在崂山北支，大台、小扁，并崮名。

注释：

[1] 丈老崮：又名丹炉峰。位于巨峰北200米，海拔1100米。山头由数组花岗岩裸岩组成。峰顶较平坦，可容数百人，是观日佳处。该峰是仅次于巨峰的崂山第二大高峰，山峰顶部北侧一组裸岩似"丹炉袅袅"，故名。山峰上

[2] 痀偻 [gōu lóu]：痀，驼背；偻，脊背弯曲。因生病直不起背的样子，也称作"佝偻"。还有"姊妹石"、"危岩悬殊"等象形山石。

元帅崮，抗手对将军。环侍云峦严羽卫[1]，朝宗[2]天汉[3]拱钩陈[4]，气象域中尊。

元帅崮在南九水，危峰插天，气象雄伟，其左将军崮[5]在焉。

注释：

[1] 羽卫：帝王的卫队和仪仗。

[2] 朝宗：古代诸侯春、夏朝见天子。后泛称臣下朝见帝王，也指下属进见长官。

[3] 天汉：古时指银河，也泛指浩瀚星空或宇宙。

[4] 钩陈：后宫或星宫名。《文选·班固〈西都赋〉》："周以钩陈之位，卫以严更之署。"李善注引《乐叶图》："钩陈，后宫也。"《文选·扬雄〈甘泉赋〉》："诏招摇与太阴兮，伏钩陈使当兵。"李善注引服虔曰："钩陈，神名也。紫微宫外营陈星也。"

[5] 将军崮：又名"将军远眺"，位于北九水的双石屋村对岸。山峰高高耸起，极似一位古代将军瞩目远望，故名。

摩头崮[1]，峰以响云名。昂首霄空裁咫尺，荡胸云气自纵横，石作马槽形。

摩头崮在天门峰西，即响云峰。将军槽形如马槽，在崮西。

注释：

[1] 摩头崮：位于天门峰之西，是响云峰的俗称。山峰顶上形似两锥尖直向天际。

天眼崮，平视小蓬莱。日照鹤山堆瑇瑁[1]，云开马峡涌瑶瑰[2]，缥缈聚仙台[3]。

天眼崮在崔山，小蓬莱、马峡在其左，东为聚仙台。

注释：

[1] 瑇瑁 [dài mào]：亦作"玳瑁"，爬行动物，形似龟，甲壳黄褐色，有黑斑和光泽。

[2] 瑶瑰 [yáo guī]：瑶，美玉，比喻美好、珍贵；瑰，珍奇。这里指鹤山一带山如美玉，赏心悦目。

[3] 聚仙台：位于松风口以南、华楼宫以东。又名华表峰、梳洗楼。高峰叠架凌云，四壁削然陡立，高达 30 余米，叠石崛起于岭顶，顶部平坦如台，远远望去宛如叠石高楼直插云天，在崂山十二景中称"华楼叠石"。民间传说何仙姑曾在此梳洗，故俗称"梳洗楼"，有"崂山第一奇峰"之誉。

龙穿崮[1]，一穴镜中圆。州长地辛收药龙，泉流天乙韵琴弦，柱后访河源。

龙穿崮在劳顶，柱后高峭壁，一穴如镜，北有天乙泉，为白沙河发源处。地辛，草名，山农采为药饵。

注释：

[1] 龙穿崮：位于巨峰东北面，山峰上部南北贯穿一个大洞，有2米多高，5米多深，在阳光照射下，它透出七彩的光芒，传说有一青龙从此石穿过成洞，因此人们管这个洞叫作"龙穿洞"，"龙穿洞"所在的山峰就是"龙穿崮"。

秋千崮[1]，影出绿杨颠。一洞贮云三伏冷，双峰负日半空悬，孤啸挟飞仙。

秋千崮在茶涧，双峰高峙，夕阳返照，景尤奇丽。崮下有冷云洞，山中木瓜成林，秋色斑斓，为劳东胜赏。

注释：

[1] 秋千崮：位于登瀛风景游览区，在茶涧西南，该崮双峰高对，势尤雄拔，外形酷似一座秋千，故名。

锥儿崮[1]，脱颖出云间。卓地云根增突兀，刺天峭崿[2]自孱颜，造化巧难言。

锥儿崮在三标山[3]。

注释：

[1] 锥儿崮：三标山为崂山向西北延伸的一大支脉，分干脊、东北、西南三个分支。干脊分支自三标山起，南行为肥儿崮、中华崮，东过劈石口，南为锥儿崮、大劳崮。

[2] 峭崿 [qiào'è]：高峰，高崖。《文选·孙绰〈游天台山赋〉》："披荒榛之蒙茏，陟峭崿之峥嵘。"吕向注："峭崿，高峯也。"

[3] 三标山：位于崂山西麓，属崂山四大山系之一，山势挺拔，奇石林立，沟谷幽深，植被茂密，原始生态良好，形成了一处大自然的山水画廊。山顶有三峰秀立，南、北、中一字并列，远望似三个梭镖，矗立云天，故名。蓝田《三标山》："三峰海上接云平，洞里丹经不识名。东望仙舟悲汉武，西邻书舍忆康成。崎岖百转泉流绕，苍翠千重夜气生。多病年来忘百虑，独立林壑未忘情。"

幕云崮[1]，表里白云封。天似穹庐[2]迷蜃气[3]，风吹钟梵破鸿蒙[4]，变化看神龙。

幕云崮[5]。

注释：

[1] 幕云崮：在美人峰下，巨石嶙峋，势如跃舞。

[2] 穹庐：指蒙古包，即蒙古人所住的毡帐，用毡子做成，中央隆起，四周下垂，形状似天，因而称为穹庐。

[3] 蜃气：亦作"蜄气"，是一种大气光学现象。光线经过不同密度的空气层后发生显著折射，使远处景物显现在半空中或地面上的奇异幻象。常发生在海上或沙漠地区。古人误以为蜃吐气而成，故称。

[4] 鸿蒙：亦作鸿濛。传说在盘古开天辟地之前，世界是一团混沌的元气，这种自然的元气叫做鸿蒙，那个时代被称作鸿蒙时代，后常用来泛指远古时代。

[5] 案："幕云崮"下缺作者自注。

流水崮[1]，风籁韵天琴。峭壁流丹开一罅，飞泉泻玉落千寻，铁瓦殿崎嵚[2]。

流水崮在铁瓦殿避牛石屋前。

注释：

[1] 流水崮：巨峰白云洞的俗名。周至元《游崂指南》："白云洞，俗名流水

崮。去铁瓦殿东可二里，绝岩壁立，中裂为隙，水自隙中下坠，琤琮有声，落地成潭，味甘而冽，为流清河发源之处。其旁有洞，穹窿朗敞，内可容数百人，为朝阳洞。往昔山民牧牛者至，夕则将牛驱其中，故俗呼之谓'避牛石屋'"。

[2] 崎嵚 ［qí qīn］：形容山路险阻不平。

龙泉崮，俯视苟树台。天外苍虬[1]长剑倚，日边青鸟小槽回，万壑起风雷。

龙泉崮在劳顶东支，前临苟树台及小槽。

注释：

[1] 苍虬 ［qiú］：青色的龙。也形容树木盘曲的枝干。

大劳崮[1]，地接五茶高。积铁云中超万劫，涯丹霞外峙三标，天乐响琼璈[2]。

大劳崮在五茶山，北为三标山。

注释：

[1] 大劳崮：位于太和观附近的双石屋村之北，崮顶两岩对峙，瀑从峡间飞下，如长剑倚天，涧水东流为异云河。

[2] 琼璈 ［qióng áo］：玉制的乐器。

三层崮[1]，路险不堪攀。峰仰天门如列障，洞穷上苑一探源，红叶蔚奇观。

三层崮。

注释：

[1] 三层崮：又名"仙台峰"、"灵旗峰"，位于巨峰东南，秀削而薄，如旗展开，故名。又因山顶有三小峰东西排列，俗名"三层崮子"。蓝水《崂山古今谈》：

"灵旗峰，又名仙台峰，在巨峰左侧，其高仅次于巨峰。"

纱帽崮[1]，书卷与齐名。弹月桥边迎暖翠[2]，观川台[3]畔落层青，最好是秋晴。

纱帽崮、书卷崮[4]，并在南九水。

注释：

[1] 纱帽崮：位于南九水之东，有一大二小三块巨石组成，形似纱帽而得名。

[2] 暖翠：天气晴和时青翠的山色。

[3] 观川台：位于崂山南九水社区以东，西九水社区以南，在汉河社区北一公里处。初为洪述祖所建，是一座三层四方形的欧式小洋楼别墅，自题名"观川台"，并自号观川居士。楼层每面开有两个窗户，在室内看外面的风景，每个窗户都有不同的画面。日本人占领青岛期间被无偿占有，成了"福岛饭店"。再后来据说被王哥庄土匪李启先（音）付之一炬。现在已没有任何痕迹，只有新栽的银杏树布满整个山冈。

[4] 书卷崮：位于南九水，崮顶像一本翻开的书卷，故名。

一萼红[1]

壬申（1932）暮春携狐厂[2]、璧弟[3]登明霞洞[4]观海用白石韵[5]

石阑阴，有湘桃一树，娇小不胜簪。芒履[6]冲云，笋舆[7]传岭，薄暮人意冥沉。碧山悄松萝无极，渐梵呗催起绕枝禽。青豆房栊[8]，丹华洞府，两度凭临。　缥缈隐娥珠阙[9]，怕蓬山鸟使[10]，颠倒初心[11]。海外云来，中原地尽，还怜残世相寻。羁思[12]共灵潮朝暮，送春归难买万黄金。刻意参天寻碑，不恨山深。（道旁有"波海参天"摩崖）[13]

夏映厂评：吐属骚雅，意余言外。

注释：

[1] 一萼红：词牌名，双调一百零八字。毛先舒《填词名解》云："太真初妆，宫女进白牡丹，妃捻之，手脂未洗，适染其瓣，次年花开，俱绛其一瓣，明皇为制《一捻红》曲，词名沿之，曰《一萼红》。"有平韵、仄韵两体。仄韵体使用者极少，见《乐府雅词》中的北宋无名氏词，其上片结句云："未教一萼红开鲜艳"，《词谱》三十五谓词调由此而得名。平韵体始见于南宋姜夔词，两体字数相同。平韵体上片十一句五平韵，下片十句四平韵。上下片第二句是领字格，第六句例为拗句。歇拍前一句，可平收也可仄收。本词用姜夔《一萼红》原韵，姜夔词有小序："丙午人日，予客长沙别驾之观政堂。堂下曲沼，沼西负古垣，有卢橘幽篁，一径深曲。穿径而南，官梅数十株，如椒、如菽，或红破白露，枝影扶疏。着屐苍苔细石间，野兴横生。亟命驾登定王台，乱湘流，入麓山，湘云低昂，湘波容与，兴尽悲来，醉吟成调。"词曰："古城阴，有官梅几许，红萼未宜簪。池面冰胶，墙腰雪老，云意还又沉沉。翠藤共闲穿径竹，渐笑语惊起卧沙禽。野老林泉，故王台榭，呼唤登临。 南去北来何事？荡湘云楚水，目极伤心。朱户黏鸡，金盘簇燕，空叹时序侵寻。记曾共西楼雅集，想垂杨还袅万丝金。待得归鞍到时，只怕春深。"

[2] 邠厂：路朝銮（1880—1954），字瓠庵，别名金坡，贵州省毕节德沟人，清末举人，著名国画家、书法家、诗人。1913年曾任北京教育部秘书，1927年北伐胜利后，离开北京去奉天（沈阳）同泽中学任教，1930年，任青岛市政府秘书。1937年"八一三"事变后，在四川大学任教，并任四川通志馆副总纂，后又任东北大学教授。1953年6月，由当时任上海市市长的陈毅亲签聘书，为新中国成立后的上海文史馆最早的36名馆员之一。他在青岛任秘书期间，与黄公渚交往颇深，常结伴游览崂山。

[3] 璹 [chén] 弟：黄璹庵。

[4] 明霞洞：位于崂山南部玄武峰腰，系一天然石洞，为巨石崩落叠架而成，原为上清宫的一处别院。始建于金大定年间（1161—1189），起初巨石下面有一天然洞穴，当朝晖初露，夕阳欲坠时，霞光千变万化，有"明霞散绮"之称。洞额刻"明霞洞"三字，为清代书法家王墀所书，元代道士李志明曾于洞内修道。清康熙年间（1662—1722）遭天雷击，多半隐入地下，而成今形。洞前平崖如台，三峰环列，前对大海，周围松若虬龙，风光旖旎，是观景佳处。朝旭晚霞，在此眺望，变

幻无穷。"明霞散绮"是崂山胜景之一。

[5]"用白石韵"4字，据油印本补。

[6]芒履：芒鞋，用植物的叶或杆编织的草鞋。

[7]笋舆［sǔn yú］：竹舆，即竹轿子。

[8]房栊：房舍。

[9]珠阙：出自成语"珠宫贝阙"，是指用珍珠宝贝做的宫殿，形容房屋华丽。

[10]鸟使：即青鸟，指传信的使者。神话传说中为西王母取食传信的神鸟。《山海经·西山经》："又西二百二十里，曰三危之山，三青鸟居之。"郭璞注："三青鸟主为西王母取食者，别自栖息于此山也。"

[11]初心：本意。

[12]羁思：亦作"羁思"。羁旅之思。

[13]摩崖：把文字直接刻在山崖石壁上称"摩崖"。摩崖石刻也被认为是一种专门镇压风水的符咒。

巫山一段云[1]

华楼宫梳洗楼[2]

峰立瞻华表[3]，岩危状冕旒[4]。单树瘦削耸妆楼，仙子罢梳头。
玉女盆[5]犹在，金仙洞不留。桃花开落自春秋，云影日悠悠。

瞿蜕园评：无意雕饰，尤令人神游其境。

冯蒿厂评：隽美近淮海。

注释：

[1]巫山一段云：唐教坊曲，原咏巫山神女事。双调小令，四十四字，前后片各三平韵。《乐章集》增两字，后片转用两仄韵，两平韵，与此不同。

[2]梳洗楼：见前"聚仙台"注释。

[3]华表：梳洗楼又名华表峰。

[4]冕旒［miǎn liú］：古代大夫以上的礼冠。顶有延，延前有旒，故曰"冕

疏"。天子之冕十二旒，诸侯九，上大夫七，下大夫五。

〔5〕玉女盆：位于华楼景区的天然石坑，直径约2米，形状如盆。清末大儒王锡极先生有《玉女盆》诗："绝顶盆池终古流，相传玉女洗云头。当年谱下娥眉影，水底青天月半钩。"

好事近[1]

登窑观梨花，后期而往，零落尽矣。

海国已春深，十里梨花云漠漠，无奈风狂雨骤，惜飞花狼藉。　　林纤路转不逢人，田水涓涓碧，行近青山深处，有黄鹂留客。

注释：

〔1〕好事近：词牌名，又名《钓船笛》。双调四十五字，前后片各两仄韵，以入声韵为宜。两结句皆上一、下四句法。清舒梦兰《白香词谱》：唐宋时，民间所称"好事"一语，其义有二：（一）本于《孟子》："好事者为之也。"沿为喜好事故之词。好读去声，呼报切；如杜甫诗："旧来好事今能否？老去新诗传与谁？"白居易诗："门以招贤盛，家因好事贫。"《图画宝鉴》载米元章谓："好事家与赏鉴家，自是两等，家多资方，贪名好胜，遇物收置，不过听声，此谓好事。"皆是也。（二）谓慈善事业曰好事；《五代史·唐明宗纪》："谷帛贱，民无疾疫，则欣然曰：'吾何以堪之？当与公等作好事以报上天。'"《录异记》："嘉陵江侧，有妇人，自称十八姨，往来民家，不饮不食；每教谕于人，但作好事，莫违负神明。"本调调名取义，必居二者之一。至"近"字，在词牌中，与"今"、"引"、"慢"等相类，为表曲类之区别，与节奏之不同，与调名本义，羌无关涉。乃后世称男女爱恋之事曰好事：以李渔《蜃中楼传奇》有"可见从来好事，毕竟多磨"之句，于是以"好事多磨"一成语中之"好事"，训《好事近》之"近"为远近之近，义似"佳期近矣"，贯非所本也。又本调亦名《钓船笛》。

相思儿令[1]

美人峰即比高崗，在劳顶道中。

绰约风鬟雾鬓，倩影白亭亭。阅尽朝云暮雨，眉损两螺青[2]。
遗世独立倾城，染斜阳、醉靥微赪[3]。剧怜离合神光，无言脉脉含情。

陈焦厂[4]评：刻画精细，语妙双关。

注释：

[1] 相思儿令：词牌名，又名《相思令》。

[2] 螺青：颜色名，一种近黑的青色。宋陆游《练塘》诗："水秀山明何所似，玉人临镜晕螺青。"

[3] 赪[chēng]：红色。

[4] 陈焦厂：陈曾寿（1877—1949），字仁先，号耐寂、复志、焦庵。室名陈庄，旧月簃、石如意斋。又因家藏元代吴镇所画《苍虬图》，因以名阁，自称苍虬居士。湖北蕲水（今浠水县）人，状元陈沆曾孙。光绪二十九年（1903）进士，历官刑部主事、学部郎中、都察院广东道监察御史。民国时期，筑室杭州小南湖，以遗老自居。后曾参与张勋复辟，曾任末代皇后婉容的师傅。工书画，其山水清远超迈，尤善画松。书学苏东坡，画学宋元人。诗工写景，是近代宋派诗的后起名家，与陈三立、陈衍齐名，时称海内三陈。著有《苍虬阁诗集》十卷及《续集》二卷，《旧月簃词》一卷。

一斛珠[1]

王子涧[2]观红叶

枫林落叶，撒空点点珊瑚[3]屑。一绳雁向峥霄没。壑陡山深，秋物正奇绝。　　丹崖负日金明灭，澄漪[4]镜启中边澈。溪桥顾影头如[5]雪。送我归途，犹是旧时月。

叶退厂评：窈异[6]。

注释：

[1] 一斛珠：词牌名，又名《醉落魄》、《怨春风》、《章台月》等。双调五十七字，仄韵。南唐李煜词有此调，载《尊前集》。旧题曹邺《梅妃传》："梅妃为太真逼迁上阳，明皇于花萼楼念之，会夷使贡珠，命封一斛赐妃，妃谢以诗云：'柳叶双眉久不描，残妆和泪污红绡。长门尽日无梳洗，何必珍珠慰寂寥！'明皇览诗怅然，令乐府以新声度之，号《一斛珠》"，此本调之所由昉也。后又名《醉落魄》。

[2] 王子涧：在龙泉观东北 1.5 公里处，涧势屈曲，清流如练，危岩茂林，掩映左右。有一桥跨涧，长 20 米。涧两旁陡崖削立，林木茂密。涧东北有两条山岭，如卧在水面上的两条长龙，余脉一直伸延到王子涧村前，旧时认为此地风水很好，有"帝王之气"，故名。

[3] 珊瑚：珊瑚虫分泌出的外壳。珊瑚虫是一种海生圆筒状腔肠动物，在白色幼虫阶段便自动固定在先辈珊瑚的石灰质遗骨堆上，形成非植物类的"珊瑚树"以及非矿物类的"珊瑚礁"。珊瑚形态多呈树枝状，上面有纵条纹，每个单体珊瑚横断面有同心圆状和放射状条纹，颜色常呈白色，也有少量蓝色和黑色，不仅形象像树枝，颜色鲜艳美丽。

[4] 澄漪：清波。油印本作"澄潭"。

[5] 如：油印本作"颅"。

[6] 窈异：格外深远幽静。

梅花引[1]

竹窝[2]道中

东山麓，西溪曲，琅轩[3]绿净千竿竹。云溶溶，水瑽瑽[4]。坐爱枫林，停车落照红。　　盘纡小径羊肠窄，山馆参差依绝壁。市声哗，几人家，烟柳[5]荒台，载酒十年赊[6]。

程子大[7]评：道炼近白石。

注释：

［1］梅花引：词牌名。有两体，双调五十七字，前段三仄韵、三平韵，后段两仄韵、三平韵。或再加一叠，为双调一百十四字，前后段各十三句，五仄韵、六平韵。又一体前段十四句六仄韵、五平韵、一叠韵，后段十二句四仄韵、五平韵、一叠韵。

［2］竹窝：位于王子涧北，地处山窝，因多竹而得名。

［3］琅轩：像珠子的美石。

［4］瑽瑽［cōng cōng］：象声词。形容佩玉的响声，亦指乐声。这里指水声像佩玉声一样悦耳。

［5］烟柳：烟雾笼罩的柳林。亦泛指柳林、柳树。

［6］赊［shē］：遥远。杜牧《遣怀》："落魄江湖载酒行，楚腰纤细掌中轻。十年一觉扬州梦，赢得青楼薄幸名。"这里化用杜牧诗句，但用其词不用其意。"载酒十年赊"，是在写景中忽然插入对往事的感慨，意为自己以往的生活，正如杜牧一样"落魄江湖"，而今"十年一觉"，如梦如烟，已遥不可及。

［7］程子大：程颂万（1865—1932），字子大，一字鹿川，号十发居士。湖南宁乡人（程千帆叔祖父）。清末民初人。少有文才，善应对，长于诗词书法，然屡试未第，对科举制度遂无好感，而对时局新学甚为热心，为张之洞、张百熙所倚重，曾任湖广抚署文案。晚年寓居上海，与陈夔龙、陈曾寿、陈三立、夏敬观、瞿鸿禨、俞寿璋、俞莱山、朱祖谋等交善。著有《楚望阁诗集》、《鹿川诗集》、《美人长寿盦词》。湖南人民出版社于2009年将三书合刊为《程颂万诗词集》。古今体诗1561首，词360阕。九江吕传元编钞之《三程词钞》，为程氏与其父霖寿、兄颂芬词作的合集，三种八卷，内收颂万词作120阕，均创作于民国年间。

八声甘州[1]

觚厂游鱼鳞峡[2]归[3]，词久未成，赋此以为引喤[4]

渺何年、左股割蓬莱，屏颜接天青。望危岑[5]削铁，苍崖拔海，云树[6]冥冥[7]。雨后四天飞瀑，涧水带龙腥。无际清秋景，高与云平。

壁立鱼鳞双峡，坐盘陀[8]方丈，濯足清泠。幻神羊化石，起伏若为情。倚青冥[9]孤亭高处，破层岚[10]长啸四山醒。殊途晚在斜阳外，一路蝉声。

夏映厂评：清空一气，控送自如。

注释：

[1] 八声甘州：词牌名，又名《甘州》、《潇潇雨》、《宴瑶池》，从唐教坊大曲《甘州》截取一段改制而成，后用为词牌。因全词前后片共八韵，故名八声，慢词。双调九十七字，前片四十六字，后片五十一字，前后片各九句四平韵。亦有在起句增一韵的。前片起句、第三句，后片第二句、第四句，多用领句字。另有九十五字、九十六字、九十八字体，是变格。本词为双调九十七字体。

[2] 鱼鳞峡：位于内九水景区。过金华谷，东南攀登而上，峡谷布满各种卵石，光滑明亮，似鱼鳞排列，流水因此成纹，状如鱼鳞，故名。或谓因石壁层层像鱼鳞而得名。

[3] 油印本无"归"字。

[4] 引喤：古代贵官出行时，其侍从在前高声喝道。这里是有起头、抛砖引玉之意。

[5] 危岑 [cén]：高峻的山峰。

[6] 云树：高耸入云的树木。

[7] 冥冥：形容高远、深远。

[8] 盘陀：指不平的石块。

[9] 青冥：形容青苍幽远，指山岭。

[10] 层岚：重山叠岭中的雾气。

踏莎行[1]

蔚竹庵[2]题壁

玉版参禅，翠屏倚杖，修篁[3]一径成孤往。风梢雾籁绿檀栾[4]，沉沉[5]清籁[6]烟中响。　　涧水弯环，云山[7]无恙，抚栏一为高歌放。凤凰崮外断虹[8]明，浮图[9]涌现庄严相。

夏映厂评：写景幽异，得诸静悟。

注释：

[1] 踏莎行：词牌名，又名《柳长春》、《喜朝天》。清人舒梦兰《白香词谱》曰："《湘山野录》云：'莱公因早春宴客，自撰乐府词，俾工歌之。'又《词律》（江南春）词注：'或曰：此莱公自度曲，他无作者。'可知莱公于当时能自创作词调。此词所咏，于暮春时，莎草离披，践踏寻芳，写景抒情，正相切合，则是本调之创始，殆由莱公。按《艺林伐山》：'韩翃诗'踏莎行草过春溪'；词名《踏莎行》，本此。'又可知莱公实取韩诗以名词也。"

[2] 蔚竹庵：位于崂山北麓凤凰崮下，明代万历十七年（1589）道士宋冲儒创建，清道光年间重修，一度为尼姑庵。清咸丰年间（1851—1861），始由全真道华山派道士主持。有正殿三间，内祀檀木精雕真武、观音和铜铸三官神像。殿前溪水潺潺，周围蔚竹环抱，曲径通幽。有"蔚竹鸣泉"之誉，为崂山十二景之一。

[3] 修篁：修竹、长竹。

[4] 檀栾：秀美貌，诗文中多用以形容竹。

[5] 沉沉：深沉，常指人心或事物沉重，这里指声音悠远隐约。

[6] 清籁：清亮的声音。

[7] 云山：远离尘世的地方。多指隐者或出家人的居处。

[8] 断虹：一段彩虹；残虹。

[9] 浮图：梵语音译，对佛或佛教徒的称呼，也专指和尚。

小重山[1]

天门峰[2]

醉挟飞仙餐紫霞[3]。振衣千仞上，俯天茶[4]。长空点点数蚩[5]鸦。摩头崮，一抹白云遮。　　峰立似排衙[6]。日光不到处，峡谽谺[7]。岩坳红丛杜鹃花。归途晚，涛卷涧松哗。

林忍厂评：小令见气魄。

注释:

[1] 小重山:词牌名,又名《小重山令》。《金奁集》入"双调"。唐人多用以写"宫怨",故其调悲。五十八字,前后片各四平韵。

[2] 天门峰:天门峰一名云门峰,又称南天门。从流清河入海处,沿天门涧向东北攀登,约行五公里便到此处。山口两峰,拔地直上,绝壁悬空,高数十丈,对峙如门,故名。崖石镌有"南天门"三个大字,是邱处机手书。明代陈沂有《南天门》诗:"望入天门十二重,暖(一作夐)然飞雾半虚空。千寻不假钩梯上,一窍惟容箭括通。风气荡摩鹏翮外,日光摇漾海波中。欲求阊阖无人问,但拟彤云是帝宫。"崂山叫南天门的地方有三处,一处在华楼宫的南边,一处在神清宫的南边,而天门峰的南天门最大最高。

[3] 餐紫霞:指成仙。出自李白《寄王屋山人孟大融》:"我昔东海上,劳山餐紫霞。"

[4] 天茶:即天茶山,又称天茶顶,位于崂山巨峰东南,天门峰之北,是崂山"五顶"之一,山势陡峭险峻,海拔989米,其高度仅次于巨峰。周至元《游崂指南》记载:"天茶山,为巨峰左出之。其高出海面约九百四十余公尺。其上两峰峙立,高入云霄,故又有'双峰插云'之称,惟其境过僻,游屐罕有至者。"

[5] 蜚:通"飞"。《史记·楚世家》:"三年不蜚,蜚将冲天。"

[6] 排衙:旧时主官升座,衙署陈设仪仗,僚属依次参调,分立两旁,谓之排衙。

[7] 谽谺 [hān xiā]:山谷空大;空谷。

惜琼花[1]

咏太清宫山茶

琳宫寂,雕栏泐[2]。宝珠光夺日,遗世倾国。烧残蜡炬寒犹力,染就丹砂,先占春色。　　巡廊[3],容岸帻[4]。看盘倾琥珀,高韵[5]难得。梦阑绛雪无消息。雪里相看,应更奇绝。

夏映厂评:疏酌清英,文外独绝。

注释:

[1] 惜琼花:双调六十字,前段七句五仄韵,后段七句四仄韵。

[2] 泐 [lè]:石头被水冲激而成的纹理。

[3] 此处脱一字。

[4] 岸帻 [zé]:帻,古代的头巾。推起头巾,露出前额。形容态度洒脱,或衣着简率不拘。

[5] 高韵:高雅。

七娘子[1]

白云洞玉兰一株,高出檐际,千百年物也。花时游慕坋集,为山中胜赏之一。

冰肌雪貌神仙质,看颀颀、遗世风前立。瑶佩[2]拖烟,霓裳[3]映日。珑璁[4]一树春无色。　　菀枯[5]阅尽幽芳泣,托孤根、高处愁何极。缟夜[6]繁英[7],禁寒弱植[8]。檀心[9]自耐山庭寂。

注释:

[1] 七娘子:来历失考,因贺铸词有"奈玉壶、难叩鸳鸯语",又名《鸳鸯语》。有三体:双调六十字,前后片各五句,四仄韵为正体。前后片第二句俱八字。句法、平仄或有小异;另一体,双调五十八字,前后片各五句,四仄韵。除前后片第二句各减一字外,与正体全同;又一体,双调六十字,前片五句起句押平韵,其余为三仄韵,后片五句四仄韵。本词为正体。

[2] 瑶佩:美玉制成的佩饰。

[3] 霓裳 [ní cháng]:神仙的衣裳。相传神仙以云为裳。《楚辞·九歌·东君》:"青云衣兮白霓裳,举长矢兮射天狼。"

[4] 珑璁 [lóng cōng],草木青翠茂盛的样子。

[5] 菀枯 [yù kū]:"菀"通"苑",林木茂盛貌。《国语·晋语二》:"(优施)乃歌曰:'暇豫之吾吾,不如鸟乌,人皆集于苑,己独集于枯。'里克笑曰:'何谓苑?何谓枯?'优施曰:'其母为夫人,其子为君,可不谓苑乎?其母既死,

其子又有谤，可不谓枯乎？枯且有伤。'"后以"菀枯"指荣枯。亦喻指荣辱、优劣等。

[6] 缟夜：出自成语"炫昼缟夜"，指李花色白，其光彩或照耀于白天，或显现于夜晚。

[7] 繁英：繁盛的花。

[8] 弱植：出身寒微、势孤力单。

[9] 檀心：浅红色的花蕊。亦可指丹心，赤心。

一剪梅[1]

春晚太清宫花下作

策杖来寻旧钓矶[2]。山影参差，云影徘徊，春阑绿暗又红稀。竹自猗猗[3]，柳自依依[4]。　　四月山深叫子规[5]。一迳棠梨[6]，一架荼蘼[7]。鼠姑[8]花好惜来迟，送却春归，负却花时。

注释：

[1] 一剪梅：双调小令，六十字，上下片各三平韵。每句并用平收，声情低抑。亦有句句叶韵者。

[2] 钓矶：钓鱼时坐的岩石。

[3] 猗猗 [yī yī]：美盛貌。《诗·卫风·淇奥》："瞻彼淇奥，绿竹猗猗。"《毛传》："猗猗，美盛貌。"

[4] 依依：形容树枝柔弱，随风摇摆。

[5] 子规：杜鹃鸟的别名。传说为蜀帝杜宇的魂魄所化。常夜鸣，声音凄切，故借以抒悲苦哀怨之情。

[6] 棠梨：亦作"棠棃"，俗称野梨。落叶乔木，叶长圆形或菱形，花白色，果实小，略呈球形，有褐色斑点。三国吴陆机《毛诗草木鸟兽虫鱼疏·蔽芾甘棠》："甘棠，今棠棃，一名杜棃。"

[7] 荼蘼：落叶小灌木、攀缘茎，茎上有钩状的刺。羽状复叶，小叶椭圆形，花白色，有香气。枝梢茂密，花繁香浓，入秋后果色变红。宜作绿篱。荼蘼是花季

盛开的最后一种花，所以有完结的意思。

［8］鼠姑：牡丹的别称。秦汉时《神农本草经》称"牡丹味辛寒，一名鹿韭，一名鼠姑，生山谷。"用在药材上才用该名。李时珍在《本草纲目》中，对鼠姑、鹿韭作为牡丹别名的含义没有提及，但这两个名称在《神农本草经》中已经出现，人们至今亦难解其意。明唐寅《题牡丹画》诗："穀雨花枝号鼠姑，戏拈彤管画成图。"

散天花[1]

环翠谷道中小憩杏树庵[2]

涧水西流走白沙。连峰青不断，望中赊[3]。谷经环翠日西斜。风林千点叶、乱飞鸦。　　小蒨墙阴白芨花[4]。岩扃[5]尘不到，几人家。心期专墅住为佳。芳庵千树杏、足生涯。

瞿蜕园评：词境惜惜[6]，果然尘不到，尤妙在笔笔跳脱耳。

注释：

［1］散天花：词牌名，出自唐教坊曲名。双调六十字，前后段各五句、四平韵。

［2］杏树庵：位于崂山区北宅镇我乐村东，在北九水五水南岸。创建于清代后期。该庵于民国初期倾圮。

［3］赊：长、远。

［4］白芨花：植物名。又名白及，是兰科白及属的一种。多年生草本，高20至50厘米，叶4至5枚，基部互相套叠成茎状，中央抽出花葶，喜温暖、阴湿的环境，可入药。明李时珍《本草纲目·草一·白及》："其根白色，连及而生，故名白及。"清王士禛《香祖笔记》卷九："余丙子使蜀，山路中见白芨花，因得'西风尽日濛濛雨，开遍空山白芨花'之句。"

［5］扃［jiōng］：古同"扃"，户耳，即从外面关门的闩、钩等。

［6］惜惜［yīn yīn］：幽深貌，悄寂貌。

唐多令[1]

逭[2]暑劳山饭店，雨后从太和观[3]意行[4]至九水

一雨飒先秋，追凉信步游。漫支筇[5]，九水源头。日暮石栏桥畔望，山庵画，小丹邱。　　芳草碧于油，松声与耳谋。且偷闲半日勾留。云影沉沉头上黑，催客去，有鸣鸠[6]。

王西神[7]评：写景极浑成之致。

注释：

[1] 唐多令：词牌名。也写作《糖多令》，又名《南楼令》、《箜篌曲》等。双调，六十字，上下片各四平韵，亦有前片第三句加一衬字者。

[2] 逭[huàn]：逃避。

[3] 太和观：又名"九水庵"、"北九水庙"。始建于明天顺二年（1458），一说元天顺二年（1329）。原属邱处机所创的龙门派道观。是"外九水"与"内九水"的分界线，即自大崂至太和观为"外九水"，自太和观至潮音瀑为"内九水"。

[4] 意行：随意行走，信步。

[5] 支筇[qióng]：手杖。因筇竹可为杖，即称杖为筇。支筇，拄杖。

[6] 鸣鸠：斑鸠。

[7] 王蕴章（1884—1942）：字莼农，号西神，别号窈九生、红鹅生，别署二泉亭长、鹊脑词人、西神残客、十年说梦人等，室名菊影楼、篁冷轩、秋云平室。江苏无锡人，光绪二十八年（1902）举人。他是创刊于清宣统二年（1910）的《小说月报》首任主编，也是中国报刊稿费制度的创始人。曾任商务印书馆编辑，上海沪江大学、南方大学、暨南大学国文教授，上海《新闻报》编辑，上海正风文学院院长。精通诗词，擅作小说，工书法，善欧体，能写铁线篆。著有《碧血花传奇》、《香骨桃传奇》、《可中亭》、《铁云山》、《霜华影》、《鸳鸯被》、《玉鱼缘》、《绿绮台》、《西神小说集》等，另有艺术杂论集《玉台艺乘》，诗词专集《秋平云室词》、《梅魂菊影空词话》，小品文《雪蕉吟馆集》、《梁溪词话》、《云外朱楼集》等未刊稿本。书法著作有《墨林一枝》、《碑林奇字》、《墨佣余沈》等传世。是南社社员，鸳鸯蝴蝶派主要作家之一。中国近代著名诗人、文学家、书法家、教

育家。

行香子[1]

雨后内九水[2]纪游

路自弯环，山自孱颜。启岩屏、薜荔[3]流丹[4]。霄来一雨，到处飞泉[5]。涨鹰窠河，鱼鳞峡，靛缸湾[6]。　　岭上云褰[7]，溪上涛翻。画阴晴、变幻无端。收将奇景，都付诗篇。爱草如茵，松如葆[8]，竹如椽。

叶退庵评：似稼轩。

注释：

[1] 行香子：词牌名，又名《燕心香》。双调小令，六十六字。有前段八句四平韵，后段八句三平韵；前段八句五平韵，后段八句三平韵；前段八句五平韵，后段八句四平韵三体。本词为第三体。

[2] 内九水：参看前《减字木兰花·外九水与美荪同游》注释"外九水"。

[3] 薜荔：植物名，又称木莲。常绿藤本，蔓生，叶椭圆形，花极小，隐于花托内。果实富胶汁，可制凉粉，有解暑作用。《楚辞·离骚》："揽禾根以结茝兮，贯薜荔之落蕊。"王逸注："薜荔，香草也，缘木而生蕊实也。"

[4] 流丹：流动着红色。形容色彩飞动。

[5] 飞泉：瀑布。

[6] 靛缸湾：潮音瀑（即鱼鳞瀑）发源于崂山之阴的源泉。泉水从海拔900米的巨石里喷涌而出，流经约10公里长的凉清河涧谷，集大小百余条山溪之水，冲开崇山峻岭，从悬崖峭壁之上分三折而下。第一折，从崖顶巨石下的洞里喷射而出，流进一个"斗"形的深深的石窝里；第二折，水从"斗"形石窝中溢出，倒向悬崖半腰簸箕形的石壁上，波光闪闪，形同鱼鳞；第三折，簸箕形石壁泼下的水，织成一幅宽约5米，长约20米的水帘，以排山倒海之势，浪推潮涌之声，跌进一个靛蓝色的"缸"形水湾。此湾水深约5米，直径约22米，水呈蔚蓝色，清澈见底，故称"靛缸湾"。

[7] 褰［qiān］：散开。

[8] 葆：车盖。

风中柳[1]

山中答友人问

罨[2]画渔庄，临水几家茅屋。负苍岩、居皆聚族。黄山蚕熟，青山鱼足。个中人生涯不俗。　黄昏收网，门对一川平渌[3]。向原头、时闻叱犊。四时花木，四山松竹，乐天年哪知荣辱。

我本无家，乞与一丘终老。几人知、闲居拙效。北窗寄傲，南窗舒啸。有暇时水滨垂钓。　十年浪走，结束劳生需早。论成亏、无心计较。恬然一饱，蘧[4]然一觉。爱山居省些烦恼。

朱彊村评：苍浑近苏辛。

注释：

[1] 风中柳：词牌名，又称《谢池春》、《玉莲花》、《怕春归》、《风中柳令》、《卖花声》等。有多种格体，俱为双调，前后片各六句。一体六十六字，四仄韵；一体六十四字，五仄韵；又一体六十四字，四仄韵。本词为第二种体。

[2] 罨［yǎn］画：罨，掩盖，覆盖。罨画，色彩鲜明的绘画。

[3] 渌［lù］：清澈，水清。

[4] 蘧［qú］：惊喜的样子。

谒金门[1]

黄山道中遇雨旋晴

云脚重，山雨欲来风送。拍岸花飞波浪涌，海昏天入梦。　雨过薄寒初中，涧水奔腾声哄。倚杖原头看蛛蝀[2]，四围山种种。

夏唤厂评：凝重。

注释：

[1] 谒金门：词牌名，又名《空相忆》、《花自落》、《垂杨碧》、《杨花落》、《出塞》、《东风吹酒面》、《不怕醉》、《醉花春》、《春早湖山》。敦煌曲词中有"得谒金门朝帝庭"句，疑即此本意。双调四十五字，前后片各四仄韵。

[2] 蝃蝀〔dì dōng〕：虹的别名，又作"螮〔dì〕蝀"。

淡黄柳[1]

暮宿华严寺[2]

飞翚[3]殿角，插向天西北。铃语半空声策策。行尽乔松[4]峦箐[5]，梵嫂迎门似相识。　　佛灯碧，风旙[6]袅千尺。漫逃暑，梵王宅[7]。访经楼[8]俯仰[9]俱陈迹。辽鹤[10]归来，十年如梦，依旧涛声撼壁。

朱彊村评：抚时感事，自然凄黯，神似王中仙。

注释：

[1] 淡黄柳：词牌名。宋姜夔自度曲，《白石道人歌曲》入"正平调"。全词重头六十五字，前片三仄韵，后片五仄韵，以用入声韵为宜。

[2] 华严寺：位于崂山东麓返岭后村西那罗延山半腰，为崂山规模最大、也是现存唯一佛寺。历史悠久，几经兴废。清初重建后，整体建筑宏伟典雅，为崂山古代建筑艺术之最。占地面积4000平方米，建筑面积2500平方米，房屋120余间。整个庙宇依山势修建，为"阶梯式"院落，布局严谨，宏伟而典雅。正北为大殿，系斗拱单檐雕甍歇山式建筑。内尊释迦牟尼塑像；东西两廊为禅堂。由大殿侧门再拾级而上，又一院落，是为后殿，内尊观音；侧为祖堂，供本寺第一代住持慈沾大师。东北角有西式小楼五间；小院内植桂花、牡丹，十分幽雅。抗日战争时期国民党青岛市政府曾设在这里。

[3] 飞翚〔huī〕：即"翚飞"，《诗·小雅·斯干》："如翚斯飞。"朱熹《诗集传》："其檐阿华采而轩翔，如翚之飞而矫其翼也。"后因以"翚飞"形容宫室的

83

高峻壮丽。这种屋翼檐角向上的建筑形式，俗称"飞檐"，近代建筑学称"翚飞式"，为我国古代所特创。

　　[4] 乔松：高大的松树。

　　[5] 箐 [qìng]：山间的大竹林，泛指树木丛生的山谷。

　　[6] 旛 [fān]：旛，同"幡"，用竹竿等挑起来直着挂的长条形旗子。

　　[7] 梵王宅：指佛寺僧舍。

　　[8] 经楼：华严寺藏经楼，又名藏经阁。建在4米多高洞形的山门之上，呈方形；阁高8.2米，阔13.8米，深8米。阁中央立四棱形石柱，木构架为抬梁式屋顶，是重檐歇山式。登阁远看，浩浩汤汤的大海直入眼底。西南群峰林立，阁下松竹青翠。阁中藏有清顺治九年（1652）刊本《大藏经》一部，明代四大高僧之一的憨山大师手书明代手抄本《册府元龟》一部和明版经典142册，计1000卷。该经等藏品经郭沫若鉴定，认为是国内珍宝。

　　[9] 俯仰：比喻很短的时间。王羲之《兰亭集序》："俯仰之间，已成陈迹。"

　　[10] 辽鹤：指辽东丁令威得仙化鹤归里事。辽东人丁令威，学道后化鹤归辽，徘徊空中而言曰："有鸟有鸟丁令威，去家千年今始归。"事见晋陶潜《搜神后记》卷一。宋周邦彦《点绛唇·伤感》词："辽鹤归来，故乡多少伤心地。"

喝火令[1]

沙子口[2]怀古

　　草蚀烟墩石，苔侵海庙墙。重来吊古十年强。残霸可怜尘土，沙没绿沉枪[3]。　　虾菜[4]三家聚，虫沙百战场。涛声撼石破天荒。对此冈峦，对此日昏黄。对此海天万顷，人意自苍茫。

　　况蕙风评：怅触万端，文外独绝。

　　夏映厂评：气机流转，一结感喟苍凉。

注释：

　　[1] 喝火令：词牌名。始见《山谷词》。双调六十五字，前片三平韵，后片四平韵。

　　[2] 沙子口：位于青岛市区东部，全境在崂山巨峰西南部，为进出崂山之南大门。域内山地诸峦属低山丘陵部分，起伏大，属山地切割剥蚀地貌。海岸线蜿蜒曲折，全长29.5公里，分布5处海湾（流清河湾、登瀛湾、沙子口湾、前湾和太平湾），且港湾平缓，海域宽阔，是天然良港。沿海分布海岛7座（大福岛、小福岛、老公岛、小公岛、驼篓岛、潮连岛和处处乱），每座海岛形态各异，卧于万顷碧波之中，既有陡壁、岬角，又有岛礁、沙滩，形成独特优美的海滨风光。

　　[3] 绿沉枪：古诗词中常见的枪名，有多种解释。一是指以绿沉竹制成的枪。杜甫《游何将军山林诗》："雨抛金锁甲，苔卧绿沉枪。"二是指以绿色为装饰的枪。宋吴曾《能改斋漫录》卷四："《北史》：隋文帝赐大渊绿沉枪，甲兽文具装。《武库斌》曰：'绿沉之枪。'由是言之，盖枪用绿沉饰之耳。以此得名，如弩称'黄间'，则以黄为饰；枪称绿沉，则以绿饰之。"三是用精铁制成的枪。说见宋王楙《野客丛书》卷二。这里当泛指战后埋于尘沙中的枪械。

　　[4] 虾菜：海鲜。鱼类菜肴的泛称。

醉垂鞭[1]

石门峡

大峡石为门，攒峰耸，天无缝。涧水带沙浑，鱼梁[2]没旧痕。
计时才卓午[3]，经行处，似黄昏。岚云自氤氲[4]，冈峦互吐吞[5]。
程子大评：短峭见笔力。

注释：

　　[1] 醉垂鞭：最早出于张先词，双调四十二字，前后段各五句，三平韵、两仄韵。

　　[2] 鱼梁：筑堰拦水捕鱼的一种设施，用木桩、柴枝或编网等制成篱笆或栅栏，置于河流、潮水河中或出海口处，拦捕游鱼。

　　[3] 卓午：正午。

　　[4] 氤氲 [yīn yūn]：烟气、烟云弥漫的样子，或气、光混合动荡的样子。这里应指前者。

[5] 吐吞：吞吐。常用以形容山水争雄之势。

解佩令[1]

养疴[2]劳山饭店赋答亲知

春山似醉，冬山似睡。信山中、四时景备。夕眺朝晖，□变[3]态、阴晴都异。赋归来、宿疴[4]顿起。　　梨花十里，杏花三里。杜鹃花、遍地红紫。一壑一丘，且让我、闭门成世，脱尘缨[5]、愿从此始。

程子大评：兴会淋漓，语极其自然。

注释：

[1] 解佩令：词牌名，始见于晏几道《小山乐府》。调名取义于郑交甫遇汉皋神女解佩事。全词六十六字，上下片各五仄韵。第一、二句亦有不用韵者。

[2] 养疴：养病，亦作"养疴"。

[3] 疑"变"字上脱一字。

[4] 宿疴：旧病。

[5] 尘缨：比喻尘俗之事。

谒金门[1]

白云洞访飞龙松[2]

天风[3]送，高处峰峦环拱。夹道修篁[4]天一缝，绿云[5]凉欲冻。　　雨后适来秋仲，暑退残蝉犹哢[6]。松似飞龙初出洞，峰过鳞甲[7]动。

林忍庵评：精炼遒劲，下笔镇纸。

注释：

[1] 谒金门：词牌名，又名《空相忆》、《花自落》、《垂杨碧》、《杨花落》、

《出塞》、《东风吹酒面》、《不怕醉》、《醉花春》、《春早湖山》。敦煌曲词中有"得谒金门朝帝庭"句，疑即此本意。唐教坊曲。《金奁集》入双调。四十五字，前后片各四仄韵。

[2] 飞龙松：即"华盖松"。参前《鹧鸪天·白云洞题壁》注释"华盖"。

[3] 天风：风。风行天空，故称。

[4] 修篁：修竹，长竹。

[5] 绿云：绿色的云彩。多形容缭绕仙人之瑞云。

[6] 哢 [lòng]：鸟或昆虫鸣叫。

[7] 鳞甲：喻松树皮。

安平乐慢[1]

登窑梨花为一春胜赏，雨后[2]道冲以车迥游，与美荪、璧弟同赋

宿雨[3]初晴，晓烟未敛，沙堤[4]远引游车。瑶台[5]路近，十里春风，璚树[6]自擅豪华。水曲山树，拥晴云如梦，暖雪无涯。日午闹蜂衙[7]。支筇芳思交加。　溯胜赏前尘[8]，树看人老，清福还羡山家。韶景[9]知无价，洗妆[10]载酒兴非赊。报答瑶妃[11]，争奈得、吟情[12]岁差。惜芳菲、都来几许，春深怕见飞花。

郭蛰云[13]评：寓物兴怀，含情绵邈，玉田胜境。

注释：

[1] 安平乐慢：词牌名，有两体，一体为双调一百三字，前段十一句五平韵，后段九句四平韵；另一体双调一百四字，前段十一句五平韵，后段十句四平韵。此词为前一体。

[2] 后：油印本作"过"。

[3] 宿雨：夜雨，经夜的雨水。也指多日连续下雨，即久雨。

[4] 沙堤：用沙石等筑成的堤岸。

[5] 瑶台：指传说中的神仙居处。

[6] 璚 [qióng] 树：璚，古同"琼"。琼树是树木的美称。

[7] 蜂衙：群蜂早晚聚集，簇拥蜂王，如旧时官吏到上司衙门排班参见。这里指飞绕的蜂群。

[8] 前尘：佛教语。佛教称色、声、香、味、触、法为六尘，认为当前的境界由六尘构成，都是虚幻的，所以称前尘。后来指从前的或过去经历过的事情。

[9] 韶景：指春景。

[10] 洗妆：梳洗打扮。

[11] 瑶妃：女神名，西王母之女。一说即瑶姬。

[12] 吟情：诗情、诗兴。

[13] 郭蛰云：即郭则沄（1882—1946），字蛰云，一字养云、养洪，号啸麓，别号子厂。因出生于浙江省台州龙顾山试院，晚年自号为"龙顾山人"。福建闽侯（今福州市）人，是湖广总督郭柏荫曾孙，礼部右侍郎郭曾炘长子。光绪二十九年（1904）中进士，任翰林院庶吉士。光绪三十三年（1908），派赴日本早稻田大学留学。不久，回国任东三省总督徐世昌二等秘书官。后任浙江金华知府、浙江提学使、浙江温处道道台。民国建立后，历任北洋政府国务院秘书厅秘书、政事堂参议、铨叙局局长、兼代国务院秘书长、经济调查局副总裁、侨务局总裁。民国十一年（1922）第一次直奉战争后，去职隐居于京、津，讲学著作。北平沦陷后，坚拒伪职。著有《瀛海采风录》二卷、《十朝诗乘》二十四卷、《清词玉屑》十二卷、《旧德述闻》一册、《竹轩摭录》八卷、《庚子诗鉴》四册、《南屋述闻》一册、《遁圃詹言》十卷、《知寒轩谈荟》多册、《龙顾山房全集》等20余种刊行，还有《洞灵小志》、《洞灵续志》、《洞灵补志》传世，小说《红楼真梦》（又名《石头补记》）是《红楼梦》续书中较有影响的著作。

浣溪沙

八仙墩晚望

轸石[1]狂涛互吐吞，锦屏[2]错绣矗嶙峋[3]。一条山脉海中伸。天涧望穿青鸟使，浪翻来似白鹅群。黄昏独立八仙墩。

夏映厂评：声韵戛戛独造。

注释：

[1] 轸[zhěn] 石：方石。《楚辞·九章·抽思》："轸石崴嵬，蹇吾愿兮。"
王逸注："轸，方也。"洪兴祖补注："轸石，谓石之方者，如车轸耳。"

[2] 锦屏：锦绣的屏风。

[3] 嶙峋：形容山石峻峭、重叠。

青玉案[1]

雕龙嘴观海

苍茫独立雕龙嘴，万顷，沧溟[2]水。蛟室[3]尘飞天似醉。珠玑[4]
点点，琉璃片片，浪激花如是。　　晚霞天际明鱼尾，涛撼苔矶声震
耳。海若扬灵严羽卫。来时趁月，去时送日，日日忙何事。

瞿蜕园评：奇语称此奇景。

朱彊村评：意境高浑，笔力奇肆。

注释：

[1] 青玉案：词牌名。取于东汉张衡《四愁诗》："美人赠我锦绣段，何以报
之青玉案"一诗。又名《横塘路》、《西湖路》，双调六十七字，前后阕各五仄韵，
上去通押。唯第二句一为六字，一为七字，余皆相同。第二句六字，为五字句上加
一字逗。清人舒梦兰《白香词谱》引毛先舒《词学全书》云："又名《一年春》。"
本词第二句"万顷沧溟水"，疑"万"字上脱一字。

[2] 沧溟：大海。

[3] 蛟室：犹龙宫，亦借指大江大海。

[4] 珠玑：珠宝、珠玉。诗文中常以比喻晶莹似珠玉之物，这里指浪花。

多丽[1]

明霞洞纪游邀墅弟同作

望昆仑[2]（洞在昆仑山阿），群峰插汉嶙峋。启岩扃、琳宫绀宇[3]，明霞洞古栖真。翠云流、长松作队，绿天窈、修竹迎人。蹬道[4]盘空，山门依巘，清凉世界鸟俱[5]驯。访洞天，种桃人去，梦影隔前尘。空留得，笼纱题字，蜗篆[6]苔文。 俯危栏，宝珠（山名）如画，山光襟袖相亲。断虹垂、一绳雁字，余霞撒、千片鱼鳞。钟籁沉沉，佛灯隐隐，上清宫阙近天阍[7]。昏鸦没，沧溟无极，横岭带斜曛[8]。归途晚，纤纤眉月，送我飙轮[9]。

路㧾厂评：浑雅浏亮，神超象外。

注释：

[1] 多丽：词牌名。又名《绿头鸭》、《陇头泉》等。双调一百三十九字，前片六平韵，后片五平韵。亦有于首句起韵者。变格改用入声韵，一百四十字。毛先舒《填词名解》曰："张均妓，名多丽，善琵琶，词采以名。"

[2] 昆仑：昆仑山，位于崂山南部，玄武峰是其主峰。

[3] 绀〔gàn〕宇：即绀园，佛寺之别称。也可借指道教宫观，这里指明霞洞。

[4] 蹬〔dèng〕道：阁道，由石级组成的山道。

[5] 俱：油印本作"都"。

[6] 蜗篆：蜗牛爬行时留下的涎液痕迹，屈曲如篆文，故称。

[7] 天阍：天宫之门。

[8] 斜曛：落日的余晖。

[9] 飙轮：喻飞驰的舟车。

浣溪沙

八水河[1]道中

梯石[2]东边八水河，海门[3]水汇漩生涡。天茶绝顶碧嵯峨。怪石当流疑伏虎[4]，大风振谷吼灵鼍[5]。松声槭槭[6]和樵歌。

注释：

[1] 八水河：位于崂山南部，是崂山海拔最高的河流之一。发源于天茶顶，天泉是它的源头之一。当地人称其为"天河"，以八条涧水汇集成而得名。

[2] 梯石：即梯子石，西起大平岚，东到青山口，全长约 10 公里，主体均在今崂山的太清游览区，沿山峦起伏，险处几乎竖立，俗称"天梯"，平缓处也自山林巨石间通过，环境清幽，盘旋曲折，是旧时崂山南部东西向通往太清宫的主要通道。明清时期，这条路本为山间小径，老百姓几百年间修路不止，但由于行人稀少，常被杂草覆盖或被山水冲断，给山内居民带来不便。1934 年，沈鸿烈任青岛特别市政府市长期间，采取以工代赈的办法，重新修筑，全程铺砌花岗岩石条，形成登山石蹬路，路宽 2 米，共 2700 余级。因顺山势而筑，在八水河两侧竖立如梯，故名"梯子石"。沿途有"鳌首金龟"、"天梯"、"寻真门"、"梯子石"等多处摩崖石刻。

[3] 海门：海口，内河通海之处。

[4] 伏虎：蹲伏着的老虎。

[5] 灵鼍 [tuó]：即鼍龙。一种与鳄鱼相似的动物，皮可鞔鼓。

[6] 槭槭 [qì qì]：象声词，风吹叶动声。

西 河[1]

南九水[2]感旧

南九水，修途蜒蜿十里。云峦影落竹窝青，锦屏迤逦[3]。山舒水缓景宜人，此间林壑尤美。

纱帽崮、霞外倚，观川台畔伤逝。楼空谩勒北山移，燕迷故垒。石桥弹月[4]尚依然，风林声韵徵[5]。

卖鱼日午一阛市[6]，旗亭侧、曾记沽醉，不分沧桑如此。抚婆娑、古柳阅人，成世蜃气[7]楼台，斜阳里。

龙榆生评：结尾苍浑沈郁，无穷感喟。[8]

注释：

[1] 西河：《碧鸡漫志》卷五引《脞说》："大历初，有乐工取古《西河长命女》加减节奏，颇有新声。"又称："《大石调·西河慢》声犯正平，极奇古。"《清真集》入"大石"，当即此曲。一百五字，分三段，第一、二段各四仄韵，第三段五仄韵。

[2] 南九水：在北九水之南，发源于青峰顶之阳，汇合折崮顶西侧诸山涧之水，曲折流向西南，在沙子口村东入黄海，全长14.5公里。自汉河村起溯流而上，至柳树台，约7.5公里，有观川台、九水村、弹月桥、王子涧、竹窝和柳树台等景点。其间多桃、樱、修竹、山花，又有梯田点缀其间，山舒水缓，林幽壑美，颇富田园风光。与邃谷幽僻的北九水相比，别具特色。

[3] 迤逦 [yǐ lǐ]：曲折连绵。

[4] 弹月：即弹月桥。参前《清平乐·秋日游南九水暮宿劳山饭店》注"弹月桥"。

[5] 徵 [zhǐ]：古代五音之一。用来表示音调高低的词。相当于西乐音阶中的sol（即简谱"5"）。《周礼·春官·大师》："皆文之以五声：宫、商、角、徵、羽。"

[6] 一阛市：极小之市。

[7] 蜃 [shèn] 气：亦作"蜄气"。一种大气光学现象。光线经过不同密度的空气层后发生显著折射，使远处景物显现在半空中或地面上的奇异幻象。常发生在海上或沙漠地区，古人误以为蜃吐气而成，故称。

[8] 油印本作："龙籋公评：结尾苍浑，无穷感喟。"

眉峰碧[1]

鹤山道中望小蓬莱[2]

云向苍雯[3]灭，山似屏风叠。聚仙门[4]外日曛黄，谡谡[5]松涛发。一线天容陿[6]，万顷沧溟阔。雾收回望小蓬莱，缥缈金银阙。

注释：

[1] 眉峰碧：词牌名，《卜算子》的别名。又名《卜算子慢》、《百尺楼》、《眉峰碧》、《楚天遥》等。相传是借用唐代诗人骆宾王的绰号。骆宾王写诗好用数字对，人称"卜算子"。北宋时盛行此曲。万树《词律》以为取义于"卖卜算命之人"。双调，四十四字，上下片各两仄韵。两结亦可酌增衬字，化五言句为六言句，于第三字逗。宋教坊复演为慢曲。

[2] 小蓬莱：从王哥庄西北行4公里，有一三面环海的半岛，仅西面一径连接陆地，面积约一平方公里。该半岛孤立海中，风景殊丽，东眺汪洋大海，碧波万顷，浩渺不尽，回看三面青山，岩峦苍翠，绵亘不断。岛上南北两峰对峙，北峰海拔84米，名小蓬莱，南峰海拔51米，名望海楼。小蓬莱，颜色青翠，亭亭玉立，远远观去，如漂泊在万顷浪花中的一只海螺，昔时传为海外仙山。其前平旷处，曾筑有紫霞阁，已倒坍，尚留一座石坊，上刻"小蓬莱"三字。峰顶有大石名"观日台"，宜观日出。

[3] 雯：成花纹的云彩。

[4] 聚仙门：聚仙位于鹤山东山腰，北有兀立巨岩，南有层叠高崖，南北相峙，恰成天然门户。

[5] 谡谡 [sù sù]：象声词，形容风声呼呼作响。

[6] 陿：同"狭"。

锦缠道[1]

明霞洞[2]东轩夕望

洞府明霞，婀娜蓬莱天半。枕昆仑冠山抗殿[3]。竹林散籁因风远。

海上云来，顷刻阴晴判。　　凭危栏凝眸，烟峦[4]云岘[5]。正黄昏夕阳无限。送去鸿一桁[6]空中，没满林风叶，散作鸦千点。

龙榆生评：淮海"寒鸦数点"之作，未能专美于前。

注释：

[1] 锦缠道：词牌名，又名《锦缠头》、《锦缠绊》。全词重头六十六字。前片六句四仄韵，后片六句三仄韵。后阕首句节奏为上一下四，第一字领格。后阕第四句八字，实则七字句上加一领格字，句节奏为上一下七，或以前"三、四"为断。另一格重头六十六字，前后阕各六句，三仄韵。

[2] 油印本脱"洞"字。

[3] 抗殿：高大的殿堂。

[4] 烟峦：云雾笼罩的山峦。

[5] 岘：小而高的山岭。

[6] 一桁［héng］：一行，一列。

十六字令[1]

劳山八忆

晴，金碧溪山分外明。余霞赤，天际断虹横。（晴）

阴，九水云吞碧玉[2]岑[3]。飞流急，万壑气萧森。（阴）

朝，迎旭峰峦倚碧霄[4]。渔庄曙，出海有千艘。（朝）

昏，晒网家家自揜[5]门。炊烟起，云拥失孤村。（昏）

风，吹万山中籁不同。松涛发，涧水起笙镛[6]。（风）

花，二月风和煦物华。春无限，桃李遍山家。（花）

看，雪里孤峰可耐寒。琼瑶[7]积，填尽不平山。（雪）

思，山馆无眠月上时。千峰缟[8]，宿鸟自惊飞。（月）

注释：

[1] 十六字令：词牌名，因全词仅十六字而得名；又名《苍梧谣》、《归梧

谣》、《归字谣》。单调，十六字，三平韵，属于最短的词。

　　[2]碧玉：比喻澄净、青绿色的自然景物。

　　[3]岑［cén］：小而高的山。

　　[4]碧霄：亦作"碧宵"，青天。

　　[5]掩［yǎn］：通"掩"。

　　[6]笙镛：亦作"笙庸"，古乐器名。笙，管乐器名，一般用十三根长短不同的竹管制成，吹奏。镛，大钟。

　　[7]琼瑶：比喻似玉的雪。

　　[8]缟［gǎo］：白色。

浣溪沙

白云洞观海次丛碧韵[1]

　　眼底沧溟万顷宽，苍茫九点俯齐烟。岧峣[2]高阁出尘寰。　日射冈峦金灼烁[3]，云沉岛屿白弥漫。天风高处一凭栏。

注释：

　　[1]据黄公渚《白云洞记》，本词当作于1956年夏。

　　[2]岧峣［tiáo yáo］：亦作"岧峣"、"岹峣"，高峻，高耸。

　　[3]灼烁［zhuó shuò］：亦作"灼爚［yuè］"，鲜明、光彩的样子。

戚氏[1]

　　劳山东南滨海，有华严、上下太清宫诸寺观，憨山[2]卓锡[3]遗址在焉。石刻摩崖，往往而观。甲戌（1934）丁丑（1937）间常携张子厚[4]、路金坡、赵孝陆[5]、张季骧[6]、邹心一[7]，从雕龙嘴入山，遍游诸名胜。岁月不居，倏已廿年，杜子宗甫适以《劳山图长卷》征题，从荷花村至下清宫止，所绘并劳山东南部也。追忆旧游，声为此阕，息壤[8]在彼，幸勿使山灵笑人。

注释:

[1] 戚氏：词牌名，属长调慢词。始见柳永《乐章集》，二百一十二字，分三阕。上阕九平韵，一仄韵；中阕六平韵，三仄韵；下阕六平韵，三仄韵，同部参错互叶。后世词家填此调者较少。苏轼《戚氏》三段二百一十三字，后片第六句"天风暮卷海涛翻"用韵，又多一字，与柳词异。本词与苏词同。

[2] 憨山（1546—1623）：明僧人，学者。本姓蔡，名德清，字澄印，以号行，全椒（安徽全椒县）人。19岁出家修习《华严经》。后云游四方。曾任崂山海印寺住持。万历二十三年（1595）坐私造寺院罪，发配广东雷州充军，十余年始归。在广东时，住曹溪宝林寺，大兴禅宗。主张佛教各宗并重，禅净双修，释、道、儒三教一致。与莲池、紫柏、蕅益并称明代四大高僧。著有《法华经通义》、《圆觉经直解》等，又注有《老子》、《庄子》、《中庸》等。

[3] 卓锡：卓，直立；锡，锡杖，僧人外出所用。因谓僧人居留为卓锡。

[4] 张子厚，生卒年不详，北京市人，著名收藏家。1950年，曾捐献东汉永和五年（140）石羊一对，1965年3月又将所藏宋、明、清瓷器40余件捐献给故宫博物院。20世纪30年代曾寓居青岛，与黄公渚交往颇深。

[5] 赵录绩（1875—1939），字孝陆，山东安丘人，清光绪三十年（1904）进士。与其父葵畦、弟录绅皆为中国近代著名藏书家，家有藏书楼为"模甓阁"。民国后寓居济南，曾当选为山东省首届省议员。工诗词，有《丁丑秋词》、《模甓阁词集》传世。《丁丑秋词》反映抗日内容，抒发忧国忧民之怀，在当时即为名家所推崇，有"抗战词史"之誉，有台湾万本山庄1961年排印本。"七七"事变后，赵录绩移居青岛，与黄公渚等人往来频繁，多次同游崂山。1939年在青岛去世，其陵墓在青岛汇泉万国公墓，后毁于"文革"。黄公渚1963年清明节前二日，曾谒赵孝陆墓，作有《谒诗人赵孝陆墓感赋》词二首。

[6] 张栋铭：字季骧，山东诸城人。五四运动前后，曾任山东众议员，实业厅厅长。后寓居青岛，与黄公渚等人往来频繁，曾多次同游崂山。

[7] 邹心一：邹允中，字心一，湖北武昌县人。清末举人，曾任牟平、单县、临朐、寿光等县知事。兴学禁赌，深得民心。长于隶书，尤擅山水。与黄曾源友善，晚年定居青岛，与黄公渚等人往来频繁，曾多次同游崂山。

［8］息壤：栖止之地。

　　古鳌山[1]，祖龙[2]曾此访神仙。左带黔陬[3]，右襟黄海，碧摩天。屡颜，绝跻攀，珠宫绛阙有无间。自从憨衲[4]去后，山扃[5]岩幌锁苍烟。海印[6]芜没，宝珠[7]花老，空余窟纪[8]罗延[9]。望蓬莱咫尺，尘起波涵，几阅桑田[10]。

　　游迹，暗省从前。芒鞋[11]席帽，胜践挟藤篋[12]。雕龙嘴，皈心[13]初地[14]，迟我烟鬟[15]。望华严，亭亭一塔，林端危亭，自耸斐然[16]。悬心河[17]畔，返岭村[18]旁，冈峦一望无边。

　　俯仰乾坤大，入黄山境，别有仙源。遥望二宫分路，访伽蓝[19]信宿[20]古禅关。天风暮卷海涛翻，禹猰海若，缥缈云中现。谒上清暂住缘何浅？追往事、曾几何年？汗漫游、无奈华颠。付丹青温梦旧山川。望凌烟崮，会当蜡屐[21]，同证前缘。

　　夏映厂评：万象森罗，笔无滞机，铺叙处神似柳七。

注释：

　　［1］鳌山：崂山的古称。丘处机曾游崂山，爱其清秀，故为之更名为鳌山，其诗中有"卓荦鳌山出海隅"之句，鳌山之名仅见于元代碑记。

　　［2］祖龙：指秦始皇。《史记·秦始皇本纪》："三十六年……秋，使者从关东夜过华阴平舒道，有人持璧遮使者曰：'为吾遗滈池君。'因言曰：'今年祖龙死。'"裴骃集解引苏林曰："祖，始也；龙，人君像；谓始皇也。"

　　［3］黔陬［qián zōu］：公元前221年秦朝在黔陬古城黔陬县，故治在今山东胶州市西南。这里是以历史地名"黔陬"代指胶州一带。

　　［4］憨衲：指憨山。衲，僧人。

　　［5］扃［jiōng］：古同"扃"，门户。

　　［6］海印：即海印寺。位于太清宫前。创建于明代万历十六年（1588）。明代高僧憨山于万历十三年起在太清宫三清殿前建该寺，万历十六年建成。万历二十八年（1600），皇帝降旨毁寺复宫，现仅存该寺遗址。

［7］宝珠：即宝珠山，参前"明霞洞纪游邀璧弟同作"注。

［8］纪：油印本作"记"。

［9］罗延：即那罗延窟。位于那罗延山的北坡，是一处天然的花岗岩石洞，四面石壁光滑如削，地面平整如刮。石壁上方凸出一方薄石，形状极似佛龛。洞顶部有一浑圆而光滑的洞孔直通天空，白天阳光透入洞内，使洞中显得十分明亮。据说，这个洞原来没有孔，那罗延佛在成佛前带着徒弟在此洞修炼，当他修炼成佛后，凭着巨大的法力将洞顶冲开一个圆孔升天而去，留下这个通天的圆洞。在梵语中，"那罗延"是"金刚坚牢"的意思，而此窟由花岗岩构成，与梵文的那罗延名实相符，因此僧侣们称此窟为"世界第二大窟"。据《憨山大师年谱疏》记载，明代高僧憨山在五台山修行时，从《华严经》上看到有关那罗延窟的记载，遂不远千里来到崂山，在此窟坐禅修行两年余，原来想在窟旁建寺，后因地域限制，不宜扩展，更觉得建筑材料运输、施工等多方面都有困难，才易地太清宫处建海印寺，引起一场长达 16 年的僧道之争官司。此窟结构独特，并载入宗教典籍，所以被誉为"崂山著名十二景"之一。

［10］桑田：指桑田沧海的相互变化。

［11］芒鞋：亦作"芒鞵"。用芒茎外皮编织成的鞋。亦泛指草鞋。

［12］箯［biān］：竹制的舆床。

［13］皈心：诚心归向。

［14］初地：佛教语。谓修行过程十个阶位中的第一阶位。三乘共修"十地"中，以"乾慧地"为"初地"；大乘菩萨"十地"中，以"欢喜地"为"初地"。《华严经·十地品》："今明初地义，但以略解说……是初菩萨地，名之为欢喜。"也指佛教寺院。唐王维《登辨觉寺》诗："竹迳从初地，莲峰出化城。"

［15］烟鬟：比喻云雾缭绕的峰峦。

［16］斐然：卓著，引人注目。

［17］悬心河：疑是漩心河，参前《渔歌子·黄山摧歌十阕》"漩心河"注。

［18］返岭村：隶属青岛市崂山区。该村东临崂山湾，西贴崂山东麓，北邻雕龙嘴村，隔泉心河与长岭村相望。三面环山，一面临海，山上奇石林立、山花烂漫、绿树成荫，海岸蜿蜒曲折、碧海辽阔无际，组成了绚丽的山海景观。

［19］伽［qié］蓝：梵语僧伽蓝摩译音的略称。意为众园或僧院，即僧众居住的庭园，后因称佛寺为伽蓝。

[20]信宿：连宿两夜。

[21]蜡屐：涂蜡的木屐。唐刘禹锡《送裴处士应制举》诗："登山雨中试蜡屐，入洞夏里披貂裘。"

梦江南[1]

北九水樵歌[2]

思一水，涧石白疑烟。玉笋峰攒云突兀，石栏桥跨水潺湲[3]。天向菊湾宽。

思二水，最好锦屏岩[4]。石窍空中开混沌，山光悦目慰贪婪。倒影入澄潭。

思三水，秋色绚丹枫。云气吞山来浩荡，溪湍流月去从容。兀坐定僧峰[5]。

思四水，石辟两崖[6]门。胸次先收山礌砢[7]，脚窠深印石轮囷[8]。送日坐黄昏。

思五水，环翠谷[9]萦回。洞底玉笙回籁起，庵头红杏倚云栽。异境自天开。

思六水，崖坠虎飞投[10]。啄日峥嵘鹰隼嘴，埋云駊騀[11]骆驼头。山态画中收。

思七水，胜境小丹丘。村隔河西依蠣聚，瀑悬涧北泻云流。红叶大劳秋。

思八水，仙古洞[12]颓巉[13]。苔石激流飞雾雨，松峰卓午起波涛。木落觉天高。

思九水，观以太和名。灌木成阴当昼晦[14]，修篁作队极天青。楼馆启岩扃[15]。

龙榆生评：九歌随步换形，珠玑满眼。

99

注释：

[1] 梦江南：词牌名，又名《望江南》、《忆江南》、《江南好》、《春去也》，自唐代白居易作《忆江南》三首，本调遂改名为《忆江南》。此词名多至十四个，有单调，双调诸体。双调为五十九字上下片各五句两仄韵两平韵。另一体为五十四字，上下片各五句三平韵。本词为单调二十七字。清人舒梦兰《白香词谱》曰：本调原名《望江南》。《乐府杂录》："《望江南》，始自朱崖、李太尉镇浙日，为亡妓谢秋娘所撰"，故亦名《谢秋娘》。白乐天作《忆江南》三首，第一《江南好》，第二、第三《江南忆》，自注云："此曲亦名《谢秋娘》，每首五句。"（见《碧鸡漫志》）于是又名《江南好》，《江南忆》；而《忆江南》本名，亦以此而起。此外刘禹锡词，首句作"春去也"；皇甫松词，有"闲梦江南梅熟日"之句；因又名为《春去也》、《梦江南》、《望江南》。而《全唐诗》于李后主《忆江南》注又名《归塞北》；万氏《词律》，又有《梦江口》之名。至梁武帝与沈约之《江南弄》各曲，或以为亦《忆江南》之别名；此调异名，可谓夥矣。

[2] 樵歌：樵夫唱的歌。

[3] 潺湲 [chán yuán]：水慢慢流动的样子。

[4] 锦屏岩：二水涧中大石垒迭，排空壁立。涧南有巨岩，高宽均数十米，石色苍翠，名锦屏岩。

[5] 定僧峰：参前《减字木兰花·外九水与美荪同游》"老僧入定"注。

[6] 崖：油印本作"牙"。

[7] 磥砢 [lěi luǒ]：亦作"磊坷"、"磊砢"。壮大、高耸貌。

[8] 囷 [qūn]：古代一种圆形谷仓，这里是指样子像囷仓的事物。

[9] 环翠谷：五水四周山峦重绕，山黛松翠，故名环翠谷。洞底流水穿石而过，其声如笙如簧，因此又名玉笙洞。

[10] 虎飞投：俗称"骆驼头"。参前《减字木兰花·外九水与美荪同游》"骆驼"注。

[11] 駊騀 [pǒ'é]：高大貌。

[12] 仙古洞：位于太和观西山。洞为卵形，内壁光滑，高2米，深3米，明代登州武举周鲁曾题刻"仙古洞"三字于洞左，为丛林所蔽，游人多不知。在山坡巨石上另有题刻"仙古洞"三字。清康熙年间即墨文人杨还吉有《宿仙古洞》七言律诗："一溪九折逶迤出，水绕山回古涧存。谢客不知穷雁宕，渔人何事问桃

源。涛声入夜连孤岛，清磬流云失暮村。自有登临来我辈，遥惊羽士下昆仑。"

[13] 颜 [āo] 顡 [láo]：颜，同"凹"，《玉篇》："头凹也"；顡，鼻子高，眼睛深陷的样子。汉代王延寿《鲁灵光殿赋》有"颜颜顡顡而睒睨"句，李善注曰："颜颜顡顡，大首深目之貌。"原本是用来描述胡人之相的。在此借指仙古洞的凹深。

[14] 昼晦：白日光线昏暗。

[15] 岩扃 [jiōng]：山洞的门，借指隐居之处。

宝鼎现[1]

白云洞与丛碧同游[2]

屠颜天半，凤翠[3]鳌抃[4]，奇峰突起。望不断，重岑叠嶂，暄日晴岚烘暖翠。松如海、卷怒涛岩底，飒飒风声盈耳。引竹杖、蹁跹翠羽，一径逍遥林际。（逍遥径为入山孔道）

开轩目极雕龙嘴，海漫漫、空水相倚。环岛屿、青螺数粒，晃漾金天霞散绮。鸦万点、带残阳明灭，云树天边若荠。看往来、渔舟收网，薄暮金乌[5]西坠。

话旧尚有黄冠，银杏老玉兰花萎。念前游[6]、双鉴人归[7]，绕回廊叹逝。（壁间观丙子年[8]傅藏园、周养庵、邢冕之题壁诗）剩翠盖、亭亭阅世（洞口有松曰华盖，鳞鬣飞动如虬龙），商略诛茅[9]计。洞天悄、谩有心期，扰扰尘缘梦里。

龙铎公（榆生）评：葱蒨奇肆[10]，无垂不缩[11]，倚声家之绝技，岂特状难写之景如在目前而已耶。

注释：

[1] 宝鼎现：《宝鼎现》，词牌名。始见南宋康与之《顺庵乐府》。此调以康与之词为正格，以南宋刘辰翁《须溪词》为变格。全词 157 字，分三段，前段四仄韵，中段五仄韵，后段五仄韵。本词 158 字，为又一变格。

[2] 据黄公渚《白云洞记》，本词当作于 1956 年夏。

[3] 翥〔zhù〕：鸟向上飞。

[4] 抃〔biàn〕：拍手，鼓掌。

[5] 金乌：古代神话传说太阳中有三足乌，因用为太阳的代称。

[6] 前游：1936年作者曾与傅增湘、周养庵、邢冕之、高仲礼等同游白云洞。写作本次时，傅增湘、周养庵、高仲礼均已去世，只有邢冕之尚健在。故词中有观诸老题壁诗而"绕回廊叹逝"之语。作者在本书《辅唐山房猥稿·白云洞记》中对此亦有追忆，本词当与《白云洞记》同作于1956年夏与张伯驹同游时。

[7] 双鉴人归：指傅增湘去世。双鉴，傅增湘藏书楼名，因藏有元本《资治通鉴音注》和南宋绍兴二年（1132）浙东路茶盐司刊本《资治通鉴》而得名。傅增湘后购得南宋淳熙十三年（1186）遗留存世的唯一一部宫廷写本《洪范政鉴》后，又以绍兴二年刊本《资治通鉴》和南宋宫廷写本《洪范政鉴》为"双鉴"。他自己则别署双鉴楼主人。

[8] 丙子年：1936年。

[9] 诛茅〔zhū máo〕：亦作"诛茆"，芟除茅草。引申为结庐安居。

[10] 葱蒨〔cōng qiàn〕奇肆：葱蒨，亦作"葱蒨"，华美，艳丽。奇肆，奇特奔放。

[11] 无垂不缩：与"无往不收"分别指写竖笔和横笔时的用笔方法，最早由宋代大书法家米芾提出。"无垂不缩"指写竖画时，笔画末端都要"缩"笔，即"回锋"收笔。不仅垂露竖如此，也包括悬针竖。悬针竖虽露锋出笔，但在提笔收锋时，也要有一个向上空回动作，使笔锋虽露而笔力不浮。"无往不收"指写横画时，在笔画末端要有一个向左"回锋"收笔的动作，使起笔、收笔前后呼应，笔画圆润有力。这里借书法术语以评词，是说本词后片看似纵笔直叙，实质深厚顿挫，跌宕多姿，含蓄蕴藉，余意无穷，包含了作者叹逝怀旧的无限感慨，深得书家"无垂不缩"之精髓。

八声甘州

题劳山疗养院图

是何年锡号[1]辅唐山[2]，鳌峰考图经。溯蓬莱清浅，尘飞海涸，涌出峥嵘。叠嶂极天无际,一碧入空冥。取径南龙口,此是初程。 九水潺湲迎客,访高台古柳,曾住行滕[3]。洗虫沙氛祲[4],幽构启岩扃。此地胜婆娑世界[5],镇千间广厦画中呈。吾生幸有归休处,待证山盟。

注释:

[1] 锡号:赐予封号。

[2] 辅唐山:此名最早见于唐代牛素《纪闻》。该书已佚。《太平广记》卷七十二《王旻》引《纪闻》记太和先生王旻服饵得道事颇详,其中有:"于是劝旻令出。旻乃请于高密牢山合炼,玄宗许之,因改牢山为辅唐山,许旻居之。"《纪闻》中多纪实之作,可知,辅唐山之名是唐玄宗所改。

[3] 行滕 [téng]:滕,古通"縢"[téng],袋子,盛物的布袋。"行滕"即"行縢",行囊。

[4] 氛祲 [jìn]:指预示灾祸的云气。比喻战乱,叛乱。

[5] 婆娑 [pó suō] 世界:即娑婆世界。"娑婆"是梵语的音译,也译作"索诃"、"娑河"等,意为"堪忍"。根据佛教的说法,人们所在的"大千世界"被称为"娑婆世界"。

梧桐影[1]

山居晚眺二首

落日昏,山庭寂。独立峰头天四垂[2],一绳雁破遥空碧[3]。

雨乍晴,岚[4]犹湿。万点鸦随黄叶翻,残霞片片鱼鳞赤。

注释:

[1] 梧桐影:词牌名。周紫芝《竹坡诗话》曰:"大梁景德寺峨眉院,壁间有吕洞宾题字。寺僧相传,以为顷时有蜀僧号峨眉道者,戒律甚严,不下席者二十年。一日,有布衣青裘,昂然一伟人来,与语良久,期以明年是日复相见于此,愿

少见待也。明年是日，日方午，道者沐浴端坐而逝。至暮，伟人果来，问道者安在，曰亡矣。伟人叹息良久，忽复不见。明日书数语于堂壁间绝高处，其语云："落日斜，西风冷。幽人今夜来不来，教人立尽梧桐影。"字画飞动，如翔鸾舞凤，非世间笔也。宣和间，余游京师，犹及见之。"因吕洞宾词中有"梧桐影"语，故取作词调名，为单调，四句，二十字。第二、四句押仄声韵。宋陈岩肖《庚溪诗话》卷下曰："京师景德寺东廊三学院壁间题曰：'明月斜，秋风冷。今夜故人来不来？教人立尽梧桐影。'皆传吕先生洞宾所题也。"故词牌又作《明月斜》。

［2］四垂：从四面垂下来。

［3］空碧：指澄碧的天空。

［4］岚：山间的雾气。

散余霞[1]

棋盘山[2]

苍岩壁立三千尺，矗高空无极。乱紫皱间披麻[3]，似荆关[4]妙笔。拟借寻仙双屐，采灵山芝术[5]。任他斧烂樵柯[6]，坐棋盘观弈。

注释：

［1］散余霞：词牌名。调名本于南朝宋谢朓《晚登三山还望京邑》诗"余霞散成绮"，双调45字，上下片各四句，三仄韵。

［2］棋盘山：位于明道观以南，因山有棋盘石而得名。在这座奇特的孤峰顶上，有一块巨大的岩石，长15米，向西探出了大半部分，崖下悬空，形状很像跳水比赛用的跳台，远远望去又像一株灵芝高插云端。这是崂山著名的象形石——棋盘石。这块凌空高悬的巨大岩石，高3米，宽8米，长15米，石面平坦，能坐几十个人，并刻有双线勾勒的"十"字，传说这就是南极仙翁、北极仙翁当年对弈留下的棋盘，因此取名"棋盘石"。石面上的"十"字一说是道家拜斗修行的方位图。这处景观是"崂山著名十二景"之一——"棋盘仙弈"。

［3］乱紫皱间披麻：皱是中国山水画中涂出物体纹理或阴阳向背的一种技法。乱紫皱、披麻皱都是皱法中的一种。

[4] 荆关：荆浩、关仝，五代著名画家。荆浩，字浩然，沁水（今山西晋城市沁水县）人，一说河南济源。生于唐朝末年，约卒于五代后唐（923—936）。博通经史，长于文章。后梁时期因避战乱，曾隐居于太行山洪谷，故自号"洪谷子"。关仝，长安（今陕西西安）人。五代后梁画家。一作关同、关穜。生卒年不详。早年师法荆浩，所画山水颇能表现出关陕一带山川雄伟气势的特点。其山水画在立意造境上能超出荆浩的格局，独具风格，被称之为关家山水。荆浩、关仝与同时代的董源、巨然并称"荆关董巨"四大家，以荆浩和关仝为代表的北方山水画派，开创了独特的构图形式，善于描写雄伟壮美的全景式山水；以董源、巨然为代表的江南山水画派，善于表现江南景色，体现风雨变化，成为中国山水画发展史的里程碑。作为中国山水画重要技法之一的"皴法"，在他们这里得到了很大发展，墨法逐渐丰富，水墨和水墨着色的山水画已完全成熟。

[5] 芝术：药草名。

[6] 樵柯：柯，斧柄。樵柯，指砍柴的斧头。

桂殿秋

王哥庄[1]道中二首

山罨画，涧调笙。蜿蜒驰道入山程。明漪十亩荷花荡，水佩风裳解送迎。

飞虹涧，二龙山[2]。人家多住翠微间。墙头秋色添红枣，鸡犬无机自往远。

注释：

[1] 王哥庄：位于崂山东麓，东面崂山湾，隔海与大管岛、狮子岛相望，周围有双台山、八毛岗等山峦和众多奇石景点。

[2] 二龙山：位于崂山仰口北侧，南临崂山国家森林公园。山不高而松石苍翠，竹树瘦奇。山巅有玄都洞，奇峰四环，松竹幽深，系王悟禅晚年所居之处。古树参天，奇石林立，终年云雾渺渺，并有星石山、仙人柏、皇岭后、虎头山、大拇

指、光光崮等多处景点。

莺啼序[1]

内九水纪游邀丛碧同作，并柬元白、孝同[2]

十年浪游似梦，指南龙旧路。和松吹、弹月桥边，呜咽流水如诉。看人老、婆娑短发，几株拂岸垂杨树。谒山灵、世外相迎，盛情犹故。

一水源头，涧晦壑暝，又山程遇雨。石梁没流潦纵横。舍车偏断官渡。犯狂飙、寒生袯襫[3]，踏溪石凌波微步。占苔矶，世界清凉，总输鸥鹭。

鹰窠河畔，弥望飞流，四天挂匹素。午饭向山家投止，石屋仙去。绕砌泉鸣，檐声如注。锦帆迭嶂[4]，丹崖飞凤[5]，单椒[6]出没云中影，迓[7]金华[8]、饱领沧州趣。迎眸冷翠[9]，石门峡尽天开，玉龙树杪飞瀑[10]。

危亭茗话，鼓吹悠闲，有怒蛙[11]两部。世态阅浮云今古。偏霸[12]尘埃，楼馆山阿，燕归无主。重来白发，沙虫满地，尘飞看涸蓬莱水，望江关、待续兰成[13]赋。临流顿触禅机，洗耳潮音[14]，顿忘日暮。

叶遐庵评：长调一气呵成，不伤于碎。

注释：

[1] 莺啼序：词牌名，又名《丰乐楼》。始见吴文英《梦窗词集》，《词谱》以吴文英《莺啼序·残寒正欺病酒》为正体。二百四十字，分四片。第一片八句四十九字，二片十句五十一字，三片十四句七十一字，四片十四句六十九字，每片各四仄韵。第一片第二句是上一、下四句式，诸领格字宜用去声。

[2] 元白、孝同：启功（1912—2005），字元白，也作元伯，号苑北居士，北京市人。雍正皇帝的第九代孙。中国当代著名学者、书画家、诗人。北京师范大学教授、博士研究生导师，曾任全国政协常委、国家文物鉴定委员会主任委员、中央文史研究馆馆长、西泠印社社长。其主要著作有《古代字体论稿》、《诗文声律论

稿》、《启功丛稿》、《启功韵语》、《启功絮语》、《启功赘语》、《汉语现象论丛》、《论书绝句》、《论书札记》、《说八股》、《启功书画留影册》。1953年曾与黄公渚同游崂山。惠孝同（1902—1979），北京市人。满族，原名惠均，字孝同，号柘湖，别号松溪、晴庐。1920年入中国画学研究会，师从金城，专攻山水。曾任中国画学研究会研究员、湖社画会副会长、天津传习社社长，抗战时期任北平艺术专科学校讲师兼图书馆主任。1949年后历任北京中国画研究会常委，北京中国画院艺术委员会常委、主任委员，新国画研究会常委、研究组副主任，国子监国画补习学校校长，中国美术家协会会员。1953年曾与黄公渚同游崂山，并创作了国画《崂山图》。

[3] 袯襫 [bó shì]：古时指农夫穿的蓑衣之类。

[4] 锦帆迭嶂：指的是"内六水"南岸的锦帆嶂。赭黄色崖壁拔地而起，高数十米，状如船帆，石纹纵横相缀，在阳光下辉煌似锦，像船上高高挂起的一面风帆，故名。

[5] 丹崖飞凤：指的是位于"内五水"南岸的飞凤崖。该崖高约百米，颜色赭黄，石纹纵横有致，斑驳绚烂，气势磅礴。崖上镌刻着三个大字"飞凤崖"，因山峰高处形状似一只巨大彩凤张开凤翼欲腾空飞翔而得名。这个景观也叫"彩凤展翅"。

[6] 单椒：孤峰。

[7] 迳 [jìng]：同"径"，经过、取道。

[8] 金华：即"金华谷"，位于内八水。该谷幽深，每到秋天，树叶被霜一打，黄红相间，美不胜收。因为谷深天小，好像把天给圈了起来，所以这一景观被称为"金谷圈天"，或"丹壁圈天"。

[9] 冷翠：指的是崂山著名峡谷"冷翠谷"，位于内七水大小龙门之后。峡谷陡峭，两侧石壁岩石呈青黛色，山上长满黑松，使整个峡谷色彩更加幽丽苍翠，又名"冷翠峡"。该峡谷向南延伸得很远。多水季节，水从峡谷里流出来。因这里是风口，山水奔腾，被风吹成水雾，所以也称"清风洒翠"。

[10] 飞翥 [zhù]：飞举；飞腾。

[11] 怒蛙：亦作"怒鼃 [wā]"，鼓足气的蛙。也指大鸣或瞋目的蛙。这里指如鼓吹般响彻山谷的蛙鸣。

[12] 偏霸：指偏据一方而称王。

[13] 兰成：北周庾信的小字。庾信（513—581）字子山，小字兰成，北周时期南阳新野（今属河南）人。他自幼随父亲庾肩吾出入于梁简文帝萧纲宫廷，后来又与徐陵一起任萧纲的东宫学士，成为宫体文学的代表作家；他们的文学风格，也被称为"徐庾体"。庾信资质聪颖，在梁这个南朝文学的全盛时代积累了很高的文学素养，又来到北方，以其沉痛的生活经历丰富了创作的内容，并多少接受了北方文化的某些因素，从而形成了自己独特的风格，堪称南北朝文学的集大成者。大诗人杜甫对他评价极高，其《戏为六绝句》（其一）有"庾信文章老更成，凌云健笔意纵横"。《咏怀古迹五首》（其一）也说"庾信平生最萧瑟，暮年诗赋动江关"。

[14] 潮音：即潮音瀑。参前《六州歌头·龙潭瀑遇雨》"玉鳞瀑"注。

浣溪沙

鹰窠河道中遇雨次丛碧韵

两脚霏微不肯晴，飞泉百道树梢明。风声猎猎涧中行。　　大石临流狂象[1]据，怒涛趋壑老蛟[2]鸣。天开壮观若为情。

注释：

[1] 狂象：出自佛经，比喻妄心之狂迷，譬之狂象。《涅槃经》三十一曰："心轻躁动转，难捉难调。驰骋奔逸，如大恶象。"二十五曰："譬如醉象狂駃，暴恶多欲杀害。有调象师，以大铁钩，钩斫其顶，即时训顺，恶心都尽。一切众生，亦复如是。"

[2] 蛟：古代传说中一种能发洪水的龙。

兰陵王[1]

华严寺建自明季，藏经楼风景最胜。丁酉[2]夏日，与丛碧同游。

乱蝉寂，雨过凉飔[3]习习。修篁路，窈窅[4]翠云，凤尾翛翛[5]拂衣碧。风幡袅殿脊，柴立[6]浮屠[7]候客。婆娑树，阅尽岁华，龙汉[8]

天荒历千劫。

经楼冷云积，忆说法憨山，曾此飞锡。开轩纵目青无极。涌列岫林表，玉簪螺髻。松风排闼[9]晚更急，放飞燕吹入。

心恻，倦行役。证白社[10]因缘，同礼金佛，鬘[11]天悄梦寻陈迹。且命酒高歌，醉题留壁。逍遥忘返，又绀海[12]，荡暮色。

龙榆生评：奇丽骀荡，周柳所无。

注释：

[1] 兰陵王：词牌名，唐教坊曲名，后用为词牌。以周邦彦词为正体，音节顿挫高亢，雄壮激越。龙榆生《唐宋词格律》曰："《碧鸡漫志》卷四引《北齐史》及《隋唐嘉话》称：'齐文襄之子长恭，封兰陵王。与周师战，尝着假面对敌，击周师金墉城下，勇冠三军。武士共歌谣之，曰《兰陵王入阵曲》。……'毛开[jiān]《樵隐笔录》：'绍兴初，都下盛行周清真咏柳《兰陵王慢》，西楼南瓦皆歌之，谓之《渭城三叠》。以周词凡三换头，至末段，声尤激越，惟教坊老笛师能倚之以节歌者。'此曲音节，犹可于周词反复吟咏得之。一百三十字，分三段。第一段七仄韵，第二段五仄韵，第三段六仄韵，宜用入声部韵。"

[2] 丁酉：1957 年。

[3] 凉飔[sī]：凉风。

[4] 窈宵[yǎo yǎo]：幽深貌。

[5] 翛翛[xiāo xiāo]：象声词。形容虫蚁密集、振翅疾飞声。

[6] 柴立：如枯木般独立。

[7] 浮屠：佛教语。梵语 Buddha 的音译。指和尚。

[8] 龙汉：道教谓元始天尊年号之一，又为五劫之始劫。

[9] 排闼：推门，撞开门。

[10] 白社：借指隐士或隐士所居之处。

[11] 鬘[mán]：头发美好的样子。

[12] 绀[gàn]：微带红的黑色。

璺厂劳山十咏附

临江仙[1]

大劳观

　　琳宇芙蓉山下路，山程一晌停车。新烟起处是谁家。铃声人日鸟，弓影大风蛇。（观内设麻风院）　　羽客归田钟磬歇，全宫静锁烟霞。松篁风动露檐牙。绿丛红簌簌[2]，新绽紫薇花。

注释：

　　[1] 临江仙：唐教坊曲，后用作词牌。又名《谢新恩》、《雁后归》、《画屏春》、《庭院深深》、《采莲回》、《想娉婷》、《瑞鹤仙令》、《鸳鸯梦》、《玉连环》。双调，上下片各三平韵。约有三体，一体六十字，句式为七六七五五；第二体五十八字，上下片首句各减一字；第三体五十八字，上下片第四句各减一字。柳永演为慢曲，双调九十三字，前片五平韵，后片六平韵。本词为第一体。

　　[2] 簌簌：犹簇簇，丛丛。

菩萨蛮[1]

龙潭瀑

　　岚光[2]四合[3]阴崖[4]墨，澄潭漱漱玻璃色。山骨[5]小披麻，飞泉银线沙。　　苔花青一尺，暗水龙腥[6]浥。路转见山家，来分渴盏茶。

　　龙榆生评：奇秀入骨。

注释：

　　[1] 菩萨蛮：唐教坊曲，后用为词牌。又名《菩萨鬘》、《子夜歌》、《重叠金》等。唐苏鹗《杜阳杂编》：“大中初，女蛮国入贡，危髻金冠，璎珞被体，号

'菩萨蛮队'。教坊因此制成《菩萨蛮曲》，文士亦往往声其词。"（见《词谱》卷五引）据此，词调源于外来舞曲。但开元时人崔令钦所著《教坊记》中已有此曲名，可能这种舞队前后不止一次输入中国。为双调小令，四十四字，上下片各四句，各两仄韵，两平韵，仄平递转，情调由紧促转低沉，历来名作较多。

[2] 岚光：山间雾气经日光照射而发出的光彩。

[3] 四合：四面围拢。

[4] 阴崖：背阳的山崖。

[5] 山骨：山中岩石。

[6] 龙腥：水腥味。

南歌子[1]

青山黄山

涧水玪瑽[2]泻，山屏[3]迤逦[4]开。人家高下[5]隐层崖，装就云窗[6]窈窕好楼台。　　少妇鸣机[7]待，鱼帆雁影回。乡音渐改费疑猜，曾引神灯天后[8]破潮来。

山中渔户相传俱闽籍，而以林姓为多。闽俗祀天后，沿海各地凡建有天后祠，均乡人贾舶所至。

注释：

[1] 南歌子：唐教坊曲，词牌名，又名《南柯子》、《春宵曲》、《风蝶令》、《望秦川》、《水晶帘》、《碧窗梦》、《十爱词》、《恨春宵》。单调首创于温庭筠，二十六字，三平韵，例用对句起。宋人多用同一格式重填一片，增为"双调"，五十二字。有平韵、仄韵两体。另有增至五十三字、五十四字者。

[2] 玪瑽 [chēng cōng]：象声词，多用来形容水声、琴声、玉器相击声，或金属撞击发出的声音。

[3] 山屏：形如屏风的山崖。

[4] 迤逦：亦作"迤里"。亦作"迤逦"。曲折连绵貌。

[5] 高下：参差起伏。

[6] 云窗：华美的窗户，常借指女子居处。

[7] 鸣机：开动机杼，谓织布。

[8] 天后：海上女神妈祖，又称天妃、天后、天上圣母、娘妈，是历代船工、海员、旅客、商人和渔民共同信奉的神祇。古代在海上航行经常受到风浪的袭击而船沉人亡，船员的安全成为航海者的主要问题，他们把希望寄托于神灵的保佑。在船舶起航前要先祭天妃，祈求保佑顺风和安全，在船舶上还立天妃神位供奉。

谒金门

荷花村

花气碧，水碓[1]声中人寂。苹白蓼红争半席，夕阳无力气。　　环水数家村陌，烟外小山数尺。荷叶香清岚翠[2]湿，藕香居亦得。

注释：

[1] 碓［duì］：利用水力舂米的器具，又称机碓、水捣器、翻车碓、斗碓或鼓碓水碓。是一种以水流做动力能源的旧式动力机械装置。它大多设置在村庄附近的溪畔河边。开碓时，提起关水的闸门，湍急的水流带动大大的、飞轮似的水车，水车中央方形的轴承随之带动各个动力机械部位，舂碓、水磨、粉箩等器具便有节奏地转动起来。各种机械皆设有开关，可任意控制。

[2] 岚翠：苍翠色的山雾。唐白居易《早春题少华东岩》诗："三十六峰晴，雪销岚翠生。"

鬲溪梅令[1]

华楼宫

天风绝顶敂[2]松间，履巉岩。一径碧罗银杏五云端，涧声鸣佩环。妆楼绰约鬋[3]烟鬟，镜中看。吹落桃花片片到人间，玉霄笙鹤寒。

龙榆生评：超逸绝尘。

注释：

[1] 鬲溪梅令：词牌名，双调四十八字，前后段各四句四平韵。为姜夔自度曲，又名《高溪梅令》。

[2] 敂［kòu］：古同"叩"，敲。

[3] 軃［duǒ］：下垂。

点绛唇[1]

骆驼头峰

岭上明驼，孤峰化石朝还暮。群山东翥[2]，那有回头路。　一角斜阳，海阔天低处。高标挂，苍茫四顾，目送滔滔去。

龙榆生评：一结感喟[3]无尽。

注释：

[1] 点绛唇：因梁江淹《咏美人春游》诗"白雪凝琼貌，明珠点绛唇"之句而得名，又名《点樱桃》、《十八香》、《南浦月》、《沙头雨》、《寻瑶草》、《万年春》等。始见于南唐冯延巳《阳春集》，双调，四十一字。上片四句，三仄韵；下片五句，四仄韵。

[2] 翥［zhù］：本意是家鸟向上飞。这里是指群山的形态。

[3] 感喟：油印本作"感怆"。

小重山

明霞洞

雾拭岚开涌翠岑。粉墙岩半起，洞天深。百盘石磴出高林。山门见，清籁度天琴。　栏楯[1]上方凭。晴霞明替日，欲镕金。步虚声送海潮音。碧云合，钟定四山沉。

注释：

[1] 楯［shǔn］：栏槛横木，指栏杆。

上行杯[1]

白鹤峪

绿荫幽草槃薖[2]静，一鸟不鸣山意暝。樵迳[3]穿云，已有牵萝补屋[4]人。　镜岩路入蒙蒙地，飞瀑林梢天落水。待鹤归来，潭影参差列嶂[5]开。

有瀑曰"天落水"，下渚为潭曰"白鹤潭"。明黄宗庠建镜岩楼于此。

注释：

[1] 上行杯：唐教坊曲，后用为词牌。单调，有三体。三十八字，九句，首尾两平韵，中间五仄韵；三十九字，九句八仄韵；四十一字，八句七仄韵。近人周岸登（1872－1942）有《上行杯》六首，为双调，五十字，上下片均四句，句式为七七四七字，有别于上述三体。其第一首曰："微霜侵幕鸳衾重。残梦和烟和雨送。蜡泪凄然，渍枕啼痕已隔年。双蛾巧画愁仍在。呼雉成枭争得快。梦怯天高，历乱秋魂不可招。"本词与周岸登词同。

[2] 槃薖［kē］：典出《诗经·卫风·考槃》"考槃在阿，硕人之薖"两句。考槃，盘桓之意，指避世隐居。阿，山阿，山坡。薖，貌美，引为心胸宽大。两句意为避世隐居者，道德高尚又心胸宽广。

[3] 樵径：打柴人走的小道。

[4] 牵萝补屋：萝：女萝，植物名。拿藤萝补房屋的漏洞。比喻生活贫困，挪东补西。后多比喻将就凑合。出自唐杜甫《佳人》诗："侍婢卖珠回，牵萝补茅屋。"

[5] 列嶂：相连的山峰。

柳梢青[1]

登窑乌衣巷道中

海色浮天，冈峦起伏，一掌平田。荞麦[2]青葱，梨花明白，红杏初燃。　　寻芳蒨骑流连，抱村落、群峰蜿蜒。鸥外云帆，莺边牧笛，春为谁妍？

注释：

[1] 柳梢青：词牌名，又名《陇头月》、《玉水明沙》、《早春怨》、《云淡秋空》、《雨洗元宵》等。双调，四十九字，前后片各三平韵，后片第十二字宜用去声。别有一种改用入声韵，前片三仄韵，后片两仄韵，平仄略异。本词为前一体。

[2] 荞麦：一年生草本植物，叶狭长，羽状分裂，花白色，茎叶嫩时可食。

卜算子[1]

狮子岩

夜色落层岩，缺月明山口。怪石狰狞据一峰，万象禅天[2]吼。漠漠五更[3]钟，惊醒重回首。荡影红霞蘸[4]翠澜，海日生襟袖。

叶遐庵评：十咏凝练生动，埙篪迭奏，足令众山皆响。

瞿蜕园评：蹬厂[5]诸作无一凡语，奇处足以以振聋瞀，秀处足以荡襟怀。

注释：

[1] 卜算子：见《眉峰碧》"云向苍雯灭"注。

[2] 禅天：佛教语，指修习禅定所能达到的色界四重天（初重天至第四重天）。

[3] 五更：旧时把一夜分为五更，第五更即天将明时。

[4] 蘸 [zhàn]：在液体、粉末或糊状的东西里沾一下就拿出来。

[5] 蹬厂：油印本无此二字。

跋

《劳山集》者，翁庵汇订旧作劳山游记及诗、词，都为三卷。纪游诗业于 1952 年印行。词一卷，久庋行箧，比以朋好索阅，懒于迻[1]录，爱付油印，藉正方雅。年运一往，老病侵寻，心灵枯竭，久废文字。书生结习，敝帚自珍，知不足识者一哂也。游记一卷，迻写[1]未竟，将以俟诸异日耳。1962 年 7 月翁庵附识。[2]

注释：

　　[1] 迻 [yí] 写：迻，同"移"。抄录，誊录。

　　[2] 本段为油印本跋语，文海本无。

劳山纪游集

题　词

题词一

　　匑厂先生诗俏丽遒逸[1]，余谓极类厉太鸿[2]。然太鸿栖止湖上[3]数十年，流连光景不可谓暂，而集中纪游之作，尚不及先生游劳山篇什之富。盖自有先生诗而劳山乃真无留胜。先生之善于吐纳空灵，平章[4]林瀑，又太鸿之所宜惊叹绝叫者。今日飞轮[5]戚速[6]，千里若接。造化镵削，将无隐而弗显，劳山之必为游屐所麇[7]固无疑。使与先生诗足资印证之岳君[8]纪游文合刊，以告来兹，固大公之义所当尔也。劳山之名，宁人[9]以还，迄无确训。然予谓继此以往，济胜有所藉，入深有所道，则劳山之不能复解为登者之劳，必自是编始矣。

黄云眉[10]谨识

注释：

　　[1] 遒[qiú]逸：雄健飘逸。

　　[2] 厉太鸿：厉鹗（1692—1752），字太鸿，又字雄飞，号樊榭、南湖花隐等，钱塘（今浙江杭州）人，清代文学家，浙西词派中坚人物。康熙五十九年（1720）举人，屡试进士不第。家贫，性孤峭。乾隆初参加博学鸿词科考试，再次

落榜。爱山水，尤工词，擅南宋诸家之胜。著有《宋诗纪事》、《辽史拾遗》、《樊榭山房集》等。

[3] 湖上：指杭州西湖。厉鹗曾在杭州东城居住多年，并写了不少歌咏西湖的诗词。

[4] 平章：品评。

[5] 飞轮：指车。

[6] 戛速：疾速。

[7] 麇［qún］：成群。

[8] 岳君：岳廉识（1900？—1984），祖籍浙江余杭县，360 余万字的长篇巨著《尘世奇谈》的作者岳乐山（1871—1943）之子。毕业于北京铁道学院，供职于胶济铁路公司，后转至青岛九中任图书管理员，20 世纪 30 年代中期，常与黄公渚同游崂山，著有《劳山纪游》。从黄云眉题词及叶恭绰题词中"范水模山发兴新，两贤妙笔自为邻"两句来看，岳廉识《劳山纪游》曾有与黄公渚《劳山纪游》合刊的动议，然未见其书，不知这一动议是否落实。

[9] 宁人：顾炎武字。顾炎武为黄宗昌所作《崂山志序》有云："夫劳山，皆乱石巉岩，下临大海，逼仄难度，其险处土人犹罕至焉。秦皇登之，是必万人除道，百官扈从，千人拥辇而后上也。五谷不生，环山以外，土皆疏瘠，海滨斥卤，仅有鱼蛤，亦须其时。秦皇登之，是必一郡供张，数县储偫，四民废业，千里驿骚而后上也。于是齐人苦之，而名曰劳山也，其以是？夫古之圣王劳民而民忘之，秦皇一出游，而劳之名传之千万年，然而致此，则有由矣。"

[10] 黄云眉（1898—1977），浙江余姚（今属宁波市）人，著名历史学家。原名鋆锱，字子亭，号半坡。曾任沪江大学、无锡国学专修馆教授，1951 年至青岛山东大学任教，任中文系和历史系教授、历史系主任兼图书馆馆长、中国古代史教研室主任。加入中国民主同盟会，任民盟青岛负责人。1958 年山东大学迁济南，随校前往济南。后历任济南市民盟主任委员、山东省民盟副主任、民盟中央候补委员、山东省政协常委、山东省历史学会会长等职。1977 年逝世于济南，享年 80 岁。对中国古代史、文学史、音韵训诂、版本目录都有研究，尤精明史，为国内外学术界推崇。主要著作有《明史考证》、《今古伪书考补证》、《韩愈柳宗元文学评价》、《史学杂稿订存》、《史学杂稿续存》、《鲒埼亭文集选注》等。黄公渚《劳山纪游集》油印本刊于 1952 年，其时黄云眉正在青岛山东大学任教，与黄公渚为同事。

题词二

频年浪迹过青丘，济胜能为汗漫游。[1]

今日开编重省识，海山佳处数从头。[2]

卅年来，余曾三游劳山，今老矣，犹萦梦寐。

注释：

[1] 频年：连年，多年。青丘：泛指边远蛮荒之国。这里指崂山。汗漫：形容漫游之远。

[2] 开编：开卷，打开书本。省〔xǐng〕识：认识。

帘泉喷薄漱云根，垂兴摩崖醉墨存。[1]

马尾潮音原不二，抵须介甫苦争墩。

余昔题靛缸湾瀑布曰：潮音瀑。初不知有人曾名之马尾泉也。嗣其人必谓瀑布肖马尾，意以潮音为未惬[2]，余一笑而已。

注释：

[1] 云根：深山云起之处。晋张协《杂诗》之十："云根临八极，雨足洒四溟。"仇兆鳌注："张协诗'云根临八极'注：五岳之云触石出者，云之根也。"

[2] 未惬〔qiè〕：犹不满意。

投林倦鸟早知还，偶现华严启湛山。

太息遗踪寻海印，几多话柄落人间。

青岛湛山寺初欲名海印寺，余不主理三百年旧案，固定今名。

踏月哦松到太清，临风浑似步虚声。[1]

四山宵景真如画，记在蓬壶道上行。

余曾于月夜循海登山，徘徊松影海涛声间，疑非尘境。

注释：

　[1] 哦 [é] 松：唐博陵崔斯立为蓝田县丞，官署内庭中有松、竹、老槐，斯立常在二松间吟哦诗文，事见唐韩愈《蓝田县丞厅壁记》。后因以"哦松"谓担任县丞或代指县丞。这里作者用的是其原意，即在松间吟哦诗文。步虚：道士唱经礼赞。

此山合号坚牢玉，表海千年镇岱东。[1]
且喜岩疆今返璧，漫教二竖妄称雄。[2]
胶澳经德、日强占，卒仍归我。劳山一名牢山。

注释：

　[1] 表海：临海、滨海。岱：中国泰山的别称。亦称"岱宗"、"岱岳"。

　[2] 岩疆：边远险要之地，这里指胶澳。"岩疆今返璧"指1922年12月中国收回青岛主权。

范水模山发兴新，两贤妙笔自为邻。
卧游倘遂重来愿，合作诛茅结屋人。[1]
余久欲居劳山，卒未如愿。

遐庵[2]奉题

注释：

　[1] 卧游：指欣赏山水画、游记、图片等代替游览。这里指通过阅读黄公渚《劳山纪游集》和岳廉识《劳山纪游》神游崂山。

　[2] 遐庵：即叶遐庵，叶恭绰。见《东海劳歌·题词一》注。

题词三

接昆仑，渡海拄，胶东何世问洪荒[1]。看苍波万里，齐烟九点，足下微茫[2]。远送童男五百，昔日误秦皇。甚神山缥缈，空望扶桑。 艳说花妖[3]木魅[4]，留仙真解[5]事，未算荒唐。剩耐东一树，犹自倚红妆。我曾三游三宿，有佳人，相伴女河阳[6]。丹青笔，写灵山照[7]，都付奚囊[8]。

《八声甘州》丁酉（1957）秋日中州张伯驹丛碧[9]

注释：

[1] 洪荒：混沌、蒙昧的状态。借指远古时代。

[2] 微茫：迷漫而模糊。

[3] 花妖：花的精怪，多指异于常态的奇花。

[4] 木魅：旧指老树变成的妖魅。

[5] 真解：犹彻悟。

[6] 河阳：晋潘岳曾任河阳县令，后多以"河阳"代指貌美而富于文才的潘岳。从黄公渚《内九水游记》、《癸巳初秋偕同丛碧、慧素、孝同、元白、宏略，雨中游劳山，自北九水至鱼鳞瀑途中书所见》等诗文可知，张伯驹1953年夏天及初秋，均偕夫人潘素同游崂山。潘素（1915—1992），字慧素，江苏苏州人。早年习花鸟，中年转攻山水，尤擅长工笔重彩山水画，是我国著名的青绿山水画家。这里的"女河阳"及下面的"丹青笔"几句，均当指潘素。

[7] 写灵山照：指创作崂山山水画。

[8] 奚囊：唐李商隐《李长吉小传》："每旦日出，与诸公游，恒从小奚奴，骑距驴，背一古破锦囊，遇有所得，即书投囊中。"后因称诗囊为"奚囊"。

[9] 张伯驹（1898—1982），字家骐，号丛碧，别号游春主人、好好先生，别署冻云楼主，河南项城人，光绪二十四年（1898）3月14日生于官宦世家，系张锦芳之子，过继其伯父张镇芳。他与张学良、溥侗、袁克文一起称为"民国四公子"。是中国老一辈文化名人中集收藏鉴赏家、书画家、诗词学家、京剧艺术研究

家于一身的文化奇人。曾任故宫博物院专门委员、国家文物局鉴定委员会委员，吉林省博物馆副研究员、副馆长、中央文史馆馆员。张伯驹与黄孝纾兄弟交谊很深，曾多次来青岛，与黄孝纾同游崂山。

题词四

黄子匑厂，绩学[1]士也。于文笔诗词无不精，兼擅绘事。一日以所作劳山纪游诗相示，藻饰[2]山川，平章风月，令人发登临之兴。余因念儿时从先大夫[3]居柳树台[4]月余，穷劳山之胜景，朝晖夕曛[5]，气象万千。余旅青近四十年，劳山固数游。独念童年山居之趣，追忆先大夫杖履所至，至今不能忘怀。甲戌乙亥间[6]，余辟佛耳崖[7]园，治郭橐驼[8]之术。自念学书不成，尘劳[9]鞅掌[10]，既怀愤世天问[11]之意，欲以抱瓮灌园[12]终老矣。乃以中原板荡[13]，风尘滇洞[14]，竟废十年树木之计。今海宇[15]澄清，当力学用世，益无暇晷[16]治林泉，探幽邃。读匑厂所作，可当卧游。抑余与匑厂幼同几砚[17]，离经校艺，互相雄长，当时意气自豪。十年离乱，绿鬓成霜。睹纪游之作，有负名山之约矣。百感交集，因弁[18]数言。

至德周至俊[19]识

注释：

[1] 绩学：学问渊博。

[2] 藻饰：修饰文词。

[3] 先大夫：指作者已过世的父亲。

[4] 柳树台：崂山深处的小村庄，南、北九水的分界线。1901年德国亨利王子曾到此一游，使该村名声远播。

[5] 夕曛：落日的余晖。

[6] 甲戌：民国二十三年（1934）；乙亥，民国二十四年（1935）。

[7] 佛耳崖：在今青岛市李沧区金水路北，东有老君山，西有老虎山，北为石婆婆崮。

[8] 郭橐驼［tuó tuó］：是柳宗元《种树郭橐驼传》中的虚拟人物，善种树，人称种树郭橐驼。

[9] 尘劳：泛指事务劳累或旅途劳累。

[10] 鞅掌：谓职事纷扰繁忙。

[11] 天问：《楚辞》篇名，屈原作。诗文中亦作为"问天"的双关语。

[12] 抱瓮灌园：传说孔子的学生子贡，在游楚返晋过汉阴时，见一位老人一次又一次地抱着瓮去浇菜，"搰搰然用力甚多而见功寡"，就建议他用机械汲水。老人不愿意，并且说：这样做，为人就会有机心，"吾非不知，羞而不为也。"见《庄子·天地》。后以"抱瓮灌园"喻安于拙陋的淳朴生活。

[13] 板荡：《板》、《荡》都是《诗·大雅》中讥刺周厉王无道而导致国家败坏、社会动乱的诗篇。后因以指政局混乱或社会动荡。

[14] 澒洞［hòng dòng］：水势汹涌，引申为冲击、震动。

[15] 海宇：犹海内、宇内。谓国境以内之地。

[16] 暇晷［guǐ］：暇，空闲；晷，日影，指时光。暇晷，指空闲的时日。

[17] 几砚［yàn］：几案和砚台。"同几砚"，指同窗。

[18] 弁［biàn］：弁言，书籍或长篇文章的序文、引言。

[19] 周至俊（1898—1990），名明焯，号艮轩主人、市隐。安徽至德（今安徽东至县）人，清山东巡抚周馥嫡孙，实业家周学熙次子。1912年，随祖父和父亲一起迁居青岛。1915年，到北京学习英语。1918年起协助其父创办华新纱厂（青岛国棉九厂前身），1919年至1937年间，先后担任青岛华新纱厂总经理。1933年，西行考察了美、德、法、英、荷、比、丹、奥、瑞士、意大利等国家的纺织业，有《瀛寰小记》、《杼轴漫谈》、《芝博琐言》等著作，记录海外见闻。抗日战争爆发后，周志俊又把青岛华新纱厂的机械设备移到上海，先后在上海创办了"三信"（信和、信孚、信义）"三新"（新安、新成、新业）等工厂，为我国民族工商业的发展作出了重要贡献。抗战胜利后，他继续经营青岛华新纱厂外，还在上海开设机电、制酸、电器等工厂。并先后担任青岛市政协副主席，山东省第三届、四届政协副主席，山东省第五、六届人民代表、常务委员会副主任等职。周志俊能诗，与黄孝纾为同学，二人交往密切。

劳山纪游集（七十二叠山房纪游稿）

辅唐山人　著

劳山纪游百咏[1]

癸酉乙亥[2]间，余逭暑[3]劳山饭店，时偕岳子廉识，遍游山中名胜。道途所经，参诸志乘[4]，询之父老，每有所得，记以小诗。日积月累，得七绝乙百章，并图其迹[5]，以当卧游。

1　劳盛别异志图经，雄峙鳌山百里青。襟带黄腄[6]表东海，天留福地位真灵。

劳盛山见《寰宇记》，实二山。劳或作牢，劳山一作鳌山，又名辅唐山。劳山有志，始于明黄长倩（宗昌）。

注释：

[1] 这一组诗的序号，为注者所加，以方便读者阅读。

[2] 癸酉：民国二十二年（1933），乙亥：民国二十四年（1935）。

[3] 逭［huàn］暑：避暑。

[4] 志乘：志书，即记事之书。后指记载地方的疆域沿革、典章、山川古迹、人物、物产、风俗等的书。

[5] 黄公渚《劳山纪游百咏》原配有百幅山水画，后在"文化大革命"抄家时被毁。

[6] 黄腄［chuí］：古黄县、腄县，即今山东半岛烟台一带。《史记·秦始皇本纪》载，始皇帝二十八年（前219），秦始皇东巡，"乃并渤海以东，过黄腄，穷成山，登芝罘"，黄即今龙口，腄即今福山。苏轼《留别登州举人》："身世相忘久自知，此行闲看古黄腄。"

2　禺貔移海走蛟龙[1]，负气争高百二峰。怪底蓬莱遗左股，浮空朵朵碧芙蓉。

注释：

[1] 蛟龙：古代传说的两种动物，居深水中。相传蛟能发洪水，龙能兴云雨。《楚辞·离骚》："麾蛟龙以梁津兮，诏西皇使涉予。"王逸注："小曰蛟，大曰龙。"

3　势凌天汉镇鲛宫，蜃气楼台带断虹。此是祖龙回驭地，蓬壶圆峤有无中。

相传秦始皇登劳山，望海上神山。

4　怪石狰狞鬼面皴[1]，黑如积铁白如银。鲸波涌出珊瑚礁[2]，胜践来寻寂寞滨。

注释：

[1] 皴 [cūn]：皮肤因受冻或受风吹而干裂。

[2] 珊瑚礁：由珊瑚虫聚合形成的岛屿和礁石。珊瑚虫是海洋中的一种腔肠动物在生长过程中吸收海水中的钙和二氧化碳，然后分泌出石灰石，变为自己生存的外壳。每一个单体的珊瑚虫只有米粒大小，它们一群一群地聚居在一起，一代代地新陈代谢，生长繁衍，同时不断分泌出石灰石，并黏合在一起。这些石灰石经过以后的压实、石化，形成岛屿和礁石，也就是所谓的珊瑚礁。

5　畅好山光夹道迎，盈盈九水眼波明。冈峦回望南龙口，此是游山第一程。

南九水为入山门户。

6　竹窝河[1]畔漫勾留，弹月桥边夕照收。流水声谐琴筑韵，尽饶幽趣[2]付闲鸥。

弹月桥　竹窝河一曰猪窝河。

注释：

[1] 竹窝河：即南九水河，位于沙子口办事处境域西部，原名汉河，俗称旱河、猪窝河，也作竹窝河。发源于柳树台寨上村青峰顶之阳，东西折而北南流向，经竹窝、大石村、东西九水、汉河诸村，至松山后村东转西北东南流向，在沙子口村东，南流入黄海，流程 14.5 公里，流域面积 36 平方公里。该河为季节性河，水质甘洌，沿河风光明媚，为游览胜地。该河由许多涧水汇流而回转九次，位置又遥对北九水，故在 1980 年地名普查时定名为南九水河。

[2] 幽趣：幽雅的趣味。

7　葛场山北席山南，小憩奔车九水庵[1]。楼馆参差台柳路，垂杨弥望碧毵毵[2]。

柳树台。

注释：

[1] 九水庵：即太和观，参前《行香子·雨后内九水记游》"太和观"注。

[2] 毵毵［sān］：形容毛发、枝条细长披垂。此指杨树枝叶繁茂。

8　眼前攒崿[1]雨新晴，隔水人家带豆棚[2]。百里蜿蜒驰道尽，登山到此舍车行。

北九水距市约四十里，为陟山孔道，由此舍车步行，或乘肩舆俱可。

注释：

[1] 攒崿［cuán'è］：攒，聚集，簇拥；崿，山崖。重叠密集的山崖。

[2] 豆棚：用竹木搭成的棚架，供蔓生豆藤攀附生长。房前屋后的豆棚，夏日为纳凉佳处。

9　山林深邃称幽栖，苔蚀岩扃觅旧题。学派文登分九水，临流凭吊毕恬溪[1]。

毕亨，文登人。为戴东原入室弟子。爱九水之胜，因以自号，著有《九水山房文存》。

注释：

[1] 毕恬溪（1757—1836）：毕亨，原名以田，字恬溪，文登人。初从休宁戴震游，精汉人训诂之学，尤长于书。孙星衍撰《尚书今古文注疏》，多采亨说，每称以为经学无双。嘉庆十二年举人，道光六年，以大挑知县分发江西，署安义县。后补崇义，以积劳卒官，年且八十矣。著有《九水山房文存》二卷。

10　棒石针岩鸟道斜，山皴斧劈间披麻。上游水汇桑家涧[1]，百里河声走白沙。

针岩、棒石诸峰在崂山北部，桑家涧为白沙河上游。

注释：

[1] 桑家涧：位于大崂村南、今北宅燕石社区。山涧两侧风光秀丽，蝉鸣鸟啼。号称"崂山第四瀑布"的"花花浪"就在此涧中。该瀑布随着季节的转换而变化，夏秋多雨季节，瀑布宽约 5 米，有 20 多米高，瀑姿壮美豪放；春冬干旱季节，瀑水宽度仅 0.5 米，瀑姿轻盈秀丽，实属崂山一大奇观。周至元有诗赞曰："飞泉高泻碧山头，错落珠玑散不收。斜日乍惊彩虹出，晴天忽见白龙游。危岩秀映群峰色，幽谷寒生六月秋。疑是银河谁决破，滔滔不绝水常流。"

11　斑斓秋色入烟罗，茅舍团焦[1]赋硕薖[2]。官老东边双石屋[3]，胜朝书院梦岩阿。

官老石屋[4]东为双石屋，有清季书院遗址。

注释：

[1] 团焦：又称团瓢，圆形草屋。

　　[2]　硕薖：出自《诗经·卫风·考槃》："考槃在阿，硕人之薖"，此指隐居者
自得之乐。参《醉翁操》之"槃薖"注。

　　[3]　双石屋：位于北九水景区内。据说，清康熙年间，毕氏居民从今北宅一带
迁徙于此，初居于两个像石屋的石洞中，后以双石屋名村。乔氏居民也看好此处，
迁居丑蒲涧居住，对外也称双石屋。现在的双石屋社区由双石屋、丑蒲涧两个自然
社区组成，这一带山险水奇，中国近代著名诗人郁达夫1934年来此游玩后曾欣然
命笔："柳名石屋接游潭，云雾深处蔚竹庵。千里清溪千尺瀑，果然风景似江南。"
此诗今刻于社区前平石上。

　　[4]　官老石屋：双石屋西面不远处有观崂村，其西山山腰有一石屋，明代一
官员曾经在此住宿，以后此石屋叫"官落石屋"，村因此得名"官落石屋村"，后
演变为"官老石屋村"，据《崂山县志》，1934年该村改名为观崂村。

　　12　鹰窠河畔日昏黄，九水分流入下方。破庙无僧集蝙蝠，阅人佛
亦厌津梁[1]。

　　　　鹰窠河。

注释：

　　[1]　津梁：比喻济度众生。南朝宋刘义庆《世说新语·言语》："庾公尝入佛
图，见卧佛，曰：'此子疲于津梁。'"

　　13　淙淙涧溜挟泥沙，石咽泉声寂不哗。峡入玉鳞天一线，两山壁
立似排衙。

　　　　玉鳞峡有大小衙门之称。

　　14　黛蓄膏渟[1]不测渊，靛缸倒影蔚蓝天。临流石几科头[2]坐，
领取潮音一味禅。

　　　　靛缸湾　潮音瀑。

注释：

[1] 黛［dài］蓄膏渟［gāo tíng］：黛蓄，水色青黑的深潭；膏渟，水静止如膏。这里指靛缸湾青黑色的水静止如膏。

[2] 科头：不戴冠帽，裸露头髻。

15　齐烟九点接氤氲，俯视苍茫八表昏。呼吸直疑通帝座，振衣劳顶望天门。

巨峰一名劳顶，海拔一千一百三十公尺，为劳山主峰。

16　试登绝顶探泉源，突兀中天定一尊。磕掌峰[1]前穷远目，众山环侍若儿孙。

劳顶北有地名磕掌，有泉曰源泉[2]。

注释：

[1] 磕掌峰：崂山巨峰极顶有一块几尺见方的岩石，名"盖顶"，又称"磕掌"，此即巨峰之极顶，仅能容三四人坐立。

[2] 源泉：位于崂山之阴，潮音瀑即发源于此泉。

17　瑶簪[1]玉笋[2]矗烟峦，古木幽箐路曲盘。巨石谽谺[3]狮子口，风头宾日伟奇观。

狮子峰[4]在巨峰东，崖端有乾隆东抚崔应阶书《狮崖宾日》[5]一律。

注释：

[1] 瑶簪：比喻高而尖的山峰。

[2] 玉笋：比喻秀丽耸立的山峰。

[3] 谽谺［hān xiā］：山石险峻貌。

[4] 狮子峰：参前《春从天上来·太平宫与璧、罡二弟同游》"狮峰"注。

[5] 狮崖宾日：诗镌于太平宫后石崮上，共为4行，56字，字径约6.7厘米。"枕上初闻晓寺钟，起来月色尚溶溶。拿舟未探鲛人室，拄杖即登狮子峰。碧浪已浮沧海日，白云犹锁万山松。耽游千里谁言老，选胜搜奇兴颇浓"。

18　鸟道山梁出紫烟，凤篁雨箨[1]翠娟娟。坐贪蔚竹庵前月，举火来参玉版禅。

蔚竹庵。

注释：

[1] 箨［tuò］：竹笋上一片一片的皮。

19　苍然岚气接诸天，云海沉沉俯大千。领袖群峰无我相，老僧入定不知年。

定僧峰在外三水。

20　二水澄潭浸碧虚[1]，锦屏[2]倒影压芙蕖。峭岩一窍开混沌，石破天惊草昧[3]初。

混沌窍[4]在外二水。

注释：

[1] 二水澄潭浸碧虚：二水岩下澄潭倒映出岩壁上的花草、飘动的白云、山涧上的树木、依山势而弯曲的小路，景观随起伏的波纹时续时断地变幻，亦实亦虚，故有此语。

[2] 锦屏：即锦屏岩，参前《梦江南·北九水樵歌》注释"锦屏岩"。

[3] 草昧：天地初开时的混沌状态。

[4] 混沌窍："锦屏岩"岩壁裂隙中有翠色圆石嵌于内，名"混沌窍"。

21　梯田禾稼碧于油，犬吠鸡鸣哄[1]一丘。极望巉岏[2]青不断，饮溪山似橐驼[3]头。

　　骆驼头峰在外九水。

注释：

　　[1] 閧［hòng］：喧闹，哄闹。

　　[2] 巑岏［cuán wán］：高峻的山峰。

　　[3] 橐驼［tuó tuó］：骆驼。又作"橐驼"。

　　22　澄潭见底数倏鱼[1]，松籁沉沉乐出虚。回首神清宫去路，大劳
山色迓肩舆。

　　大劳观　神清宫。

注释：

　　[1] 倏［shū］鱼：一种白色的小鱼。

　　23　缥缈天绅[1]树杪明，夜来一雨遍山鸣。飞泷[2]四射无拘束，
博取花花浪子名。

　　花花浪子即飞云瀑，在神清宫东南。

注释：

　　[1] 天绅：自天垂下之带，这里指飞云瀑布。

　　[2] 飞泷［lóng］：泷，急流的水。飞泷，在这里指飞云瀑。

　　24　纵横三尺石棋盘，独坐山头袖手看。漫道烂柯[1]人世异，仙翁
曾此控飞鸢[2]。

　　棋盘石。

注释：

　　[1] 烂柯：岁月流逝，人事变迁。典出南朝梁代任昉《述异记》卷上："信安

郡石室山。晋时王质伐木，至，见童子数人，棋而歌，质因听之。童子与一物与质，如枣核，质含之不觉饥，俄顷童子谓曰：'何不去？'质起，视斧柯烂尽，既归，无复时人。"

[2] 飞鸢：飞翔的鸢鸟。

25　积李崇桃烂漫春，红嫣紫姹负芳辰。轻笾[1]重过雕龙嘴，秋色无端上白苹[2]。

雕龙嘴。

注释：

[1] 笾 [biān]：竹制的便轿。

[2] 白苹：亦作"白萍"。水中浮草。

26　天吴[1]跋浪日车[2]翻，沙碛参差落涨痕。槲叶着霜红似火，钓龙矶[3]上立黄昏。

钓龙矶。

注释：

[1] 天吴：水神名。《山海经·海外东经》："朝阳之谷，神曰天吴，是为水伯。"《山海经·大荒东经》："有神人，八首人面，虎身十尾，名曰天吴。"

[2] 日车：太阳。太阳每天运行不息，故以"日车"喻之。亦指神话中太阳所乘的六龙驾的车。

[3] 钓龙矶：参看前《鹧鸪天·白云洞题壁》"雕龙嘴"注。

27　群峭摩天碧四围，斐然亭[1]上坐忘归。钟声依水无边际，又挟空林落叶飞。

斐然亭。

注释：

[1] 斐然亭：位于返岭后村南深入海中的山岬悬崖上，方形，纯用大理石建成，亭外围有石雕栏杆，游人可凭栏观景。由上海杜月笙、王晓籁等出资建成于1932年。亭名取《论语》"斐然成章"之句，以颂扬沈鸿烈（字"成章"）主政青岛，开发崂山的"斐然"政绩。

28　卧鱼形肖石盘陀，仄迳崎岖踏软莎。空穴来风声震谷，逢逢[1]叠鼓吼灵鼍。

鱼鼓石[2]在华严寺西。

注释：

[1] 逢逢［páng páng］：象声词，多指鼓声。

[2] 鱼鼓石：位于华严寺涧底西上约半公里处。路旁一巨石，上面有一小洞，直径20厘米，深80厘米，用手拍击洞口，琅琅作响，酷似道士所用的敲击乐器鱼鼓之声，但因此石斜卧如鱼形，故取其形与音二者之特征，名之为鱼鼓石。石上有清平度举人王菼翰题刻的"云穴"二字。

29　海市混茫[3]背日开，鹤山[2]东接小蓬莱。先天庵[3]擅天门胜，邋遢仙留石一堆。

小蓬莱在鹤山东，先天庵在天门，相传张三丰[4]邋遢石[5]在焉。

注释：

[1] 混茫：混杂不清，模糊。

[2] 鹤山：位于即墨市鳌山卫街道，东临黄海，是崂山北部支脉，主峰海拔223米，因东峰有巨石形似仙鹤而得名。鹤山道教文化源远流长，有遇真宫、老君炉、摸钱洞、升仙台、聚仙门等道教古迹。自然景观有水鸣天梯、击掌鹤鸣、滚龙洞、一线天等。鹤山风光主要是石奇，山石属火成岩，在一定的地质年代沉睡海底，由于浪水的长期冲刷，一旦露出海面，就呈现出千姿百态的洞岩奇观。

[3] 先天庵：又名天门后。位于崂山区沙子口镇南天门东北涧。据传该庵建

于元代至正年间（1341—1368），明天启年间（1621—1627）重修。明代黄宗昌《崂山志》称："先天庵在天门峰下海门洞上，白道人所建，齐道人成道之所。"白道人即齐本守之师白不夜，明万历年（1573—1620）间来崂山。齐道人即为齐本守，他曾历经21年之劳苦，于天启年间亲自为先天庵增建殿宇3间及两廊配房，内祀玉皇。1943年该庵被日军轰炸为废墟。

[4] 张三丰：《明史》卷二百九十九《方伎传》："张三丰，辽东懿州人，名全一，一名君宝，三丰其号也。以其不饰边幅，又号张邋遢。颀而伟，龟形鹤背，大耳圆目，须髯如戟。寒暑惟一衲一蓑，所啖，升斗辄尽，或数日一食，或数月不食。尽经目不忘，游处无恒，或云能一日千里。善嬉谐，旁若无人。尝游武当诸岩壑，语人曰：'此山异日必大兴。'时五龙、南岩、紫霄俱毁于兵，三丰与其徒去荆榛，辟瓦砾，创草庐居之，已而舍去。太祖故闻其名，洪武二十四年遣使觅之，不得。"《明史》卷九十八《艺文志三》著录有张三丰《金丹直指》一卷，《金丹秘旨》一卷。

[5] 邋遢石：位于崂山书院水库上游的河边，面积大约有三十多平方米，呈二三十度的倾斜角度斜倚在河边山坡上，清澈的溪水贴石而过。据传张三丰曾经在这块石头上练功，日复一日，石头顶面被磨得平整光滑。周至元《崂山志》说，邋遢石"在三标山西，依山临水，石颇巨大，围广可数十丈。相传张三丰升仙于此得名"；明曹臣《劳山周游记》中说："二十里至不其山，入谷沿涧五里许，抵宿邋遢石之玉蕊楼。石据涧流之左，云张三丰所至，故名。"

30　峭壁斑斓苔养茸，观音岩[1]现妙鬘[2]容。一庵附石如屏障，古洞谽谺有伏龙。

　　伏龙洞[3]在观音岩。

注释：

[1] 观音岩：位于仰口白云洞西北处的岩石，高宽各数十丈，中间突出一块，白色，神似观音，衣纹毕具，神采生动，人称观音岩。

[2] 鬘［mán］：美好的头发。

[3] 伏龙洞：黄宗昌《崂山志》载："伏龙洞居石障（庵）东下口，东南向谽

砑岈嵼，深不可穷，相传为龙蛇之窟宅云。"

31　雨后河床水剂添，石如渴骥[1]走趁趈[2]。青霞天半毛儿岭，少驻游筇石障庵[3]。

　　石嶂庵　毛儿岭。

注释：

　　[1] 骥：疑为"骥"之误。

　　[2] 趁趈 [cān tán]：骏马相互追随驰逐的样子。

　　[3] 石障庵：又名石丈庵，位于王哥庄镇白云洞西1.5公里处，创建于明代，全部是石制。高2米，面积约4平方米，小巧玲珑，用料考究，是崂山最小的庵。门两边的石柱上有石刻门联："坤元默启一轮月，圣德常统五斗星"，门楣题"石障庵"三个大字。庵前有巨石崛起如屏障，故名。原为尼姑庵，自清代乾隆年间改由道士栖住，民国初年倾圮。

32　天半朱霞日色浑，贮云轩畔坐黄昏。松涛谡谡[1]逍遥径，一路蝉声望海门[2]。

　　逍遥径在望海门西。

注释：

　　[1] 谡谡 [sù sù]：象声词，强劲有力的风声。

　　[2] 望海门：在明道观北面的挂月峰旁，有两崖壁立，对峙如门，巨石横卧其上，如同一座石门，其东为崂山湾，自门中俯视，是观海与观日绝好的位置。周至元《游劳指南》说："处观（笔者按：明道观）之左胁，为那罗延山，……沿而北为挂月峰，望海门在焉，两崖壁立对峙如门，巨石结其巅，若门楼然。人自门内下瞰，悠然出尘，海色浮天，明澈如镜，岚光云气，缭绕眼底，华严寺于竹树葱郁中隐约见之，诚奇观也！"清同治年间进士、即墨知县林溥游望海门留有七言律诗："扶桑遥指海门东，俯视熊熊旭日红。射眼金华成色相，逼人爽气散空蒙。从知妙谛应微合，翻讶游踪到此穷。快我凌虚超象外，振衣千仞响天风。"

33 蟠松偃盖近天都，大石轮囷虎负嵎。云海须臾生万幻，群峰浮白若樗蒲[1]。

白云洞。

注释：

［1］樗蒲［chū pú］：亦作"樗蒱"，古代一种博戏。

34 石为龙虎貌夔蚭[1]，银杏雌雄各自奇。一树玉兰阴满院，繁英缟夜忆花时。

白云洞有银杏二株，玉兰一株，大皆合抱，明代遗物也。

注释：

［1］夔蚭［kuí ní］：即夔跜，踞伏貌。唐李白《化城寺大钟铭》："尔其龙质炳发，虎形夔跜。"

35 上苑西边落照红，海云庵[1]接太平宫。大书深刻狮峰石，山海奇观笔阵[2]雄。

太平宫在上苑山。

注释：

［1］海云庵：又名三忠祠。位于崂山区王哥庄镇晓望村东。创建于明代嘉靖年间（1522—1566）。庵内祀寇准、包拯、海瑞，故名三忠祠。1950年后，庵内房屋由小学使用。

［2］笔阵：比喻书法。谓作书运笔如行阵。清吴伟业《项黄中家观万岁通天法帖》诗："此卷仍逃劫火中，老眼纵横看笔阵。"这里是赞美"山海奇观"石刻的书法。

36　行脚空山拾断樵，秋风飒飒树萧萧。山庭烟锁犹龙洞[1]，朱
噣[2]魂飞不可招。

犹龙洞。

注释:

[1] 犹龙洞：又名"老君洞"，是一座天然的叠架石洞，洞内供奉太上老君及
道教"南五祖"、"北七真"。明代隆庆二年（1568），山东提学邹善来游崂山，嫌
老君洞之名称不够雅致，同游即墨知县杨方升取《史记》中"吾今日见老子，其
犹龙也"之记载，遂将此洞更名为"犹龙洞"。洞前有一巨石，上镌刻"鳌老龙
苍"四字。

[2] 朱噣 [zhòu]：噣同"咮"，鸟嘴。杜鹃之喙为红色，故有"杜鹃啼血"
的说法，朱噣在这里代指杜鹃。

37　那罗延窟接松关[1]，楼锁经幢礼月鬟[2]。日暮华严庵畔望，
开山[3]龙象[4]忆憨山。

华严寺。

注释:

[1] 松关：柴门。

[2] 月鬟 [mán]：这里是借女子秀发形容月亮之美。

[3] 开山：在名山创立寺院。

[4] 龙象：指高僧。

38　方池澄碧镜开奁，绿满庭际草不枚[1]。开士荼毗[2]砖塔在，
龙天寂寂酹[3]慈霑[4]。

华严寺别院石塔为慈霑上人[5]埋骨处。

注释:

[1] 枚 [xiān]：同"锨"。

[2] 荼毗［tú pí］：火葬。佛陀以前即行于印度，原为僧人死后处理尸体的方法。佛教东传后，中国、日本亦多用之。举行荼毗的火葬场则称为荼毗所。

[3] 酹［lèi］：把酒洒在地上表示祭奠或起誓。

[4] 慈霑：僧人，俗姓李，观阳（今山东省海阳市）人，生于明万历十六年（1588）。崇祯十四年（1641），黄宗昌迎其至即墨，居准提庵。清顺治九年（1652），黄宗昌之子黄坦建成崂山华严庵后，慈霑遂任第一代方丈，为临济派第四代传人。慈霑居崂山20年，于康熙十一年（1672）去世，年85岁。慈霑"生平不为苟得，不慕缘，不畜幼童。扬善掩恶，言必信。以非礼来者若罔闻见然，居墨三十余年，未尝见有忿色嗔语"。华严寺前路西有一塔院，慈霑葬于其中一座砖塔下。

[5] 上人：旧时对僧人的尊称。

39 乡傩[1]报赛庆年丰，东作西成计岁成功。枷版[2]声中黄穄稏[3]，醡头[4]赢得醉颜红。

王哥庄。

注释：

[1] 乡傩［nuó］：语本《论语·乡党》："乡人傩，朝服而立于阼阶。"何晏集解："傩，驱逐疫鬼。"后世指迎神驱鬼的民俗。亦作"大傩"。

[2] 枷［jiā］版：农具，即梿枷，由一个长柄和一组平排的竹条或木条构成的农具，用来拍打谷物使脱粒。

[3] 穄稏［bù yà］：稻子，又通作"罢亚"。

[4] 醡［zhà］头：醡同"榨"，榨酒具，酒榨的榨床。醡头，指酒榨旁边。黄庭坚《次韵杨君金送酒》："扶衰却老世无方，惟有君家酒未尝。秋入园林花老眼，茗搜文字响枯肠。醡头夜雨排檐滴，杯面春风绕鼻香。不待澄清遣分送，定知佳客对空觞。"秦观《题务中壁》："醡头春酒响潺潺，垆下黄翁寝正安。梦入平阳旧池馆，隔花螭口吐清寒。"

40 观寻塘子叩仙宫，峰蠹文华插碧穹。见说香孩曾晒甲，任他野语说齐东[1]。

塘子观前文华峰，村人相传，宋太祖曾于此晒甲，真不根之谈也。

注释：

〔1〕齐东："齐东野语"的省称。《孟子·万章上》："此非君子之言，齐东野人之语也。"后用"齐东野语"比喻道听途说、不足为凭的话。

41　潺湲石罅[1]似跳珠，一勺温泉手自斟[2]。洗髓伐毛聊自适，料应灌顶如醍醐[3]。

汤上村温泉[4]。

注释：

〔1〕石罅〔xià〕：石头的缝隙。

〔2〕斟〔jū〕：舀，酌。

〔3〕灌顶如醍醐：即醍醐灌顶。醍醐：酥酪上凝聚的油。醍醐灌顶，用纯酥油浇到头上。佛教指灌输智慧，使人彻底觉悟。比喻听了高明的意见使人受到很大启发。也形容清凉舒适。这里比喻洗浴温泉的舒适感。

〔4〕汤上村温泉：位于即墨县城东北王哥庄北的汤上村，富矿质，能浴身祛疾，"汤上华清"被称为崂山二十四景之一。黄肇颚《崂山续志》卷九《附载·汤泉》中说："泉在汤上村，距邑东北四十里，村以泉得名。泉出山巅，汇为二池。有疾者浴诸池，垢恶随热气出即瘥。二东汤泉有四，此其著者也。"

42　烟绦雾带柳傲傲[1]，环水人家镜里窥。夹岸荷花香十里，闹红一舸入烟陂[2]。

荷花村。

注释：

〔1〕傲傲〔qī qī〕：醉舞欹斜的样子，这里指柳枝在风中轻盈摇曳。

〔2〕烟陂〔bēi〕：烟雾笼罩的山坡。

43　望门还似鸟投林，小憩山家傍碧岑。河是悬心村反岭，风寒始觉入山深。

悬心河，反岭村，为劳山东路入山孔道。

44　路入苍烟晓望村[1]，几家老树半遮门。清帘斜出丹枫外，回首冈峦落日昏。

晓望村。

注释：

[1] 晓望村：位于现崂山区王哥庄街道办事处驻地东南1.5公里处，南面与西面依大山，东临峰山西村，北邻王哥庄村。相传最早居住在晓望村的是萧氏，该村原名叫萧旺疃，1936年，村名改为晓望。

45　金碧檀栾[1]绝世尘，修真庵[2]古接凝真[3]。当门银杏千年植，幕地参天发古春。

修真庵前银杏数株，大皆合抱，千百年物也。

注释：

[1] 檀栾 [tán luán]：秀美貌，诗文中多用以形容竹。

[2] 修真庵：道教庙宇。位于崂山王哥庄前。创建时间已不可考，明天启二年（1622），全真道人李真立重建，清代康熙年间（1662—1722），其徒边永清、杨绍慎又大修缮。殿宇宏伟，极一时之盛。

[3] 凝真观：又名迎真观、迎真宫，位于崂山区王哥庄镇庙石村东，创建于元代元统年间（1333—1335）。曾于明代弘治二年（1489）重修，清代康熙初年，道士刘信常又重修，更名为凝真观，中祀真武。1950年该观曾为小学使用。"文化大革命"初期，观内之神像、文物、庙碑全部被捣毁焚烧，1983年该观被拆除。

46　金蟾洞[1]在鹤峰阳，醒睡庵[2]头落日黄。岩作豹皮成雾隐，更无人觅快山堂[3]。

快山堂在上庄[4]豹山东。

注释：

[1] 金蟾洞：鹤山遇真庵北有一石崮，高约10米。崮下有洞，洞口西南向阳，洞外西壁镌"造化窝"三字。此洞又名"仙鹤洞"或"金蟾洞"。

[2] 睡醒庵：位于鳌山卫街道南部大龙嘴村北隅，为崂山道教"九宫八观七十二庵"之一。地理位置优越，后有豹山、鹰嘴山、围子山等群峰依托，前有自山谷左右而下的两条河环绕，山环水抱，风景优美。

[3] 快山堂：上庄别墅的前堂，匾题曰"快山堂"。

[4] 上庄：位于鹤山西南角，秦家土寨之北的东上庄。该村为明代的上庄别墅，后来成为村庄，属即墨市白庙乡。因该村所处山麓地势较以东滨海各村为高，故名上庄。上庄别墅为明代即墨人黄宗晓所建，其中有快山堂、竹凉亭、藤台、荷池等名胜。黄宗昌《崂山志》卷七"别墅"有《上庄管见》，对上庄及黄宗晓有专门的记述。

47　接队昏鸦作道场，四山合抱塔中央。摩天一揽三标胜，百福庵[1]头坐夕阳。

三标山。

注释：

[1] 百福庵：又名百佛庵。位于城阳区惜福镇院后村东。创建于宋代宣和年间（1119—1125），是崂山古老的道观之一。初创时建筑简陋，为佛教寺院，内供菩萨，名百佛庵。清初改奉道教，属马山龙门派，又称外山派。前院建倒座殿，内祀菩萨，中殿祀三官，后院为玉皇殿。现为青岛市文物保护单位。

48　岩溜涓涓溪水长，枕流漱石不寻常。华阳精舍谈经地，禊饮[1]犹思曲水[2]觞。

华阳书院[3]在花楼山南，石刻有"枕流漱石"、"曲水流觞"等字。

注释：

［1］禊［xì］饮：古代农历三月上巳日的宴聚游乐活动。

［2］曲水：古代风俗，于农历三月上巳日（上旬的巳日，魏晋以后始固定为三月三日）就水滨宴饮，认为可祓除不祥，后人因引水环曲成渠，流觞取饮，相与为乐，称为曲水。晋王羲之《兰亭集序》："又有清流激湍，映带左右，引以为流觞曲水，列坐其次。"

［3］华阳书院：位于华楼山前华阳山的南麓，占地亩余，背崖俯溪，东西排建两幢木砖结构平房，各3间，取名紫云阁、文昌阁。是即墨蓝氏读书之处，至清道光年间始废弃。

49　漫寻丹灶[1]吊长春，玉蕊楼[2]高迹已陈。篆叶楸兼书带草，康成书院[3]委荒榛[4]。

山中有丘处机[5]丹灶，玉蕊楼在康成书院，明黄宗昌建。

注释：

［1］丹灶：炼丹用的炉灶。

［2］玉蕊楼：在书院村南1公里，为黄宗昌所建，是崂山著名的古建筑，现已不存。黄为官正直，晚年因慕郑康成之学识和为人，在康成书院附近筑楼隐居。楼有二层，古色古香，院落门庭精致，周围景色幽邃，四山环抱，涧水前汇，茂林修竹，涉目成趣。康熙年间，即墨人纪润在《劳山记》中称玉蕊楼为"吾邑第一山庄"。黄宗昌有《玉蕊楼》七绝："四山蓊菶玉嶙岣，中有危楼耸出新。十亩长松半亩竹，康成书院北为邻。"并在此撰写了《崂山志》。

［3］康成书院：郑玄于崂山讲学之所，郑玄（127—200），东汉经学家，字康成，北海高密人。晋代古方志《三齐记》首次载明"郑玄教授不其山"，《太平广记》和《太平御览》皆引晋代伏琛《三齐略记》语曰："郑司农尝居不其城南山中教授。"明、清之际思想家、文学家顾炎武写有《不其山》诗："深山书院有人耕，不记山名与县名。为问黄巾满天下，可能容得郑康成。"明正德七年（1512）即墨知县高允中在原郑玄筑庐授徒处，建院宇，聘教授，辟学田，重建"康成书院"。

书院坐北朝南，东西略呈长方形，占地亩余，围有院墙，门南向，屋 3 间，高约 5 米，宽约 12 米，南北深约 4 米，重梁起架，檐下四根木柱撑顶，柱基座为青石鼓形。木质门窗平开，雕以云图。该建筑具有十分完整的墙、柱、梁、栋、枋、斗拱和起脊屋顶各组成部分，在当时可谓宏伟壮观。清初，由于康成书院无人经管，渐圯。

［4］荒榛：杂乱丛生的草木，也引申为荒芜。

［5］丘处机（1148—1227）：字通密，道号长春子，登州栖霞（今山东栖霞）人。19 岁拜王重阳为师，出家为全真道士。王重阳死后，他成为全真道掌教真人，后以 74 岁高龄远赴西域，劝说成吉思汗止杀爱民，被尊为神仙，总领道教。是全真道"七真"之一，龙门派祖师。著有《摄生消息论》、《大丹直指》等。元太祖二十二年（1227），仙化于长春宫（原名天长观），遗骨葬于北京白云观。元世祖时，被追尊为"长春演道主教真人"，世号长春真人。

50　两峰夹岵石为门，应谷长风万骑奔。付与茅庵专一窒，孤松坐对欲忘言。

石门山。

51　缭白萦青带远峦，夕阳涧[1]底响鸣湍。攀藤直上清风岭[2]，山径羊肠十八盘。

清风岭在夕阳涧。

注释：

［1］夕阳涧：位于华楼宫前，四面环山，涧底幽静异常，涧中密布竹林树木，尤其是涧坡上的竹林，品种特异，竹干多呈金黄色，每当夕阳西下，涧中层林尽染，色彩绚丽，故名。

［2］清风岭：华楼宫十四景之一，岭上巨石罗列，可坐可卧。

52　斜阳冉冉下西崦[1]，返影鎏[2]金碧落岩。风振长林疑虎啸，云峰负日露双尖。

虎啸峰在碧落岩^[3]。

注释：

[1] 西崦 [yān]：西山。

[2] 鎏 [liú] 金：鎏同"镏"。中国特有的镀金法，所镏的金层经久不退。

[3] 虎啸峰在碧落岩：华楼宫后有一峭岩，叫"碧落岩"；又有一壁，高宽各约20米，即"翠屏岩"。翠屏岩北，有许多小洞，叫"七仙洞"。再上为"虎啸峰"。周至元《崂山志》称虎啸峰"在翠屏岩上。该峰应该是翠屏岩上的象形石，像一蹲坐的老虎，故名"。所以说虎啸峰在"碧落岩"，或在翠屏岩，都是可以的。

53 胜揽南天不二门，盈盈玉女洗头盆。楼栏坐对迎仙岘^[1]，峡口松风万籁喧。

南天门在华楼山，上有玉女盆^[2]、迎仙岘、松风口^[3]诸胜。

注释：

[1] 迎仙岘 [xiàn]：华楼山北有一处陡立似削的巨大石壁，高10米，宽10米，3条横向节理，上段呈锥形探出，像亭子，原名"接官亭"，顾名思义，是接待官员时稍事休息的地方。明代山东提学邹善游览华楼时，觉得其名过于俗气，便更名为"迎仙岘"，并即兴赋诗："相缝俨列仙，人吏谢凡缘，传呼仙子避，绝倒石崖巅。""迎仙岘"石刻字迹至今仍清晰可辨。

[2] 玉女盆：华楼宫翠屏岩西有仙岩，仙岩西北坡上有一天然石坑，直径约2米，坑内终年有水，相传为玉皇大帝女儿的洗澡盆，故名玉女盆。

[3] 松风口：在华楼山，是元代王思诚品题的华楼十四景之一。位于南天门东三里许的以处峡口。因万松森列，两山夹峙，故名。明代即墨县县丞周瑶《松风口》诗曰："悬崖古树尽虬龙，行到仙坛别有风。一片涛声天上落，袭人犹觉翠蒙蒙。"

54 苍松作队接天青，峭壁摩空展翠屏。倒景奔泉泻金液，五华映日玉亭亭。

翠屏岩[1]、五华崮[2]、金液泉[3]，并在华楼山。

注释：

[1] 翠屏岩：翠屏岩在华楼宫后右上方，峭崖壁立，高宽各约20米，石色苍翠斑斓，如张起的一幅锦屏。岩上有明代文人、山东参政陈沂书写真、草体的"翠屏岩"各三字。明代嘉靖年间进士、山东提学邹善有《翠屏岩》诗："白云罩翠屏，望望静如削。坐久谈忘归，崖头松子落。"

[2] 五华崮：华楼山山峰之一。《清康熙重修华楼宫碑》中有："墨之名胜以百数，惟华楼最著。……其最高者，曰五华崮，曰高架崮，又曰凌烟崮。"

[3] 金液泉：崂山名泉之一，位于华楼宫玉皇殿后碧落岩下。泉下砌方池，泉水落池中，不涸不溢，味极甘美，因名"金液泉"。岩上有丘处机刻诗并镌有"金液泉"三字。元代礼部尚书王思诚赞该泉："金液泉生碧落岩，津津下注石方奁。瓦瓶日汲仙家用，酿酒煮茶味转甘。"

55 轸石擎空梳洗楼，飞升玉女渺青虬[1]。桃花片片飞三月，安得探奇最上头。

梳洗楼一名聚仙峰，为玉女梳洗处。

注释：

[1] 虬 [qiú]：古代传说中有角的小龙。

56 海上名山第一峰，凭高云我意俱镕。携筇一究华楼顶，俯听沉沉万壑松。

华楼峰摩崖仅存"海上第一"四字。

57 峭崿[1]千寻俯海滨，山蹊曲折草如茵。翠屏岩下眠龙石[2]，落日光摇闪赤鳞。

眠龙石在翠屏岩下。

注释：

[1] 峭崿 [qiào'è]：高峰，高崖。

[2] 眠龙石：位于太平宫西偏殿。太平宫整个建筑呈"品"字形，由正殿和两个偏殿组成。西偏殿一石似龙盘身入眠，被称为"眠龙石"。

58 石面斜平若发硎[1]，大风有隧似惊霆[2]。琳宫夜祀东华帝[3]，拜石来看北斗星。

东华宫[4]东南有北斗石[5]。

注释：

[1] 发硎 [xíng]：硎，磨刀石。发硎，亦作"发铏"，指刀新从磨刀石上磨出来。

[2] 惊霆：惊雷。

[3] 东华帝：传说仙人东王公又称东华帝君，省称"东华"。

[4] 东华宫：位于太平宫东南1公里处，建于明代，原为太平宫之脚庙，清顺治年间重修，今已圮毁。原宫前有钟鼓楼亦倒坍。由此迤而北为北斗石，大石特起，面如平台，为旧时道士礼北斗之步罡踏斗处。再东南行至猪头峰下为关帝庙，是一处景色清丽的道院。沿路南上，即达白云洞。

[5] 北斗石：东华宫后原有一巨大岩石，顶面平整，面积三丈余，相传为古代道士礼北斗之所，称北斗石。宫东还有一圆形大石，为参星石。屋前有高大的重修碑记。新中国成立后，石碑被毁，北斗石被打碎修建了水渠，屋框日益颓废，只留下当年的屋基与庙后的两棵高耸入云的楸树。

59 苍茫暝色接林垧[1]，天外峦光一逻青。花讯盛于三月半，买春人醉少山亭[2]。

少山亭。

注释：

[1] 垧 [jiōng]：离城远的郊野。

　　〔2〕少山亭：不知今之所指。

　　60　梵呗微微法海祠[1]，丹山花事忆年时。桃花十里春风路，成就茅亭一段奇。

　　丹山。

注释：

　　〔1〕法海祠：应为法海寺。参前《桂殿秋·劳山顶近区纪游》"法海寺"注。

　　61　胃涂[1]宿莽石巋巋[2]，风振长林马奋鬐[3]。云外髻螺[4]清数点，去天尺五卧狼匙。

　　卧狼匙在石门南附近，冈峦以此为最。

注释：

　　〔1〕胃〔juàn〕涂：胃：缠绕，挂绕。涂即"途"。宿莽，经冬不死的草。《楚辞·离骚》："朝搴阰之木兰兮，夕揽洲之宿莽。"王逸注："草冬生不死者，楚人名曰宿莽。"胃涂宿莽，指路途中缠绕着宿莽。

　　〔2〕巋巋〔yí yí〕：突出貌。

　　〔3〕鬐〔qí〕：鬃毛。

　　〔4〕髻螺：盘旋如螺状的发髻。这里用来形容卧狼匙的外在形状。

　　62　滨海人家罨画中，撅头船[1]趁鲤鱼风[2]。鸣榔[3]唱晚渔歌起，杨柳湾旁系钓筒[4]。

　　沙子口。

注释：

　　〔1〕撅头船：即掘头船，一种头尾不显著的简陋小船。

　　〔2〕鲤鱼风：九月风，秋风。

[3] 鸣榔：亦作"鸣根"。敲击船舷使作声，用以惊鱼，使入网中，或为歌声之节。《文选·潘岳〈西征赋〉》："纤经连白，鸣根厉响。"李善注："《说文》曰：根，高木也。以长木叩舷为声，言曳纤经于前，鸣长根于后，所以惊鱼，令入网也。"唐李白《送殷淑》诗之一："惜别耐取醉，鸣榔且长谣。"王琦注："所谓鸣榔者，常是击船以为歌声之节，犹叩舷而歌之义。"

[4] 钓筒：插在水里捕鱼的竹器。

63　登窑面海枕山陲[1]，茅舍疏疏间竹篱。梦断春风千顷雪，梨花廿里忆芳时。

登窑。

注释：

[1] 山陲：山边。

64　巉岩触处履蒙茸[1]，潮汐山跗[2]日夜春。石老人禁风日暴，坐看尘劫[3]不龙钟[3]。

石老人。

注释：

[1] 蒙茸 [róng]：指葱茏丛生的草木。

[2] 跗 [fū]：同"跗"，脚背。

[3] 尘劫：佛教称一世为一劫，无量无边劫为尘劫。后亦泛指尘世的劫难。

[4] 龙钟：衰老貌，年迈。

65　凉水源头碧一涯，二山合处涧名茶。镜中倒景秋千嶂，鼓吹林陬两部蛙。

茶涧。

66　野花野草不知名，附葛攀藤却曲行。峭壁中间义八字，南天门外断虹明。

南天门在汉寨观东，两山壁立，景绝幽旷，东南为义八字。

67　瘰木[1]生瘿[2]丑菌肥，岩屏泼翠锁烟菲。眼明四叠龙潭瀑，界破青山匹练飞。

玉龙瀑在龙潭。

注释：

[1] 瘰［lěi］木：有病瘿肿，枝叶不荣的树木。

[2] 瘿［yǐng］：植物受病菌、昆虫、叶螨、线虫等寄生后，外部隆起形成的囊状性赘生物。

68　南窑[1]合沓乱峰堆，神观湍飞出九陔[2]。猱狖[3]道通砖塔岭[4]，将军槽[5]已没蒿莱。

南窑、砖塔岭、将军槽，并在巨峰西南。

注释：

[1] 南窑：村名，位于沙子口街道办事处驻地以东3.5公里处。1986年南窑村改称南窑社区居委会。社区由南窑、烟云涧、幸福三个自然村组成。社区东、南、西三面靠海，东为流清河湾，南为槐石湾，西为栲栳岛湾，社区后有登瀛河。

[2] 九陔：亦作"九晐"、"九垓"，中央至八极之地。

[3] 猱狖［náo yòu］：猿猴。

[4] 砖塔岭：位于流清河上游的蟹子夹山东南，从烟云涧底北上2公里即可到达。岭上旧有砖塔一座，此塔传说颇多。岭东有洞，大如屋，上镌"金壁洞"三字，因洞壁石呈黄色而得名。不远处还有"银壁洞"，洞上也有题刻，但字迹已漫漶不清。

[5] 将军槽：位于崂山南线流河村以北、崂山五顶之一大流顶上的一条山涧。海拔710余米，虽不高，却险奇。涧内乱石林立，景色宜人。关于名称来历，一是

传说有天将曾在此饮马；或以为源于洞头的天然石洞——将军洞。

69　荒荒海气四天垂，新月云端展翠眉。凭吊慈光无主洞，石门矗立自然碑。

慈光洞[1]在铁瓦殿，西有自然碑，幕云、新月[2]并峰名。

注释：

[1]　慈光洞：距老君洞、自然碑不远处的一花岗岩天然石洞。周至元《游崂指南》说："由（铁瓦）殿之左胁，攀危岩盘折而上约里许，折而西至慈光洞。洞处绝壁下，廊然如卵形，旁映危峰，前俯深壑，俯视海光，若在足下，以高敞取胜者也。洞内石色莹洁，若或磨砺，上刻'慈光洞'及慈宁宫近侍某七绝一首，完好如故，风雨莫蚀故也。"

[2]　幕云、新月：巨峰景区比高崮向南，崖陡壑险，有幕云崮、新月峰、七星楼、自然碑依次布于险壑中。

70　黄昏渺渺上方钟，荦确[1]幽探蹑虎踪。雾鬟云鬟[2]天外立，目成[3]迟我美人峰[3]。

美人峰。

注释：

[1]　荦［luò］确：怪石嶙峋貌。

[2]　云鬟：高耸的环形发髻，也泛指乌黑秀美的头发。这里是以拟人化的修辞手法描摹美人峰的奇秀。

[3]　目成：通过眉目传情来结成亲好。《楚辞·九歌·少司命》："满堂兮美人，忽独与余兮目成。"朱熹集注："言美人并会，盈满于堂，而司命独与我睨而相视，以成亲好。"

[4]　美人峰：巨峰四周山峰千姿百态，西南一峰突兀如削而润泽有光，名"美人峰"；峰顶向阳岩缝里长着一棵翠叶满枝的小树，似美人发髻上的碧玉簪，使"美人"显得顾长绰约。若从山脚仰望，此峰似比巨峰更高，故又叫比高崮。

71　凌虚铁瓦殿崔嵬[1]，风口闲行路隩隈[2]。七二叠山云际现，饱餐秀色钓鱼台[3]。

　　钓鱼台在风口，前临七十二叠山[4]。

注释：

　[1] 崔嵬 [cuī wéi]：高大、高耸。

　[2] 隩隈 [yù wēi]：河岸、山水等弯曲的地方。

　[3] 钓鱼台：沿太清宫前海边小路东南行 1 公里处，群礁迭起，海潮汹涌，礁石中有一如台之巨石，伸入海中，三面临海，高出海滩约 1 米，面积约 80 平方米，名为"钓鱼台"。巨礁上平如削，坡向海水，背倚青山，是垂钓的好地方。台的石平面刻着署名宋绩臣、道号大谷子的诗一首："一蓑一笠一髯叟，一丈长竿一寸钩，一山一水一明月，一人独钓一海秋。"

　[4] 七十二叠山：位于钓鱼台对面，山石层叠，天然如级，故名。

72　摩头千仞碧嵯峨，海色云容自荡摩。天岔汪[1]头晞发[2]坐，日从梯子石边过。

　　摩头崮、天岔汪、梯子石，皆南天门胜景。

注释：

　[1] 天岔汪：天岔，即天岔顶，又称天茶顶，崂山五顶之一，仅次于巨峰。见前《小重山·天门峰》注。天岔汪，不详，疑即海拔 600 余米，低于天茶顶的天泉，或是天茶顶一带的某处泉水。

　[2] 晞发：晒发使干。常指高洁脱俗的行为。

73　独立云端见似人，俯看沧海几扬尘。幕云崮与凌烟崮，争及金刚不坏身。

　　北人呼峰为崮，如幕云崮、凌烟崮，比比皆是，尤以金刚崮最为奇特。

74 乘槎万里别人间，男女三千去不还。终古浪淘徐福岛[1]，何曾海外有仙山。

　　徐福岛。

注释：

[1] 徐福岛：位于沙子口街道登瀛村东南 4 公里的海中，距陆地最近处 0.3 公里。传说徐福当年带领三千童男女除害前，曾在此扎寨，故后人把这一小岛命名为"徐福岛"，徐福登船出海的那个山村也被命名为"登瀛村"。

75 两峡中通八水河，海门峭壁郁嵯峨。当流石似孤罴[1]坐，赴海奔湍马下坡。

　　八水河道中。

注释：

[1] 罴：熊的一种，即棕熊，又叫马熊，毛棕褐色，能爬树，会游泳。

76 二仙山[1]势郁崔嵬，欲上天梯[2]首重回。石迳崎岖三步紧，稍舒脚力爱平台。

　　三步紧在上清宫道中。

注释：

[1] 二仙山：位于白云洞东，与大仙山并列，原是几块巨大的凌空巨石堆叠而成。大仙山直插云天无路可登，二仙山挺拔俊秀有天梯可上。故有大仙险，二仙俊之说。

[2] 天梯：人称"三步紧"，是一截接近垂直斜插峰巅的巨石，巨石呈柱形，三面光滑，一面像家中洗衣的搓板。由这段上接云天、下临沧溟的天梯上去，就能

到达二仙山最高处的会仙台。会仙台外形像太师椅，可坐两人。

77　石磴千盘落照明，㧐^[1]身万仞眺秋晶。松风凉入三千界^[2]，把袂^[3]洪崖谒上清。

上清宫。

注释：

[1] 㧐［sǒng］：挺，耸。

[2] 三千界："三千大千世界"的省称。佛教名词，又简称"大千世界"。以须弥山为中心，七山八海交绕之，更以铁围山为外郭，是谓一小世界，合一千个小世界为小千世界，合一千个小千世界为中千世界，合一千个中千世界为大千世界，总称为三千大千世界。

[3] 把袂［mèi］：拉住衣袖，表示亲昵。

78　玉皇殿^[1]址矗松门，天外丰碑缔构^[2]存。一树牡丹枝半萎，椒浆^[3]香玉与招魂。

上清宫有牡丹一株，高出簷际，即《聊斋》所谓香玉^[4]也。

注释：

[1] 玉皇殿：铁瓦殿又名玉皇殿，属于崂山古庙白云庵建筑群的一部分，传说建于唐代，史书记载，明嘉靖年间年久失修的白云庵得到修复，新建的三间玉皇殿，殿堂上面，覆以铁瓦，因此又名铁瓦殿。清朝康熙年间（1662—1722）一场原因不明的大火把铁瓦殿烧成废墟，连带着整个白云庵也销声匿迹了。

[2] 缔构：结构。

[3] 椒浆：以椒浸制的酒浆，古代多用以祭神。

[4] 香玉：蒲松龄《聊斋志异》中的人物，也是崂山颇具盛名的一棵白牡丹。崂山太清宫三官殿前，有一株山茶，高8.5米，干围1.78米，树龄约700年，是世界少见的大山茶。冬春之际，满树绿叶流翠，红花芳艳，犹如落了一层绛雪。不远处原有一株白牡丹，高及屋檐。当年蒲松龄寓居于此，终日与牡丹、山茶相对，遂

构思出《香玉》，故事写一黄姓书生在太清宫附近读书，白牡丹感其深情化作香玉与之成婚，后白牡丹被人偷掘，香玉亦失踪，书生终日恸哭，凭吊时又遇山茶花所化的红衣女绛雪，与之一同哭吊香玉。花神深受感动，使香玉复生。黄生死后变成牡丹花下的一株赤芽，无意中被小道士砍掉，白牡丹和山茶花于是也相继死去。

79　石桥曾此纪朝真，杨柳丝丝坲[1]钓纶[2]。大字擘窝[3]青玉案，道人遗墨[4]吊长春。

朝真桥[5]在上清宫，刻有丘处机《青玉案》词[6]。

注释：

[1] 坲 [fó]：本意是尘起貌，这里是说杨柳像尘土飞扬隐约遮挡着鱼竿上的线。

[2] 钓纶：钓竿上的线。北周庾信《周五声调曲·宫调曲四》："洞途求板筑，溪源取钓纶。"

[3] 擘 [bò] 窝：即擘窠，大字。又称擘窠大字。这里是为平仄合律，故意颠倒为"大字擘窝"。

[4] 遗墨：指死者留下来的亲笔书札、文稿、字画等。

[5] 朝真桥：周至元《游崂指南》载："（太清）宫之前有朝真桥，宫之右有迎仙桥。两桥之上皆竹树荫翳，人自桥上过，其下水声潺潺，顿觉悠然意远。"

[6] 《青玉案》词：丘处机所作原词为："乘舟共约仙霞侣，策仗寻高步，直上孤峰尖险处。长吟法事，浩歌幽韵，响遍行云住。　凭高目断周四顾，万壑千岩下无数。匝地洪涛吞岛屿，三山不见，九霄凝重，似入钓天去。"

80　猗猗篆竹锁云关，银杏虬柯[1]碧藓[2]斑。窝入祕巴寒澈骨，玲珑楼观俨仙山。

祕巴内窝[3]在明霞洞。

注释：

[1] 虬柯：亦作"蚪柯"。盘屈交结的枝条。

［2］碧藓：青苔。

［3］祕巴内窝：不详，待考。

81　明霞洞外接天风，岩幌千寻倚碧穹。安得打包留信宿，坐看朝旭破鸿濛。

明霞洞。

82　罡风[1]猎猎夕阳昏，石磴盘空近帝阍[2]。群峭摩天争赑屃[3]，云中山顶望昆仑。

昆仑山在明霞洞绝顶。

注释：

［1］罡［gāng］风：道教谓高空之风，后亦泛指劲风。

［2］帝阍：天门，天帝的宫门。

［3］赑屃［bì xì］：龙之九子之一，又名霸下。形似龟，力大能负重。这里借以描摹"群峭"相竞用力之貌。

83　海印基残竹万丛，耐冬花老梦成空。诛茅[1]还与山争地，羽士能专十亩宫。

下清宫。

注释：

［1］诛茅：芟除茅草，引申为结庐安居。这里指憨山建海印寺。

84　倚仗山门听晓钟，野花细碎绽红茸。三清殿[1]外唐槐树，枝干盘拏[2]欲化龙。

三清殿唐槐。

注释：

[1] 三清殿：是道教供奉最高尊神——三清祖师的殿堂。三清是道教的最高尊神，故而每个道观都必须供奉。三清殿内奉"玉清元始天尊、上清灵宝天尊、太清道德天尊即太上老君"，故名"三清殿"。崂山神清宫、太平宫、太清宫等宫观都有该殿，此处当指太清宫三清殿。

[2] 盘挐〔ná〕：形容纡曲强劲。

85　酒糟矼[1]接试金滩[2]，侧足蛇行路诎[3]盘。地尽神州山脉断，东南一望海漫漫。

下清宫以南，酒糟矼、试金滩、晒钱石[4]诸名胜在焉。

注释：

[1] 酒糟矼：崂山象形石之一。黄宗昌《崂山志》记载，晒钱石"再南为酒矼槽"。周至元《游崂指南》记载："自此（指试金滩）更南经晒钱石、酒缸槽登山之麓，折而东，右肘危崖，下即大海，曲折以至劳山头。"三处记载名称略有差异，但所指应相同，位于晒钱石南。周至元《崂山志》记载其名称由来："外突中注，象槽之形。"这里的"酒糟矼"或有误。

[2] 试金滩：位于下清宫以南。黄宗昌《崂山志》记载："滩出石，色如墨。"这里所说的石，即试金石。在古代，主要是通过在试金石上刻画，来鉴别黄金真伪和成色的。黄金在试金石上刻画后留下的黄金粉末的颜色，矿物学上称为条痕色，以矿物粉末的颜色来区别矿物的方法被称为"条痕色鉴定法"。试金石颜色愈深，磨得愈光滑、平整，刻画出来的条痕就愈清楚。用试金石鉴别黄金成色是根据条痕的反射率和色泽的差别来判定的。故有"平看色，斜看光"的口诀。用做试金石的石块大都是坚硬的黑色硅质岩石，如硅质岩、燧石岩等。

[3] 诎〔qū〕：弯曲。

[4] 晒钱石：位于下清宫以南，临近试金滩。是海面上突兀露出的一块平整光滑的巨石。当地传说古代龙王钱库里钱太多，恐怕夏天发霉，经常搬到此石上来晾晒，故称"晒钱石"。此说虽不足信，但古代却有游人在此偶然拾得古钱。

86　早春天气忆芳菲，山腹琳宫碧四围。一树山茶[1]红似火，化身绛雪[2]是耶非。

三清殿山茶，即《聊斋志异》所谓绛雪也。

注释：

[1] 山茶：茶花，又名山茶花、耐冬花，是杜鹃花目山茶科植物，一般在晚秋稍凉时开放。原产于我国西南，现世界各地普遍种植。该花为中国传统名花，也是世界名花之一。因其植株形姿优美，叶为浓绿光泽，花形艳丽缤纷，受到世界园艺界的珍视。

[2] 绛雪：参见前《劳山纪游百咏》第78首"香玉"注。

87　送我蝉声一径幽，枫林策策飒先秋。二宫分路摩崖字，上下伽蓝一望收。

二宫分路摩崖字大如栲栳[1]，不知何人笔也？

注释：

[1] 栲栳 [kǎo lǎo]：用柳条编成、形状像斗的盛物器具，亦称笆斗。

88　梯石层层落照红，峰头极目揽雌虹[1]。东平岚[2]在青天外，隐隐钟声出梵宫。

东平岚。

注释：

[1] 雌虹：即霓，副虹。大气中有时跟虹同时出现的一种光的现象，形成的原因和虹相同，只是光线在水珠中的反射比形成虹时多一次，彩带排列的顺序和虹相反，红色在内，紫色在外，颜色比虹淡。

[2] 东平岚：从清流河至太清宫沿途所经山岭。在自流清河通往太清宫的公路未修通之前，从流清河至太清宫为山路，要经过大、小平岚、梯子石、八水河、东平岚等处，这一带约10余公里，途程虽艰难险阻，但风光却奇秀绝伦。过流清

河便是鲍鱼岛，由此东行便是小平岚、大平岚，此处山势虽高，但峰峦平缓，故名"平岚"。过了大平岚，迎面峻岭陡起，挡住去路，此即"梯子石"。疑东平岚名称来源于大、小平岚。现已无考。

89　鱼庄蟹舍足幽栖，行馌[1]村娃各有携。破晓千帆齐出海，蜿蜒窑货引长堤。

窑货在黄山，为渔舟出海处。

注释：

[1] 馌[yè]：给在田间耕作的人送饭。

90　青黄山是钓人家，晒网门前夕照斜。路入仙源何世界，等闲一饭饱人家。

青山[1]　黄山。

注释：

[1] 青山：位于黄山南面，作者在《风中柳·山中答友人问》中有句："黄山蚕熟，青山鱼足。"

91　云旗缥缈万灵奔，浪啮山跗[1]日吐吞。天外罡风[2]吹海立，苍茫暮色八仙墩。

八仙墩。

注释：

[1] 山跗[fū]：山脚。跗同"跗"，脚背，足上。

[2] 天外罡风吹海立：化用苏轼《有美堂暴雨》："天外黑风吹海立，浙东飞雨过江来。"

92　俛仰[1]兴衰问水滨，青山狍子石嶙峋。尽饶波海参天胜，古碣[2]苔封阅几秦。

　　青山道上"波海参天"石刻，相传为秦始皇遗迹，真不稽之谭也。

注释:

　　[1] 俛仰:低头抬头，形容时间短暂。

　　[2] 碣[jié]:圆顶的石碑。

93　高下岩局绝鸟踪，亭亭翠盖踞苍龙。拏云拂日飞晴雪，更访清虚白骨松[1]。

　　白骨松在清虚洞[2]侧。

注释:

　　[1] 白骨松:又名白皮松、三针松、白果松，是松科松属常绿乔木。该松适应性强，深根性，寿命长;四季常青，树姿优雅，白鳞银铠，极富观赏性。幼树树皮灰绿色，平滑，长大后树皮裂成不规则块片脱落，内皮淡黄绿色，老树树皮淡褐灰色或灰白色，块片脱落露出粉白色内皮，白褐相间或斑鳞状。

　　[2] 清虚洞:位于仰口白云洞南侧，是一个人工开凿、供道士静修用的石洞，小而明洁，人坐在洞里就可以俯瞰下面的山海景色。在这个洞前，有一株松树中的珍品，名为"白骨松"，在崂山是极罕见的。

94　兰若[1]丰碑慧炬残，摩崖天宝剩棋盘。何当更上烟台顶，片石摩挲晋太安。

　　山中石刻多宋元以后物，古刻现存者棋盘石[2]有唐孙昙石刻，凤皇山[3]有隋慧炬院仆碑，而以烟台顶晋太安二年[4]石刻为最古。

注释:

　　[1] 兰若:阿兰若的省称，参见前《桂殿秋·劳山顶近区纪游》"阿兰

若"注。

[2] 棋盘石：崂山象形石之一，参见前《散余霞棋盘山》"棋盘山"注。

[3] 凤皇山：即凤凰山，又名枣儿山（因长满酸枣树），坐落在崂山西30里，李村以南3里。清朝末年，戊戌变法的代表人物之一康有为，曾亲自把自己的坟地选定在这凤凰山的西北下坡。明代黄宗昌《崂山志》记有："慧炬院在县南四十里凤凰山下。"

[4] 晋太安二年：即西晋惠帝太安二年（303）。

95　文物山中几孑遗[1]，元钞册府宝元龟。经函道释双明藏，疑有山灵与护持。

神清宫存有元钞《册府元龟》残存一千本，华严寺存有明永乐年藏经残册，下清宫藏明万历《道藏》全部，仅缺乙百十卷，并山中文献足征者。

注释：

[1] 孑遗 [jié yí]：遗留，残存。

96　避新掷楯[1]忆逄萌，都讲公沙有重名。通德门高传学派，流风人仰郑康成。

汉逄萌、公沙穆、郑玄，皆曾避地山中，流传故事甚伙。

注释：

[1] 掷楯 [dùn]：《后汉书·逸民传·逄萌》："家贫，给事县为亭长。时尉行过亭，萌候迎拜谒，既而掷楯叹曰：'大丈夫安能为人役哉！'遂去之长安学，通《春秋经》。"李贤注："亭长主捕盗贼，故执楯也。"后以"掷楯"为舍弃微职，重新就学的典故。

97　劲节砭斋[1]拜七疏，华阴归老爱山居。堂堂一去蓝文绣[2]，栎里[3]高风并可书。

　　明季高弘图，号砼斋，弘光朝尝上书劾马士英、阮大钺。归隐劳山，筑华阴山居。蓝章，字文绣。隐后书华阳书院，自号大劳山人。栎里先生张允抡，莱阳人，明亡不仕，讲学山中，从者甚众。

注释:

　　[1] 砼［kēng］斋：高弘图（1583—1645），字子犹，一字研文，号砼斋。明代山东胶州（今山东省胶州市）人，万历三十八年（1610）进士，天启初年任御史，因正直敢言，为魏忠贤所排挤，一度归休闲居。崇祯即位，再度起用为御史。因耻与宦官共事，七上疏乞休。明崇祯五年（1632）至十六年（1643）年间，高弘图被罢黜闲居期间，喜爱花楼山一带的美景。曾任大理寺评事的胶州人赵任，遂将他的皆山楼赠予高弘图。高更名为太古堂。崇祯十六年，朝廷以南京兵部右侍郎再次起用高弘图，不久迁户部尚书，又改礼部尚书兼东阁大学士，后加封太子少师、太子太保。顺治二年（1645），清军破杭州，高弘图绝食九日而死。著有《太古堂集》、《崂山九游记》，《明史》卷二百七十四有传。

　　[2] 蓝文绣：蓝章，字文绣，明代即墨（今山东省即墨市）人。成化二十年（1484）进士，任婺源县和潜山县县令，后擢升贵州道监察御史，又巡按山西，屡迁右佥都御史，因忤刘瑾下狱，谪抚州通判。刘瑾败，蓝章复起，巡抚陕西，后升任南京刑部右侍郎，明正德十二年（1517），蓝章连上七疏告退归故里，在崂山华阳山南麓筑华阳书院，占地亩余，结庐隐居，自号"大劳山人"，教儿子蓝田攻读诗书，其后世多就读于此。卒年74岁，著有《崂山遗稿》等。"堂堂一去"即指蓝章七疏告归、急流勇退一事。

　　[3] 栎里：张允抡，字并叔，号季栎，别号栎里子，明代莱阳（今山东省莱阳市）人。崇祯七年（1634）进士，曾任户部主事，后授江西饶州知府。明亡后，入崂山隐居不仕，曾在崂山玉蕊楼、张村等处，授徒十余年。著有《希范堂集》、《廉吏高士传》及诗文11卷。其《栎里子游崂山记》，刊印于乾隆四十一年（1776），收有游记13篇，诗70余首，对崂山的人文景观和自然景观记载甚详，现尚存有孤本。黄宗昌《崂山志》卷四《栖隐》有传。

　　98　赤柰[1]山查火齐堆，应时海错[2]有仙胎。龙须[3]菜苣[4]西施舌[5]，白白银刀[6]入馔来。

　　仙胎鱼出白沙河，西施舌出鹤山东麓海滩。

注释：

　　[1] 赤柰：果名。一种赤色的柰。也称丹柰、朱柰，俗称花红，似苹果而小。

　　[2] 镨 [zān]：古同"鐕"，釜类烹器。

　　[3] 龙须：指头足纲类的鱼，如章鱼等。

　　[4] 芼 [máo]：可供食用的水草或野菜。

　　[5] 西施舌：软体动物门瓣鳃纲帘蛤目蛤蜊科海洋贝类。壳体略呈三角形，壳长通常有7—9厘米，壳顶在中央稍偏前方，腹缘圆形。壳厚，壳表光洁，生长轮脉明显，壳顶呈淡紫色，其余部分呈米黄色或灰白色。肉质脆嫩，味甘美，是一种经济价值很高的名贵贝类。

　　[6] 银刀：指白色的刀形鱼。宋陆游《春晴泛湖入城》诗："鱼跃银刀论网买，酒倾绿蚁满盃浮。"

　　99　玄晶孕石玉无瑕，石耳[1]登盘间蕨[2]芽。苍术[3]黄精[4]收药笼，四时生计足山家。

　　墨晶[5]、石耳、苍术、黄精，并山中特产。

注释：

　　[1] 石耳：附着在石面的地衣类植物，可食。《吕氏春秋·本味》："菜之美者，崑崙之苹，寿木之华……汉上石耳。"高诱注："石耳，菜名也。"

　　[2] 蕨 [jué]：多年生草本植物，根茎长。嫩叶可食，根茎可制淀粉，其纤维可制绳缆，耐水。全株入药。

　　[3] 苍术 [zhú]：多年生草本植物，秋天开白色或淡红色的花，嫩苗可以吃，根肥大，可入药。明李时珍《本草纲目·草一·术》："苍术，山蓟也，处处山中有之……根如老姜之状，苍黑色，肉白有油膏。"

　　[4] 黄精：药草名。多年生草本，中医以根茎入药。明李时珍《本草纲目·草一·黄精》："黄芝、戊己芝、菟竹……黄精为服食要药，故《别录》列于草部

之首，仙家以为芝草之类，以其得坤土之精粹，故谓之黄精。"

[5] 墨晶：水晶的一种，深棕色，略近黑色，可制眼镜片。

100　醉唤青莲[1]餐紫霞，卅[2]年道长似浮家[3]。平生尽有看山癖，识路何堪马齿[4]加。

注释：

[1] 青莲：唐代诗人李白别号青莲居士。清王琦《李太白年谱》："惊姜之夕，长庚入梦，故名白，以太白字之。若青莲居士、酒仙翁，又其所自号者。"亦省称"青莲"。

[2] 卅〔sà〕：三十。

[3] 浮家：形容生活长期漂泊不定。参成语"浮家泛宅"。

[4] 马齿：马的牙齿随年龄而添换，看马齿可知马的年龄。故常以为谦词，借指自己的年龄。

外九水歌

我从一水朝入山，群峰列侍玉笋班。（一水在大劳观东之菊湾，南为玉笋峰[1]，北为黑虎山[2]）峭壁斗绝石屠颜，路入二水青插天。（二水）三水曲折流湾环，老僧入定如睡眠，兀坐云表俯大千。（三水北有峰曰定僧，形如头陀披袈裟端坐云外）四水仰与天梯连，奔流喷薄蛟龙涎，脚窝石锈苍苔瘢。（四水两崖如门为天梯峡[3]，山椒丛石为级，称脚窠石）五水更在杏庵前，天开异境留墨缘。（五水在杏树庵前，岩端有明天启四年"天开异境"石刻）水势到此益腾轩[4]，折为六水声雷颠，奇峰尽相疑雕镌[5]，驼头鹰嘴俱天然。（六水北有峰曰驼骆头[6]，东为鹰嘴峰[7]）七水八水地自偏，溪流抱村有人烟。丹丘古洞栖列仙，松涛声和涧水喧。（七水前有河西村[8]，北为小丹丘。八水地名松涛涧，南为松古洞[9]）太和观侧碧一湾，九水至此穷其源，窅然[10]出世

163

非人间。（九水）

注释：

［1］玉笋峰：与黑虎山相对，山上怪石排比如笋，古称玉笋峰。

［2］黑虎山：位于外一水桥南之左，山体耸起如虎，古称黑虎山，人称黑虎把门。

［3］天梯峡：外三水水库东500米处为外四水，山势层叠，排比而上如悬梯，古称天梯峡，山根临水处古人凿有登山脚窝，称脚窠石，又叫脚窝石，现已没入水库中。

［4］腾轩：腾跃高举。

［5］雕镌：雕刻。

［6］驼骆：即骆驼。

［7］鹰嘴峰：位于"骆驼头"以东，山势如驼，气势险恶。峰前石崮有题刻"驼峰烟云"，字径1.5米。全国人大常委会副委员长楚图南书，1982年6月刻石。

［8］河西村：在骆驼头峰南0.75公里处，古时有烟村茅屋散落，称七水村，因此处有山神祠，又称七水庙子，现名河西村。

［9］松古洞：疑当为仙古洞。参见前《梦江南·北九水樵歌》"仙古洞"注。

［10］宎［yǎo］然：犹怅然。

夜宿北九水饭店

累阁当岩腹，披星履石唇。[1]

不鸣泉出世，能寂月骄人。

暑退虫如沸，山幽鸟亦驯。

暂时清净理，为祓一襟尘。[2]

注释：

［1］岩腹：山的中部。石唇：石缝。

［2］祓［fú］：古代用斋戒沐浴等方法除灾求福，亦泛指扫除。

官老石屋舆中作

一径斜阳外，人来第几峰。

泉回风转怒，云与石俱镕。

草偃常疑虎，松歌欲化龙。[1]

翛然见明月，催起上方钟。[2]

注释：

[1] 草偃：偃，仰面倒下，放倒。这里指草被风吹倒。松歌：松涛声。

[2] 翛然 [xiāo]：迅疾貌。上方：住持僧居住的内室，这里借指佛寺。

暮投华严庵[1]止宿

至味伊蒲馔，圆机法象庐。[2]

海尘吹埊马，林籁杂乫鱼。[3]

峰落蓬瀛外，云开草昧初。

归禽先入定，禅地月如如。[4]

注释：

[1] 华严庵：即华严寺。该寺几经兴废，历史颇久。明万历十一年（1583），憨山大师在此居窟修禅两年；万历二十三年（1595），憨山大师以"私修"庙宇罪充军广东雷州，后死于曹溪。明崇祯十年（1637）即墨进士黄宗昌辞官还乡，隐居崂山，筹资兴建该庵，但庵未建成，即毁于兵灾。其子黄坦继父遗志，助即墨准提庵慈霑和尚重建该庵于现址，将它命名为"华严庵"，又名"华严禅院"。1931 年，沈鸿烈为该庵赠匾，将其改名为"华严寺"，并沿用至今。

[2] 至味：最美好的滋味，最美味的食品。《吕氏春秋·本味》："汤得伊尹，祓之于庙，爝以爟火，衅以牺猳。明日设朝而见之，说汤以至味。"高诱注："为汤

说美味。"伊蒲馔，见前《桂殿秋·劳山近区纪游》注。这里的"至味伊蒲馔"是
赞美华严庵的素食。圆机：犹环中。喻超脱是非，不为外物所拘牵。《庄子·盗
跖》："若是若非，执而圆机；独成而意，与道徘徊。"成玄英疏："圆机，犹环中
也。执于环中之道以应是非，用于独化之心以成其意，故能冥其虚通之理，转变无
穷者也。"陈鼓应注引李勉曰："亦犹《齐物论》'得其环中，以应无穷'之意。
'执而圆机'，谓执汝圆形之机件以相转不息，忘去是非。"环中即圆环的中心。庄
子用以比喻无是非之境地。《庄子·齐物论》："彼是莫得其偶，谓之道枢。枢始得
其环中，以应无穷。"郭象注："夫是非反覆，相寻无穷，故谓之环。环中，空矣；
今以是非为环而得其中者，无是无非也。无是无非，故能应夫是非。是非无穷，故
应亦无穷。"法象：古代哲学术语，是对自然界一切事物现象的总称。《易·系辞
上》："是故法象莫大乎天地，变通莫大乎四时。""圆机法象庐"意为华严庵是效
法自然，超脱是非之所。

　　[3] 野马：指野外蒸腾的水气。《庄子·逍遥游》："野马也，尘埃也。生物之
以息相吹也。"郭象注："野马者，游气也。"成玄英疏："此言青春之时，阳气发
动，遥望薮泽之中，犹如奔马，故谓之野马也。"林籁：谓风吹林木发出的声音。
鱻 [zhāi] 鱼：鱻，古同斋。疑当指道士所食类似素鸡等菜肴的素鱼。

　　[4] 如如：佛教语，谓诸法皆平等不二的法性理体。如，理的异名。隋慧远
《大乘义章》卷三："诸法体同，故名为如……彼此皆如，故曰如如。"引申为永
存，常在。唐贾岛《寄无得头陀》诗："落涧水声来远远，当空月色自如如。"

下清宫与子民美荪瓠厂同游[1]

芒屩轻筇健似猿，道人揖客古风存。[2]
极天海与山争地，向晚风吹月到门。[3]
数点峭帆随雁渺，如潮落叶挟鸦翻。
十年游钓重过处，稚竹成林柳半髡。[4]

注释：

　　[1] 下清宫：即太清宫，又叫下宫。参前《西地锦·太清宫口占》"太清宫"

注。子民：蔡元培（1868－1940），字鹤卿，号子民，浙江省绍兴人，近代教育家。曾任南京临时政府教育总长，1917 年任北京大学校长，1927 年任国民政府大学院院长、中央研究院院长，1932 年与宋庆龄、鲁迅等组织中国民权保障同盟。1934年 4 月，蔡元培在山东省主席韩复榘、青岛市市长沈鸿烈的陪同下游览崂山，参观了各处景点，并阅览了太清宫珍藏的明版《道藏》。

［2］屩［juē］：古代一种草编的鞋履，较轻便，适宜行走。篝［biān］：竹制的便轿。揖客：向客拱手为礼。汉扬雄《解嘲》："当今县令不请士，郡守不迎师，群卿不揖客。"

［3］向晚：傍晚。

［4］髡［kūn］：树秃。

下清宫暝坐

崔巍下清宫，乃与海争地。

山门坐黄昏，残阳自成世。

幽花破道心，耐冬颀以媚。[1]

人语响空潭，鸟影没岚翠。

天开极海容，峰隐恣云势。

万竹窨一碧，仄径出水次。

地尽跬步间，乘桴吾安逝。[2]

沙鸥为吾徒，不识世情伪。

斋心闻暮钟，苦吟亦机事。[3]

注释：

［1］道心：客观事物最基本的精神，这里指悟道之心。

［2］跬［kuǐ］步：半步，跨一脚的距离。

［3］机事：机巧之事。

北九水

盈盈明镜彻中边，九水分流汇一川。

积雨得晴原意外，荒山觅路辄身先。[1]

天开诗境归缳橐，风送松声杂管弦。[2]

照影清流惊面皱，他时一壑傥能专。[3]

注释：

［1］辄［zhé］：总是，就。

［2］缳橐［huán tuó］：笼络，囊括。

［3］傥：通"倘"。

戊辰秋日与璺弟过观川台小憩洪氏别业[1]

山泉十里走白沙，曲折成字势奇纵。

我来倚杖石桥侧，久雨得晴真忆中。[2]

何人幽构傍高岑，转眼盛衰了鸥梦。[3]

披襟饱领万槲风，白日写影舞鸾凤。[4]

空廊寂寂蝙蝠飞，幽探挟有两夔从。

斧斤所赦松几株，苟全幸不为世用。[5]

诗情淡荡如孤云，万象寸心足持控。[6]

荒榛满路吾何之，逐热还为逋客痛。[7]

向来充隐忝名山，乞语山灵当自重。

注释：

［1］戊辰：民国十七年（1928）。洪氏：指洪述祖（1855—1919），江苏常州人，字荫之。清末附生，捐官知县。后曾参与暗杀宋教仁，案发后匿名居青岛、上海。观川台是他在青岛隐居期间，在崂山建的一座欧式别墅，洪氏因此自号观川居

士。别业：别墅。

　　[2] 亿：通"臆"，预料、揣度。

　　[3] 高岑 [cén]：高山。鸥梦：指隐逸的志趣。

　　[4] 万斛 [hú]：极言容量之多。斛同斛，古代以十斗为一斛，南宋末年改为五斗。写影：作画。

　　[5] 斧斤：斧子。

　　[6] 抟 [tuán] 控：主持，执持。

　　[7] 逋 [bū] 客：漂泊流亡的人，失意的人。

内九水与病山、伯明、叔文、金坡同游走笔放歌[1]

危崖耸立排两衙，苍雪委路松交加。

老苔黑入太始世，壁画斑驳蟠龙蛇。

吾侪愧无济胜具，肩舆入山村稚哗。[2]

夹溪目穷万石状，立如兕象伏则蟆。[3]

为锜为釜为栲栳，赪者缁者纷碌砑。[4]

泉出其间极拗怒，一泻九曲将泥沙。[5]

乔柯因风起天籁，至乐解秽非筝琶。[6]

崖崩峰侧一径辟，天半人影凌飞鸦。

陂陀迤赴玉鳞口，十里枫叶红胜花。[7]

秋深积潦饱山腹，惊瀑喷薄如出哇。[8]

白龙饮涧不见尾，大月照地轰雷车。

邃厂书崖有妙谛，潮音洗耳思无邪。

石亭对语值残世，能专胜境宁非奢。

清寒泠泠入肺腑，坐看日驭还西斜。

靛缸自窨一泓碧，吾心不染毋揄揶。[9]

注释：

　　[1] 伯明：刘希亮（1892—？），别号伯明，江西九江人，青岛"少海书画社"

发起人之一。叔文：待考。走笔：挥毫疾书。

[2] 济胜具：指能攀越胜境、登山临水的好身体。语出南朝宋刘义庆《世说新语·栖逸》："许掾好游山水，而体便登陟，时人云，许非徒有胜情，实有济胜之具。"亦作"济胜资"。

[3] 兕［sì］：古书上所说的雌犀牛。

[4] 锜［qí］：古代一种三足的釜。釜［fǔ］：古炊器。敛口圆底，或有二耳。栲栳［kǎo lǎo］：用柳条编成的形状像斗的盛物器具，亦称笆斗。赪［chēng］：红色。缁［zī］：黑色。碨砑［wěi yā］：地形不平。

[5] 拗［ào］怒：压抑愤怒。

[6] 乔柯：高枝。解秽：解除秽恶，亦指除去秽气。

[7] 陂陀［pō tuó］：倾斜，不平坦。

[8] 积潦［lǎo］：亦作"积涝"，成灾的积水，洪涝。哇：吐。

[9] 揄揶［yú yé］：即揶揄，嘲笑、戏弄。

劳山饭店夜宿柬潜廔道冲丈[1]

观空渐了梦功德，处乱还余心太平。
独与山灵相尔汝，抹黥医劓亦劳生。[2]

注释：

[1] 潜廔［lóu］：即潜楼。刘廷琛（1867—1932），字幼云，号潜楼，江西九江人，光绪二十年（1894）进士。历任翰林院编修、陕西提学使、京师大学堂监督（校长）、学部副大臣。辛亥革命后，热衷于参与策划复辟清王朝的活动，张勋复辟时，被任命为内阁议政大臣。张勋复辟失败后，隐居青岛，以书画自娱，不再过问世事，终老于此。

[2] 尔汝：彼此亲昵的称呼，表示不拘形迹，亲密无间。

[3] 抹黥［qíng］医劓［yì］：一般多作"救黥医劓"，也作"息黥补劓"。黥，刺面；劓，割鼻。均为古代刑罚。救黥医劓，指医治刺面之伤，补上割掉之鼻，谓恢复本来面目。语出《庄子·大宗师》："庸讵知夫造物者之不息我黥而补

170

我劓，使我乘成以随先生邪？”宋王安石《生日次韵南郭子》之一："救黥医劓世无方，断简陈编付药房。"

舟中望劳山邀无畏、仞厂同作[1]

劳山落海陬，与世少所合。

相逢如故人，复此朋簪盍。[2]

危峰高插天，裹体白云衲。

极望天嵯峨，高寒逼阊阖。[3]

埃风溯上征，众灵纷杂遝。[4]

阴晴变须臾，涌现芙蓉塔。

天路不可攀，霭霭暮岚匝。[5]

崦嵫忽西徂，百怪无检押。[6]

日丸不腾霄，下与蛟龙狎。[7]

波昏入太阴，中有万古劫。[8]

嗒然怀乡吟，万虑纳灯榻。[9]

注释：

　　[1] 无畏：谭延闿（1880—1930），字祖安、祖庵，号无畏、切斋，湖南茶陵人，曾任两广督军，三次出任湖南督军、省长兼湘军总司令，授上将军衔，陆军大元帅。曾任南京国民政府主席、第一任行政院院长。1930 年 9 月 22 日，病逝于南京，民国政府曾为他举行国葬。擅书法，是民国四大书法家之首，时有"南谭北于（右任）"之誉。著有《祖庵诗集》、《切庵诗稿》、《非翁诗稿》、《慈卫室诗草》等。

　　[2] 朋簪 [zān]：指朋辈。语本《易·豫》："大有得，勿疑，朋盍簪。"孔颖达疏："盍，合也。簪，疾也。若有不疑于物以信待之，则众阴群朋合聚而疾来也。"

　　[3] 阊阖 [chāng hé]：传说中的天门。

［4］埃［āi］风：埃，尘土、灰尘。飞扬着尘土的风。溘［kè］：忽然、突然。上征：上升。《楚辞·离骚》："驷玉虬以乘鹥兮，溘埃风余上征。"杂遝［tà］：亦作"杂沓"，众多杂乱的样子。

［5］匝［zā］：环绕，满。

［6］检押：亦作"检柙"，犹规矩，法度。

［7］腾霄：腾空，冲天。狎：亲昵，亲近，多指态度不庄重。

［8］太阴：阴阳五行家以为北方属水，为太阴，主冬，故亦指代冬季或水。这里指水。

［9］嗒［tà］然：形容沮丧怅惘的神情。万虑：思绪万端。

志俊于劳山佛耳崖置别业，艺蔬种树，有归隐之志，乙亥秋招同伯明璗弟往游赋赠主人[1]

入山日亭午，小憩佛耳崖。[2]

森然四山列，于中布堂阶。

当轩艺花木，梧竹尤清佳。

行行见经纬，珍护如婴孩。

闲门验生机，此意俗少谐。

达者善自遣，触处觇襟怀。[3]

楝樗固可悲，寂隐非硬差。[4]

绸缪十年计，把臂期无乖。[5]

物我苟相忘，何妨有机事。

桔槔时一鸣，寻声出水次。[6]

十年尘海中，到此耳目异。

入山良不深，枯槁岂君志。[7]

松多拔俗标，花有凌霄意。[8]

休嗟野蔓滋，毋任瓠瓜系。[9]

田水为吾师，且复阅尘世。

注释：

[1] 乙亥：民国二十四年（1935）。

[2] 佛耳崖：该社区位于青岛李沧区九水路街道西北部。佛耳崖村起源于明万历年间，杨氏从尤家下河迁此立村，因村附近的山崖有佛爷庙，远望山崖像佛耳，故以此命村。2004 年 11 月改为佛耳崖社区。

[3] 觇［chān］：看，偷偷地察看。

[4] 楝樾［chén chuán］：经营驰逐。一作陈椽。

[5] 绸缪：比喻事前做好准备工作。无乖：不相乖违。

[6] 桔槔［jié gāo］：亦作"桔皋"，井上汲水的工具。在井旁架上设一杠杆，一端系汲器，一端悬、绑石块等重物，用不大的力量即可将灌满水的汲器提起。《庄子·天运》："且子独不见夫桔槔者乎，引之则俯，舍之则仰。"

[7] 枯槁：谓安贫之心。

[8] 拔俗：超出凡俗。

[9] 野蔓：野生的蔓草。瓠［hù］瓜系［jì］：瓠瓜，也称葫芦、瓠子、夜开花。实圆长，首尾粗细略同，可食。瓠瓜系，典出《论语·阳货》：佛肸召，子欲往。子路曰："昔者由也闻诸夫子曰：'亲于其身为不善者，君子不入也。'佛肸以中牟畔，子之往也，如之何？"子曰："然，有是言也。不曰坚乎？磨而不磷。不曰白乎？涅而不缁。吾岂匏瓜也哉？焉能系而不食！""瓠瓜系"即是对孔子最后两句话的概括，是说不能像匏瓜那样系悬着而不让人食用，应该出仕为官，有所作为。后用以比喻有才能的人不为世所用。

华楼宫与孝陆、治丞、海云同游[1]

石磴千盘落照深，笋舆人共鸟投林。

就山互保松俱古，与海相生月到今。

远梵声微空世谛，澄潭影落见初心。[2]

振衣千仞风斯下，相对南冠坐越吟。[3]

注释：

［1］治丞：沈治丞，生平待考。海云：胡鹏昌（1882—1951），字海云，清即墨城阳人胡峄阳（1639—1718）后裔。曾任京汉铁路顾问、烟台货税局长、广饶县长、胶澳商埠财政局长等职。是黄公渚崂山游伴中为数不多的青岛本地人。

［2］世谛：佛教语。"二谛"之一。谓有关世间种种事相的真理。《大智度论》卷三八："佛法中有二谛，一者世谛，二者第一义谛。为世谛故，说有众生；为第一义谛故，说众生无所有。"

［3］南冠：春秋时楚人之冠，后泛指南方人之冠或借指南方人。典出《左传·成公九年》："晋侯观于军府，见钟仪，问之曰：'南冠而絷者，谁也？'有司对曰：'郑人所献楚囚也。'使税之，召而吊之。再拜稽首。"

春日招同张子厚、沈治丞、金祝君驱车至少山观花[1]

别山逾十年，人老山自少。

春风十里花，烂漫春意闹。

严妆二八姝，取譬乃尔肖。[2]

置身锦绣堆，鬒天露微笑。[3]

游车不期来，并赴山灵召。

凭高万象呈，一亭据其要。

或皑若琼霙，或赪若原燎。[4]

风翻玉璁珑，日透金照耀。[5]

秀色足饱餐，穷目得慰犒。

山川有至文，即此揽众妙。[6]

芳菲贵及时，迟恐风雨暴。

驱车循归途，韶景余恋嫪。[7]

注释：

［1］金祝君：生平待考。少山：位于石门山下，属巨峰支脉，主峰海拔570

米。在古代，法海寺的和尚圆寂了，都到东南方向的一个山坡火化，火化后把骨灰存放到寺中新建的石塔中。出家人认为那里是和尚升天的地方，是圣地。可是老百姓却干脆就叫那地方为烧和尚的山，后演化为烧山。何时改成“少山”，待考。

［2］取譬：打比方；寻取比喻。肖［xiào］：仿效。

［3］鬘［mán］天：以丝缀花做成的戴在颈上、身上的装饰，佛经中称为华鬘、天鬘或宝鬘。佛经又有持华鬘天，《法苑珠林》卷二：“欲界十天者，一名千手天，二名持华鬘天……”这里是以装饰有漂亮花鬘的少女比喻鲜花盛开的少山。

［4］琼霙［yīng］：琼，美玉；霙，雪花、花瓣。“皑若琼霙”，指少山春天的花像洁白的美玉和雪花。

［5］璁珑［cōng lóng］：明亮光洁的样子。

［6］至文：最好或极好的文章。

［7］恋嫪［lào］：留恋不舍，亦指留恋不舍之情。

丹山桃花为一春花事之冠诗以张之

丹山果何丹，名以万极树。
繁花为肌肤，未许山骨露。
绛云不在霄，点缀林壑趣。[1]
亿紫与千红，一两所陶铸。[2]
仙源境非遥，心往向山路。[3]
春光私一丘，预以轻阴护。[4]
千株含笑迎，行行就深处。
圣解缘心生，空色胥禅悟。[5]
就山祓尘容，红颜若为驻。

注释：

［1］绛云：红色的云。传说天帝所居常有红云拥之。

［2］一两：指少数、少量。

[3] 仙源：借指风景胜地或安谧的僻境。

[4] 一丘：一座小山。这里指丹山。轻阴：疏淡的树荫，与浓荫相对。

[5] 胥［xū］：全，都。禅悟：谓洞达禅理。

龙潭瀑

攒峰去天无一尺，两崖争路不容隙。

匹练皑皑百丈悬，四叠界破山光碧。[1]

吹漂溅沫随风翻，如倒天瓢倾玉液。[2]

澄潭方暑飒先秋，恍入冰壶濯魂魄。

大声震谷訇雷霆，昼夜奔腾欲穿石。[3]

直疑泉源上与天河通，不然何以淙淙不涸自今昔。

注释：

[1] 界破：划破。唐徐凝《庐山瀑布》诗："今古长如白练飞，一条界破青山色。"

[2] 天瓢：神话传说中天神行雨用的瓢。

[3] 訇［hōng］：形容大声。

华严寺瞑宿

万松罗列俨衙参，突兀山门为驻骖。[1]

隔岭蒲牢飘断雨，借厨香积饭僧龛。[2]

廊腰流水通泉罅，殿角飞甍插斗南。[3]

到此颓然忘物我，移文还欲谢林惭。[4]

注释：

[1] 骖［cān］：古代驾在车前两侧的马。

[2] 蒲[pú]牢：钟的别称。古代传说中的一种生活在海边的兽。据说它吼叫的声音非常宏亮，故古人常在钟上铸上蒲牢的形象。《文选·班固〈东都赋〉》："于是发鲸鱼，铿华钟。"李善注引三国吴薛综曰："海中有大鱼曰鲸，海边又有兽名蒲牢。蒲牢素畏鲸，鲸鱼击蒲牢，辄大鸣。凡钟欲令声大者，故作蒲牢于上。所以撞之者为鲸鱼。"后因以"蒲牢"为钟的别名。香积：香积厨的省称，特指僧家的厨房。龛[kān]：供奉佛像、神位等的小阁子。

[3] 廊腰：走廊、回廊的转折处。飞翚[huī]：同"翚飞"，《诗·小雅·斯干》："如鸟斯革，如翚斯飞。"朱熹《诗集传》："其檐阿华采而轩翔，如翚之飞而矫其翼也。"后因以"翚飞"形容宫室的高峻壮丽。斗南：北斗星以南。犹言中国或海内。语出《新唐书·狄仁杰传》："狄公之贤，北斗以南，一人而已。"

[4] 頫然：和顺貌。林惭：南朝齐周颙[yóng]，初隐于钟山，后改节出仕，孔稚珪写了《北山移文》讽刺他，说他的这种行为，"林惭无尽，涧愧不歇"。后遂以"林惭谷愧"为典，谓对改节出仕者林谷也为之惭愧。

明霞洞晚望

苍岩列笏竞朝天，伴我幽探一路蝉。[1]
出世遐心依夕照，破空吟语答山泉。[2]
偶逢苔石成趺坐，静觉松涛碍定禅。[3]
欲向蜕仙叩遗迹，心期一晷倘能专。[4]

注释：

[1] 笏[hù]：古代大臣上朝拿着的手板，用玉、象牙或竹片制成，上面可以记事。

[2] 遐心：避世隐居之心。

[3] 趺[fū]坐：跏趺坐的略称。佛教中修禅者的坐法，即双足交叠而坐。

[4] 蜕[tuì]仙：道家认为修道者死后留下形骸，魂魄散去成仙，称为"蜕"，也叫尸解。这里泛指尸解成仙者。

月夕抵上清访紫垣道人不遇[1]

暝坐成微尚，巡廊意转深。[2]

月高万花靓，钟断四山瘖。[3]

象纬窥天步，潭光现道心。[4]

炼师迟不至，空径伫携琴。[5]

注释：

[1] 月夕：月夜。紫垣道人：庄紫垣，名宗枢，崂山太清宫道士，清末民初崂山著名道士、古琴家韩太初传人。

[2] 微尚：微小的志趣、意愿。常用作谦词。

[3] 瘖[yīn]：同"喑"，缄默。

[4] 象纬：象数谶纬。亦指星象经纬，谓日月五星。晋王嘉《拾遗记·殷汤》："师延者，殷之乐人也。设乐以来，世遵此职。至师延，精述阴阳，晓明象纬，莫测其为人。"齐治平注："象纬，象数谶纬。象数谓龟筮之类；谶纬谓谶录图纬、占验术数之书。"天步：谓天体星象的运转。

[5] 炼师：对道士的敬称。

山中大雪宿九水饭店

峥嵘急景逼凋年，朔吹喧窗夜不眠。[1]

流水无声山入睡，晓来群峭尽华颠。[2]

注释：

[1] 峥嵘：高峻的山峰。急景逼凋年：急景凋年是一成语，谓光阴急逝，年岁将尽。唐白居易《和〈自劝〉》之二："急景凋年急于水，念此揽衣中夜起。"朔吹：指北风。

[2] 华颠：白头。一般指人年老。这里喻指山头白雪皑皑。

登窑观梨花与道冲、子厚、金坡同游

登窑万梨花，俨入雪世界。

海国春较迟，三月寒未懈。[1]

东君定如僧，为花一破戒。[2]

酝酿两日晴，收效尔许快。

回皇轻云容，十里极所届。[3]

皜皜欲吞山，藏胸不芥蒂。[4]

翩如静女姝，目成屏媒介。

横斜万玉钗，一任臣冠绁。[5]

靓妆宜月明，欲下嫦娥拜。[6]

晚风起云涛，去去车已迈。[7]

殷勤报一诗，入夜梦犹挂。

注释：

[1] 海国：近海地域。

[2] 东君：司春之神。

[3] 回皇：即回遑。彷徨不定。轻云：薄云，淡云。

[4] 皜皜〔hào〕：同"皓皓"，洁白广大貌。

[5] 绁〔guà〕：绊住。

[6] 嫦娥：指嫦娥。

[7] 去去：谓远去。

下清宫夜宿迟袁道冲不至

阅世堂堂一耐冬，迟来花事负芳秾。[1]

心光明共月千里，诗意深于山万重。[2]

泉脉自穿枯涧石，岭云不隔上方钟。[3]

翛然长啸知谁和，涛卷前峰百尺松。[4]

注释：

[1] 阅世：经历时世。堂堂：光耀、明亮。秾 [nóng]：花木繁盛。

[2] 心光：佛教谓佛心所照之光。

[3] 泉脉：地下伏流的泉水。类似人体脉络，故称。

[4] 翛 [xiāo] 然：无拘无束貌，超脱貌。

雨后游华楼与孝陆访名山第一碑

雨后松风夹岘吹，夕阳涧底路逶迤。[1]

华楼来揽琳宫胜，先访名山第一碑。

注释：

[1] 岘 [xiàn]：小而险峻的山。

一气石在三茶山[1]

双峰高出绛霄中，突兀三茶落照红。[2]

怪石嵬峨浑一气，合教低首米南宫。[3]

注释：

[1] 一气石：位于巨峰东南的天茶山上，是一块突兀高拔达 200 余米的巨大柱石。被当地人称为"一气石"，因石上可望日出，故又叫"日起石"。周至元《游崂指南》中说："日起石，一名'一气石'，谓其巅群石环聚成一气也，游者由华严寺西南踰全心河可登之。"三茶山：即天茶山。周至元《游崂指南》记载："天茶，一名'三茶'。"参前《小重山·天门峰》注。

［2］绛霄：指天空极高处。落照：夕阳的余晖。

［3］巍峩［wéi'é］：亦作"巍峨"，高大雄伟。米南宫：北宋著名书画家米芾，字元章，曾官礼部员外郎。南宫是尚书省的别称，因尚书省象列宿之南宫，故称。唐及以后，尚书省六部统称南宫。又因进士考试多在礼部举行，故又专指六部中的礼部为南宫。而称在礼部管文翰的官员为"南宫舍人"，所以后世也称他为"米南宫"。《宋史》本传说："无为州治有巨石，状奇丑，芾见大喜曰：'此足以当吾拜！'具衣冠拜之，呼之为兄。""合教低首米南宫"即借此典故形容怪石之奇。

邀同美荪、璗弟游外九水

导我游笻一路蝉，白沙翠竹净娟娟。

九潭山落空明里，一雨秋生热恼边。[1]

峰啄峥霄疑鸟咮，风腥飞瀑杂蛟涎。[2]

烧畲凿井无机事，乞与山赀办一廛。[3]

注释：

［1］空明：空旷澄澈。

［2］咮［zhòu］：鸟嘴。蛟涎［xián］：蛟龙的口液。

［3］烧畲［shē］：播种前焚烧田地里的草木，用草木灰做肥料下种；刀耕火种。凿井：典出《庄子·外篇·天地》："子贡南游于楚，反于晋，过汉阴，见一丈人方将为圃畦，凿隧而入井，抱瓮而出灌，搰搰［hú hú］然用力甚多而见功寡。子贡曰：'有械于此，一日浸百畦，用力甚寡而见功多，夫子不欲乎？'为圃者仰而视之曰：'奈何？'曰：'凿木为机，后重前轻，挈水若抽，数如泆汤，其名为槔。'为圃者忿然作色而笑曰：'吾闻之吾师：有机械者必有机事，有机事者必有机心。机心存于胸中，则纯白不备；纯白不备，则神生不定；神生（性）不定者，道之所不载也。吾非不知，羞而不为也。'子贡瞒然惭，俯而不对。"成语"抱瓮灌园"即源于此。这里以刀耕火种，抱瓮灌园，喻抛却机心俗务，接近自然的生活。赀［zī］：同"资"。一廛［chán］：古时一夫所居之地。《周礼·地官·遂人》："上地，夫一廛，田百亩，菜五十亩。"孙诒让《正义》："古制，田百亩而中

有廛，因谓百亩之地为一廛。"泛指一块土地，一处居宅。

华严庵经楼题壁

钟板云堂礼师尊，碧纱笼壁旧题存。[1]

隐丛石俨孤罴坐，赴壑山如万马奔。[2]

海色当窗连碧落，午阴酿雨似黄昏。

憨山不作慈霑逝，佛藏凋零孰讨论。[3]

注释：

[1] 钟板：钟和云板。旧时权贵之家或僧寺敲击以报时或集众。

[2] 罴[pí]：熊的一种，即棕熊，又叫马熊，毛棕褐色，能爬树，会游泳。

[3] 慈霑：僧人，俗姓李，观阳（今山东省海阳市）人，生于明万历十六年（1588）。崇祯十四年（1641）黄宗昌迎其至即墨，居准提庵。清顺治九年（1652），黄宗昌之子黄坦建成崂山华严庵后，慈霑遂任第一代方丈，为临济派第四代传人。慈霑居崂山20年，于康熙十一年（1672）去世，年85岁。

柳树台

高台日暮咽秋蝉，柳发萧疏渐化烟。[1]

松本颊如龙欲蜕，藤篠迅与鸟争先。

天荒孤睨斜阳外，石老冥思太古前。[2]

极目海山看雁去，欲从老衲办行缠。[3]

注释：

[1] 萧疏：稀疏、稀少。

[2] 睨[nì]：偏斜，斜着眼睛看。

[3] 行缠：裹足布，绑腿布。古时男女都用，后只用于兵士或远行者。

乱后游劳山，时丙戌秋日[1]

百战郊原雪涕痕，沉沉九水暗声吞。[2]

瓦全僧保岩坳寺，瓯脱樵归爨后村。[3]

天若有情时亦老，山于无佛处称尊。

眼前桑海哀鸿影，忍泪人间有罪言。[4]

注释：

[1] 乱后：指抗日战争后。日本占领青岛期间，在崂山焚毁殿宇、惨杀道士甚至伙夫等，无恶不作。丙戌，1946 年。

[2] 雪涕 [tì]：晶莹泪珠。这里是拟人化的手法。

[3] 瓦全：比喻丧失气节而保全生命，常与"玉碎"对举。《北齐书·元景安传》："大丈夫宁可玉碎，不能瓦全。"瓯 [ōu] 脱：边地，边境荒地。

[4] 桑海："桑田沧海"的略语。晋葛洪《神仙传·麻姑》："麻姑自说云：'接侍以来，已见东海三为桑田，向到蓬莱水浅，浅于往者会时略半也，岂将复还为陵陆乎！'"后因以"桑田沧海"喻世事的巨大变迁。哀鸿：《诗·小雅·鸿雁》："鸿雁于飞，哀鸣嗷嗷。"《序》云："《鸿雁》，美宣王也。万民离散，不安其居，而能劳来还定，安集之。"后以"哀鸿"比喻流离失所的人们。

癸巳[1]初秋偕同丛碧、慧素、孝同、元白、宏略，雨中游劳山，自北九水至鱼鳞瀑途中书所见

入山十里带朝曦，迟我孱颜夹路岐。[2]

久别相看仍妩媚，浩歌一往自嵚崎。[3]

冈峦不断天疑近，晴晦无端雨亦宜。

暂憩车轮坐盘石，饱餐秀色慰輖饥。[4]

凌晨入山，小憩北九水。[5]

注释：

[1] 癸巳：1953 年。

[2] 夹路：列在道路两旁。岐：同"歧"。盆道，偏离正道的小路。

[3] "久别相看"一句下有作者自注"稼轩词'我见青山多妩媚'"嵚崎：亦作"嵚奇"。险峻、不平。

[4] 辀 [zhōu] 饥：《诗经·周南·汝坟》："遵彼汝坟，伐其条枚。未见君子，惄如辀饥。"《郑笺》："未见君子之时，如朝饥之思食。"清段玉裁《说文解字注》："《毛诗》段辀为朝。《周南》：'惄如辀饥。'《传》云：'辀，朝也。'此谓假借也。""辀饥"即"朝饥"，指男女欢情未畅。

[5] 诗后文字为作者自注，下同。

五载重过柳树台，故家池馆委蒿莱。

废墟壁立俱陈迹，瘣木天全是不材。[1]

合眼前游如旦暮，痗心偏霸在尘埃。[2]

人间代谢寻常事，头白衰翁不自哀。

车经柳树台，故家亭馆无一存者。时见颓垣败壁，掩抑林莽间，兵燹之迹，触目皆是。

注释：

[1] 瘣 [lěi] 木：有病瘿肿，枝叶不荣的树木。天全：保全天性。

[2] 痗 [mèi]：病，忧思成病。

急雨随车滑滑泥，自携袯襫渡前溪。[1]

藤箯佚老无行脚，芒屩寻幽从小奚。[2]

墟曲人声杂鸡犬，平川波影乱凫鹥。[3]

穷搜九水犹初地，礊陡山深路转迷。

辰抵北九水，由此舍车登山，路益艰，风景益幽，战前有山舆可以代步，今不复有矣。

注释：

［1］滑滑：泥泞滑溜。被襫［bó shì］：蓑衣之类的防雨衣。

［2］芒屩［juē］：即芒鞋，亦作"芒鞵"，用芒茎外皮编织成的鞋。亦泛指草鞋。小奚：小奚奴。指年少的男仆。

［3］墟曲［xū qǔ］：犹墟里，即村落。凫鹥［fú yī］：凫和鸥。泛指水鸟。

行行逐步换山形，霡霂连空入杳冥。[1]

一径深林藏虎气，四天飞瀑带龙腥。

岩肩漠漠云排闼，檐雷淙淙水泻瓶。[2]

饱饭科头双石屋，泉声绕砌倚筇听。

双石屋遇雨，小憩农家，饭讫而去。

注释：

［1］行行［xíng xíng］：情况进展或时序运行，这里指行走。霡霂［mài mù］：霡古同"脉"。霡霂，小雨。杳冥：指天空，高远之处。

［2］雷［liù］：同"溜"。泻瓶：原为佛教语。谓传法无遗漏，如以此瓶之水倾泻入他瓶。这里是说雨水顺着屋檐下泄。

玉鳞口外即明霞，黱蓄膏渟水一涯。[1]

石溜有声争入世，云山相迓大排衙。[2]

年资白蜕盘根树，秋色黄添小蒨花。

濯足沧浪寒彻骨，林陬鼓吹乱鸣蛙。

距靛缸湾不百步，两山壁立，中通涧水，游人赤足以涉。村人呼为大小衙门，以状其险隘也。

注释：

［1］黱蓄膏渟：黱，古同"黛"。参见《崂山纪游百咏》第 14 首注。一涯：一方。

[2] 石溜：亦作"石霤"。岩石间的水流。

潮音洗耳意无尘，不到山亭近十春。

瀑挟雷声飞马尾，峡穿日影闪鱼鳞。

枕流石具轮囷相，拔海山皆斧劈皴。[1]

跌坐盘陀闲煮茗，澄潭鱼鸟暂相亲。

午抵靛缸湾、胜利亭，潮音瀑旧名马尾瀑，西流出鱼鳞峡汇为北九水。

注释：

[1] 枕流：靠近水流。斧劈皴 [cūn]：即唐代杰出画家李思训（世称"大李将军"）所创之勾听方法，笔线遒劲，运笔多顿挫曲折，有如刀砍斧劈，故称为斧劈皴，这种皴法宜于表现质地坚硬、棱角分明的岩石。

弹月桥头日未趖，归途流潦惜滂沱。[1]

回看石磴愁猿狖，渐隐云峰失骆驼。[2]

世阅枯桑飞海水，庵藏蔚竹阻岩阿。[3]

荡胸云影劳山顶，兴尽探奇奈雨何。

是日以雨阻未揽劳顶之胜，骆驼峰、弹月桥，皆归途所经也。

注释：

[1] 趖 [suō]：走；移动。流潦：地面流动的积水。

[2] 猿狖 [yòu]：泛指猿猴。 骆驼：即"骆驼头"。参前《减字木兰花·外九水与美苏同游》"骆驼"注。

[3] 枯桑：老桑树。汉蔡邕《饮马长城窟行》："枯桑知天风，海水知天寒。"见《玉台新咏》卷一，又《文选》卷二十七、《乐府诗集》卷三十八以《饮马长城窟行》为汉代无名氏乐府。

作者招邀恰七人，老余健步意嶙峋。[1]

初秋穷岛收残暑，一日名山证夙因。[2]

粉本清湘工纪实，红妆季布妙传神。[3]

新词更乞张三影，留与丹青话梦尘。[4]

是役游侣六人，增一导游，恰符作者之数。慧素、元白、孝同并携画具，留稿而还，将乞伯驹作词张之。

注释：

[1] 嶙峋：形容气节高尚，气概不凡。

[2] 夙［sù］因：前世的因缘。

[3] 粉本：画稿。古人作画，先施粉上样，然后依样落笔，故称画稿为粉本。清湘：即道济（1630—1707年以后），清朝初年江南常熟虞山僧。字石涛，号清湘老人，又号大涤子、苦瓜和尚、瞎尊者、石公上人等。俗姓朱，为明楚藩靖江王后裔，明思宗崇祯十七年（1644），年仅14岁，出家于常熟虞山。是当时最著名的画僧。其画当时推为江南第一，无论僧俗，人争宝之。又能诗，尤长五言。诗风简淡，质朴自然，多有清新之作。与髡残齐名，号"二石"。髡残，字石溪，湖南武陵人。画山水奥境奇辟，缅邈幽深，引人入胜。道济排弈纵横，以奔放胜；髡残沉着痛快，以谨严胜，皆独绝。此处借指同游的慧素、元白、孝同等几位画家。季布：生卒年不详，楚地下相（今江苏省宿迁市宿城区）人，曾效力于西楚霸王项羽，为项羽帐下五大将之一，多次击败刘邦军队。为人仗义，好打抱不平，以信守诺言、讲信用而著称。当时楚国人中广泛流传着"得黄金百斤，不如得季布一诺"的谚语。"一诺千金"这个成语就是从这儿来的。红妆季布，这里借指潘素。

[4] 张三影：即张先（990—1078），字子野，乌程（今浙江湖州吴兴）人。北宋时期著名的词人，曾任安陆县的知县，因此人称"张安陆"。天圣八年进士，官至尚书都官郎中。晚年退居湖杭之间。曾与梅尧臣、欧阳修、苏轼等游。善作慢词，与柳永齐名，造语工巧，曾因三处善用"影"字，世称张三影。此处借指张伯驹。

劳山集校注

癸巳秋,偕同元白、孝同、宏略及丛碧、慧素伉俪游劳山,从北九水入山,越鱼鳞峡,直抵靛缸湾。遇雨,溪流湍急,四山飞泉弥望,胜游所未观也。既为纪游诗八章,意有未尽,更赋长歌以张之。

劳山之奇萃在石,巉岩万古苍铁色。[1]

补天疑是娲皇余,弃掷东海不复惜。[2]

鳌背尘飞地轴翻,禹貅跋浪鲛人泣。[3]

一朝屏颜出海底,左股蓬莱失复得。

危峰拔地如合围,群峭去天不盈尺。

磊砢青余巨象骸,轮囷白蜕老蛟脊。

仄磴千盘鬼见愁,断崖万仞神所擘。[4]

我来正值秋霖时,万木沉沉冒濛霡。[5]

四山弥望飞白龙,垂胡饮涧下绝壁。[6]

奔湍赴海不复停,羲和鞭日轰霹雳。[7]

势挟泥沙相吐吞,声震林木皆辟易。[8]

泠泠清寒入肺腑,森森气象动魂魄。

穷探九水越双衙,直抵靛缸湾未夕。

潮音谋耳梦前游,嵌壁榜书墨无迹。

科头濯足对清泠,列坐盘陀可敷席。

雨游纵苦胜晴游,好景当前几人识。

荆关不作马夏遥,欲貌灵奇惭笔力。[9]

注释:

[1] 萃:聚集。

[2] 娲皇:即女娲氏。中国神话传说中人类的始祖。传说她与伏羲由兄妹而结为夫妇,产生人类。又传说她曾用黄土造人,炼五色石补天,断鳌足支撑四极,

平治洪水，驱杀猛兽，使人民得以安居。并继伏羲而为帝。

［3］鳌：即崂山，崂山又名鳌山。地轴：古代传说中大地的轴。晋张华《博物志》卷一："地有三千六百轴，犬牙相举。"跋［bá］浪：破浪、踏浪。鲛人：神话传说中的人鱼。晋张华《博物志》卷九："南海外有鲛人，水居如鱼，不废织绩……从水出，寓人家，积日卖绡。将去，从主人索一器，泣而成珠满盘，以与主人。"

［4］擘［bò］：分开，剖裂。

［5］秋霖：秋日的淫雨。濛霂［méng mù］：濛，"溟［míng］濛"，小雨貌。霂即霢［mài］霂，小雨。濛霂，在这里指秋日细雨。

［6］垂胡：胡须下垂。宋苏轼《送乔仝寄贺君》诗之一："尔来八十胸垂胡，上山如飞嗔人扶。"饮涧：在溪涧中饮水。这里以"垂胡饮涧"比喻瀑布从山上直伸至涧底。

［7］羲和：古代神话传说中的人物，驾驭日车的神。霹雳：象声词。

［8］辟易：退避；避开。

［9］荆关：五代画家荆浩、关仝师徒以擅画山水齐名，故并称"荆关"。马夏：指南宋山水画家马远和夏珪。两位大师活跃于12世纪末和13世纪初，其山水画的意旨在于以简单的笔法，描绘苍松岚峰等自然景物，予人以天地浩瀚、苍茫虚渺之感。他们被誉为中国绘画史上最能将这种意境表现得淋漓尽致的画家，并与南宋另外两位画家刘松年、李唐并称为刘李马夏。四位画家的"院体"山水（学院体系山水画），在明代被列为"北宗"。

辅唐山房猥稿

福唐甘龙翁 著

登巨峰记

巨峰主劳山，海拔一千百有三十公尺，世所谓劳顶也。辛未[1]夏，余偕友入山。取道烟云涧[2]，北上经砖塔岭[3]、风口[4]、铁瓦殿而达石门[5]，崎岖乱山中，沿途大石屃赑[6]，豹伏熊蹲。松出石罅，飞翔偃蹇[7]，若与石争雄长。巇[8]危窜陡，攀藤扪[9]葛，疲热喘汗，十步九息。时有云气，滃勃[10]从足下生。顷刻间布肪[11]山谷，咫尺不辨人影。风猎林莽过，波涛汹涌，翠与天接。出石门，遥见岩石高十许丈当路立，则自然碑也。更上经七星楼[12]，造山巅，俯视左右灵旗、比高崮、柱后高[13]诸峰，森然环侍，如诸孙列拜而朝太公，棻戟[14]侠陛[15]，真灵之卫天帝焉。山巅巨石矗立，顶平，方广数尺，可容三四人坐，是为巨峰绝顶。凭高远眺，东西南皆面大海，溟渤万顷，翠与天浮动。大福[16]、田横[17]、狮子[18]、鲍鱼[19]群岛，青螺数粒，点缀波际，沿海渔庄、蟹舍，历历如画。风帆出海，若暮鸦万点，倏儵[20]在空际渐灭[21]。四顾西北诸峰，重岑叠嶂，迎霞负日，晦者显者，隆者裹[22]者，圆且锐者，佝且俯者，缥青纡紫[23]，蜱豸[24]周遮[25]，诡谲[26]不可名状。

注释：

[1] 辛未：民国二十年（1931）。

190

［2］烟云涧：游览巨峰的入山门户。周至元《游崂指南》："由登窑村蹭凉水河东南二里为烟云涧，涧为登巨峰门户。两山相夹，崖石苍秀。"

［3］砖塔岭：见前《劳山纪游百咏》第68首注。

［4］风口：在砖塔岭北。

［5］石门：距慈光洞约二里，周至元《游崂指南》："南北两岩特起，有巨石，穹覆之雄，畅宏阔大如城门。穿而西出，自然碑已在目前矣。"

［6］顽羸［xì bì］：强壮有力，坚固壮实。

［7］偃蹇［yǎn jiǎn］：高耸貌。

［8］𪩘［yǎn］：大山上的小山。

［9］扪［mén］：攀、挽。

［10］滃［wěng］勃：亦作"滃浡"、"滃渤"，云蒸雾涌貌。

［11］胗［xī］：散布，传送。

［12］七星楼：巨峰周围山峰之一，周至元《游崂指南》记载："自碑（自然碑）前绕而复上，经七星楼、新月、幕云诸峰，二里，至美人峰。"

［13］柱后高：位于巨峰正北，形如擎天柱，高数十丈，故名。

［14］棨戟［qǐ jǐ］：有缯衣或油漆的木戟。古代官吏所用的仪仗，出行时作为前导，后亦列于门庭。

［15］侠陛［xiá bì］：在殿阶两侧侍奉。亦指在殿阶左右两侧侍奉的人。侠，通"夹"。

［16］大福：即大福岛，原名"徐福岛"，位于沙子口村东南4.5公里海中，为花岗岩基质，黄沙土壤，周围鱼类资源丰富，并有海参、鲍鱼等海珍品。清同治版《即墨县志》记有："徐福岛，县东南五十里，相传徐福求仙住此，故名。"元代以来，海运肇兴，改名为大福岛。

［17］田横岛：在山东即墨东北海中，相传西汉初齐王田横率部属五百人逃亡于此，故名。

［18］狮子：即狮子岛。位于即墨市和崂山区之间的海面上，属大管岛群岛的一部分。沿岸峭壁陡立，礁石环绕，北、南、西三侧多暗礁。周围水域有鲍鱼、海参分布。

［19］鲍鱼：鲍鱼岛，又名"老公岛"、"劳公岛"，因其岛顶呈蘑菇状，远看形似鲍鱼，故名"鲍鱼岛"。位于沙子口村东南7.2公里处，该岛系孤立岩石，东

部为断崖，西北之暗礁在海中延续 450 余米，顶部平坦，无树木，无淡水，无居民。岛周围水较深，两端礁石密布，多藻类，鱼类亦很丰富，产鳗鱼和鲈鱼，四周还有海参、鲍鱼等海珍品分布。

[20] 倏儵 [shū shū]：儵，同"倏"。倏儵，即倏倏，迅疾貌。

[21] 澌灭：消亡，消失。

[22] 袤 [mào]：长，广袤。

[23] 缥 [piǎo] 青纡 [yū] 紫：浅绿色，或淡青色。纡紫，本指佩紫绶，指身居高位，此指如紫绶的紫色。缥青纡紫，色彩斑斓多姿。

[24] 睥睨 [bǐ zhì]：山势连延渐平貌。

[25] 周遮：连绵重叠。

[26] 诡谲 [guǐ jué]：奇异，奇怪。

极天连山，起伏东驰，若涌波涛，朝宗[1]于海。石门[2]天标[3]二峰，素以崇高名者，皆若培塿[4]，匍匐罗拜[5]于岩下。西眺青岛市，万舍沉沉[6]，朱楼绀[7]瓦，掩映树间，夕晖返照，隐约可辨。四方沧口区，闲肆[8]扑地[9]，炊烟缕缕上升，随风飘扬，荡为暮霭。夕阳西趋[10]，天风振衣，余与瓠厂等，藉草敷席，酌酒取暖，熏然[11]而醉，兀尔[12]忘归，于以见天地之大，造物变化之奇，皋壤[13]之足乐，而槛槢之可悲也。兹山表东海，获与岱宗[14]媲崇，毋亦扶舆磅礴清淑[15]之气，有所独钟[16]乎。是不可以无记。同游者袁道冲、路瓠厂、张子厚、黄匋厂及弟璕厂。

陈散原[17]曰：结构紧严，写景俱见匠心。

陈苍虬曰：昂首天外，晖丽万有[18]，文境亦颇有之。

注释：

[1] 朝宗：比喻小水流注大水。《书·禹贡》："江汉朝宗于海。"孔颖达疏："朝宗是人事之名，水无性识，非有此义。以海水大而江汉小，以小就大，似诸侯归于天子，假人事而言之也。"这里指连绵起伏的山像波涛一样流入大海。

[2] 石门：石门山。位于华楼山西南，海拔 570 米，山巅有两峰，对峙如门，

故名。最高峰为中心崮，卓立如椎。

[3] 天标：疑为三标山。

[4] 培塿 [péi lǒu]：小土丘。本作"部娄"。《左传·襄公二十四年》："部娄无松柏。"杜预注："部娄，小阜。"

[5] 罗拜：环绕下拜。

[6] 沉沉：形容寂静无声，或声音悠远隐约。

[7] 绀 [gàn]：红青，微带红的黑色。

[8] 闲肆：悠闲自然。

[9] 扑地：遍地。

[10] 趖 [suō]：走，移动。

[11] 熏然：温和貌、和顺貌。

[12] 兀尔：寂静貌。

[13] 皋 [gāo] 壤：泽边之地。

[14] 岱宗：即泰山。泰山旧谓居五岳之首，为诸山所宗，故称。

[15] 扶舆磅礴清淑：扶舆，亦作"扶於"、"扶与"，犹扶摇，盘旋升腾貌；磅礴，气势盛大，广大无边；清淑：清和，秀美。这里指崂山高峻广大，风景秀美，气势不凡。

[16] 鐘 [zhōng]：气之往来。这里指崂山扶舆、磅礴、清淑之气往来摩荡，变幻无穷。

[17] 陈三立 (1853—1937)：字伯严，号散原，江西义宁州（今九江市修水县人），晚清维新派名臣陈宝箴之子，著名历史学家陈寅恪之父，与谭嗣同、徐仁铸、陶菊存并称"维新四公子"。光绪十五年 (1889) 进士，生前曾刊行《散原精舍诗》及其《续集》、《别集》，去世后有《散原精舍文集》十七卷出版，是近代同光体诗派最重要的代表人物。自民国十五年 (1926) 底起，陈三立寓居上海三载，其间黄公渚曾有幸问学，深得先生赏识。陈三立除对他的诗文做过评点外，还曾为他刊印于民国二十五年 (1936) 的《翦厂文稿》题签。

[18] 晖丽万有：晖丽，灿烂美丽；万有，万物。南朝梁锺嵘《诗品·总论》："照烛三才，晖丽万有。"

石老人游记

石老人在浮山所东二十里许。一石峱然出海中，高可寻丈，如佝偻[1]老者，上丰下约，腹当脐处有孔，石色黝黑。半身以下苔侵藓蚀，间以牡蛎、蜃[2]、蚌[3]、珂贝[4]，五色斑驳，如披破衲[5]。俯视溟渤万顷，一碧无际，柴立[6]中央，不知其几千亿年也。石性贞寿，不迩[7]于俗，物亦莫能伤。风晨雨暮，迎潮送汐，清静自守，翛然以全其天，类士之有道者。师乎？师乎？吾将相从于寂寞滨焉。时辛未八月望日[8]，同游者袁道冲、吕美荪、黄墨厂，而属匑厂为之记。

陈散原曰：寓心之文，不徒以写景见长。

陈苍虬曰：道练有兴会。

高云麓[9]曰：刻画物态，味余言外。

注释：

[1] 佝偻［gōu lóu］：驼背。

[2] 蜃：即蛤蜊［gé lí］。蛤蜊科的双壳类软体动物。壳形卵圆，长寸余，壳色淡褐，稍有轮纹，内白色，缘边淡紫色，栖浅海沙中，肉可食，味鲜美。

[3] 蚌［bàng］：生活在淡水里的一种软体动物，介壳长圆形，表面黑褐色，壳内有珍珠层，有的可以产出珍珠。

[4] 珂贝：法螺。

[5] 衲［nà］：僧衣。

[6] 柴立：如枯木般独立。

[7] 迩：近。

[8] 辛未八月望日：民国二十年（1931）八月十五日。

[9] 高振霄（1877—1956），浙江鄞县（今宁波市）人，字云麓，别名闲云，又号顽头陀、洞天真逸，70 岁后自称四明一个古稀翁、耄年励学。室名云在堂、静远斋、洗心室。光绪二十年（1153）进士，历任翰林院编修、国史馆协修等职。民国以后，寓居上海教授生徒，以鬻书自给。善书法，坚持常年临碑，至老不辍，影响很大，兼能花卉，间画墨梅。1953 年，被陈毅市长聘为上海市文史研究馆第

一批馆员，著有《史发微》等。

八仙墩游记

八仙墩在东海中，山脉一线，蜿蜒入海，当其委[1]为劳山头，南向有乱石涌出波际者，八仙墩也。游者率取道青山村[2]南行，经试金汪[3]、晒钱石，而达酒缸槽[4]，沿山腰行，石滑路窄，过者惴惴，目为之眩。经此抵劳山头西麓，东南行不百步，有石坡可十亩，东倾斜入海，波涛冲击，声震山谷。其北峭壁拔地千尺，下约上丰，空其中为厦。高广各数十丈，石色斑驳如错彩，曰锦绣岩[5]，下即八仙墩。大石错布，上坦如砻[6]，高低方圆，不一厥[7]状。石与壁同色，光焰夺目，人坐其上，苍茫大海一望无际，波涛山立，汹涌如鼎沸，雷轰霆击，与大石相搏斗，浪花激起高达十丈许。大风横吹，气带龙腥，空际飞翔，散为雾雨，蒙蒙[8]着人面，衣履尽湿，不顷刻间极尽游观之奇幻。相传昔有八仙渡海，于焉[9]止憩。事涉荒诞，莫能详也。时辛未[10]六月，游者胡陔云[11]、张季骧、邹心一、黄翱厂及弟璺厂、翆厂。

王病山曰：窥情钻貌，物无遁形。意匠经营，精炼不芜。

注释：

[1] 委：末、尾。

[2] 青山村：位于崂山垭口东侧的山脚下，归属崂山区王哥庄街道办事处。是一处典型的山村，西依崂山，东跨大海。从青山村穿山洞不远处即著名的试金石海湾，过试金石海湾就见到"晒钱石"。沿该石手脚并用攀上山梁即崂山头，下到南面便是八仙墩。

[3] 试金汪：即青山村试金湾，是青山湾（在青山村东）中的两个小湾子，当地人也称之为"试金汪"。崂山玄玉（崂山试金石）即产自这里。

[4] 酒缸槽：参前《劳山纪游百咏》第85首"酒槽矼"注。

[5] 锦绣岩：周至元《崂山志》称其为"五色岩"："五色岩在崂山头。削壁

千仞，嵚崿特甚。下纳上覆，势将欲倾。石纹分青、黑、翠、紫、黄五色，层层横叠，斑驳如绣。其下嵌入处，深豁如厦屋，仙墩散布其中。"按两文中所描述方位，五色岩应即是锦绣岩。

[6] 砻［lóng］：磨石。

[7] 厥：其，代词。

[8] 蒙蒙：细雨迷蒙貌。

[9] 焉：代词，之，这。此指八仙墩。

[10] 辛未，民国二十年（1931）。

[11] 胡陵云：生平待考。

二宫游记

丙子[1]夏，张君子厚约为二宫之游。二宫者，世以目[2]上清、下清也。卯正[3]舟往，巳初[4]抵下清宫。宫在山趾，冈峦三面拥抱，前襟大海，松杉箐[5]蓊[6]之属，布濩[7]岩谷。曲径窈深，阴蔽天日。人行林海中，炎暑顿祛。下清宫一名太清，与上清宫俱建自北宋。丘长春、张三丰、徐复阳[8]先后葺治[9]。明憨山大师以其址建海印寺，旋[10]废。今宫为天启中道人赵复会重建[11]，殿宇宏丽，庭中杂植牡丹、紫薇[12]、黄杨[13]、耐冬，虬枝屈铁[14]，花时艳如火齐，雪后尤为奇观。宫庋[15]万历道藏全帙[16]，元世祖[17]护教碑在殿侧。禺中[18]，自下清宫沿海西行，越宝珠山可五里，抵上清宫门外，峙[19]朝真、迎仙二桥，竹树阴翳，水从桥下过，如韵琴筑。玉皇殿东石龛上镌"道山"二字，相传为丘长春跌坐处。崔端锲所著《青玉案》词，宫右泉曰"圣水"，味甘洌，昔人品为劳山第一泉。绕墙古木参天，门前银杏二株，枝柯爰骹[20]，瘿[21]累累下垂，殆数千年物。殿前白牡丹，高出檐际，相传即《聊斋志异》所谓香玉也。归途小憩龙潭，濯足水次[22]，饭讫而去。归已薄暮矣。是日同游者，张子厚、路金坡、沈治丞、黄翱厂及弟墅厂、翚厂。

潘兰史曰：严整有法。

袁覆厂[23]曰：有伦有脊，不大声色。

注释：

[1] 丙子：民国二十五年（1936）。

[2] 目：看作、看待。

[3] 卯正：古代以十二地支计时，卯时为早上五点到七点，又分为初卯、正卯，亦称卯初、卯正。初卯为五到六点，正卯为六到七点。

[4] 巳初：上午九点到十一点为巳时，巳初为上午九点到十点。

[5] 箐［jīng］：一种小竹。

[6] 蓨［tiáo］：古同"蓚"，羊蹄菜，一种草本植物，根可入药。

[7] 布濩［hù］：遍布，布散。

[8] 徐复阳：黄宗昌《崂山志》卷五《仙释》："徐复阳，号太和子，尝师李灵仙，得密传。元元统间，隐居鹤山，锻炼功成，阳神静出。顺帝召见，赐锦烂之衣。所著有《近仙客词》，遂仙去。"《即墨志》万历、乾隆和同治本同。据《太清宫志》称徐复阳，字光明，号太和，又号通灵子，山东掖县人。明成化十二年（1476）2月14日生，幼年双目失明，后为鹤山遇真庵邱长春门下徒孙李来先道士收养。经修炼，双目复明，后创立鹤山派。明嘉靖三十五年（1556）5月20日去世，被敕封为中元永寿太和真君。

[9] 葺［qì］治：修建、治理。

[10] 旋：不久。

[11] 赵复会重建：明天启二年（1622），道士赵复会重修太清宫，正式确定了分为三官、三清、三皇殿三个院落的格局。三院都建有围墙，各立山门，并有便门相通，使太清宫基本上形成了今天的规模。

[12] 紫薇：花木名。又称满堂红、百日红。落叶小乔木，树皮滑泽，夏、秋之间开花，淡红紫色或白色，美丽可供观赏。

[13] 黄杨：常绿灌木或小乔木，叶子对生，披针形或卵形，花黄色而有臭味。木材淡黄色，木质致密，可以做雕刻的材料。

[14] 虬枝屈铁：虬枝，盘曲的树枝。意为树枝盘曲如屈铁。宋徽宗赵佶所创立的"瘦金书"，因横画收笔带钩，竖画收笔带点，撇如匕首，捺如切刀，竖钩细

长，故有"屈铁断金"的美誉。

［15］庋［guǐ］：收藏。

［16］帙［zhì］：本指用布帛制成书、画的封套，也用作量词，指书的卷册、卷次。

［17］元世祖：即忽必烈（1215—1294），成吉思汗之孙，蒙哥汗（宪宗）弟。名字全称孛儿只斤忽必烈，蒙古族，拖雷正妻唆鲁禾帖尼的第二子（总第四子）。元朝的创始皇帝，庙号世祖，谥号圣德神功文武皇帝，蒙古语尊称薛禅皇帝。他也是第五代的蒙古大汗。1260年至1294年在位。

［18］禺中：将近午时。

［19］踌［chí］：踌躇，古同"踟蹰"，徘徊。

［20］癹骫［bá wěi］：盘旋屈曲。

［21］瘿［yǐng］：病理学指机体组织受病原刺激后，局部细胞增生，形成的囊状性赘生物。植物受病菌、昆虫、叶螨、线虫等寄生后，常形成"瘿"。

［22］水次：水边。

［23］袁蹙［máng］厂：袁思亮（1879—1940），字伯夔，一作伯揆，号蹙翁，室名蹙庵，湖南人。光绪时举人，曾任民国印铸局局长。工书，善诗词文章。

明霞洞游记

明霞洞在昆仑山巅。自宝珠山北望，金碧掩映，有殿角矗起松柏间，类仙山楼阁者，即其址也。门前石级三十余折，新篁修篠[1]，雨后如拭，人行其间，须眉俱绿。石上遍伏碧蜥蜴[2]，怖杖履声，缘竹窜去，猝不易辨。洞口石构之，奢然中空，可容数十人。台出洞阳，左右峰峦，远望大海如镜。洞西斗母宫[3]，前厅事三椽，以崖拓轩，凭虚据危，户外浮岚叠翠，排闼献媚。日暮钟梵声自太清宫来，因风成籁，隐隐可辨也。玄真洞[4]在山脊，天池[5]经冬不涸。会日晡[6]，不克[7]往。舟游路有二，俱发轫[8]太清宫，东自青山村，径狍子崮[9]，越岭抵二宫，分路西上崎岖乱山中，可十里。西遵海行，越岭经龙潭抵上清宫北上，路稍迂[10]，途中风景尤佳。兹游去以西始，终以东归，二路名胜因得周览，时甲戌[11]夏日也。同游者赵孝陆、张季骧、邹心一、沈治丞、路金坡、黄翙厂、黄璵厂。

夏映厂曰：叙次井井，语极精炼。

曾橘庐[12]曰：娴于法度，妥帖不支。

刘经庐[13]曰：文维以明霞洞为主，而逐次写来，处处引人入胜，颇与晁补之《北山记》相近。

注释：

[1] 篁[huáng]：竹林，泛指竹子。篠[xiǎo]，同"筱"，细竹子，亦称"箭竹"。

[2] 蜥蜴：亦作"蜥易"。爬行动物。又名石龙子，通称四脚蛇。

[3] 斗母宫：明霞洞的主要建筑之一，位于明霞洞左侧，道教全真金山派的开山祖庭，也是明霞洞最早的一座建筑。清代乾隆末年，因山洪暴发，斗母宫被塌下来的巨石砸毁，此后再也没修复。

[4] 玄真洞：由明霞洞循径北上为玄真洞。洞在接近山巅的峭壁下，洞口向南，洞呈椭圆形，高约2米，洞壁光洁，传为张三丰修真处。洞口镌"重建玄真吸将鸟兔口中吞"十一字，笔力遒劲，古拙，亦传为张三丰手笔。洞在明霞之巅，是观海佳处。

[5] 天池：崂山有五大天池，分别为崂顶的仰天池、一气石的天心池、华严顶的天波池、明霞洞北大顶的天池、王母娘娘的瑶池。此为明霞洞北大顶天池。

[6] 日晡[bū]：指申时，即午后三点至五点。

[7] 克：能够。

[8] 发轫：拿掉支住车轮的木头，使车前进。借指出发，起程。

[9] 狍子崮：位于宝珠山，海拔382米，上有瑶池。

[10] 迩：近。

[11] 甲戌：民国二十三年（1934）。

[12] 曾橘庐（1900—1975）：即曾克端，又作克耑，福建闽侯人，字履川、伯子，号颂橘、橘翁。斋堂为涵负庼、优跋罗盦、撄宁廎、颂橘庐、天只阁等。早年入桐城吴挚甫哲嗣吴闿生（北江）先生门下，又从诗坛前辈陈衍（石遗）、陈三

立（散原）二先生游，长于古诗、文。著有《颂橘庐丛稿》七十三卷、《颂橘庐诗存》、《颂橘庐文存》、《梅宛陵诗评注》、《近代海内两大诗世家》、《论同光体》等，纂有《曾氏家学》、《曾氏学训》、《曾氏学乘》三书，及《通州范氏十二世诗略》、《曾氏十二世诗略》等。1925 年至 1929 年任北洋政府交通部长叶恭绰秘书。1929—1949 年先后任上海暨南大学教授、国史馆特约纂修。抗战期间，转任工商部、实业部、铁道部、中央银行人事处副处长及秘书处副处长等职，1930 年至 1949 年为孔祥熙的幕僚及代笔人。1949 年到香港。1950 年起任新亚书院、香港中文大学教授。曾克端与黄公渚为同乡，交谊很深。黄公渚《劳山集》在香港影印时，即由他题签。

［13］刘经庐：生平不详，待考。

华严寺游记

劳山多道观，独华严为招提[1]。寺在那罗延山[2]西南麓，游者自王哥庄舍车，遵海行，道左巨石[3]矗立，镌"山海奇观"四大字，为乾隆东抚惠龄[4]书。径此里许造[5]山址。林间怪石駊駊，如迎客状。拾级盘纡上，乔松密箐，夹蹬列植，人行绿阴中。一径蜩[6]声，导抵山门。迤[7]西为塔院，鱼沼跨以石钓。泉自竹根注泻，潺[8]然有声。池中鱼长尺许，唼喋[9]荇藻间，见人影倏倏[10]没逝。

院中浮屠[11]，为慈霔开士荼毗[12]处。虬枝拱立，交柯接叶，大可合抱。寺经始于明即墨黄宗昌侍御。顺治中，子坦[13]增缮。冠山抗殿[14]，坛宇因崖升降，每进益高，势颇壮丽。殿奉释迦牟尼像，僧房客舍翼左右，其阳飞甍[15]绣桷[16]，突兀林表者，藏经阁[17]也。庋[18]有顺治壬辰刊《藏经》一部，及明抄《册府元龟》千册。

凭轩纵目，海天万顷，一碧若镜。天外诸峰叠翠，如列画屏。俯视苍松作队，与峦薆[19]缠属[20]，弥山际野，随风披靡，荡为绿云。凉飔[21]振衣，炎歊[22]顿失。寺之胜，萃于东南隅，得斯阁而盖张焉。狮子岩在寺后，巨石嵬峨，松布其颠，盘屈作虬龙状。上为观日台[23]，下有寂光洞[24]，会日晡，不果往。时甲戌夏，同游者袁道冲、张子厚、沈治丞、黄舸厂及弟璺厂。

吴钝叟[25]曰：写景有幽趣，静中体会，故言之历历如绘。

注释：

[1] 招提：梵语。音译为"拓斗提奢"，省作"拓提"，后误为"招提"。其义为"四方"。四方之僧称招提僧，四方僧之住处称为招提僧坊。北魏太武帝造伽蓝，创招提之名，后遂为寺院的别称。

[2] 那罗延山：以那罗延窟得名。东南麓即华严寺，西为挂月峰，东为狮子岩，岩下为望海楼，高敞可以宾日。

[3] 道左巨石：这就是崂山有名的"砥柱石"。这方巨石高约 5 米，长 10 米有余。由于屹立在山脚平地，显得突兀奇特。石上"山海奇观" 4 个大字，行楷，阴刻，字径有 2.7 米，是崂山字径最大的一处古代刻石，书法苍劲有力、浑厚凝重。

[4] 惠龄（？—1808）：萨尔图克氏，字椿亭，蒙古正白旗人，清朝将领。乾隆与嘉庆年间，曾三度任山东巡抚。乾隆五十六年（1791），惠龄因阅兵海上而游览崂山，在那罗延山下路旁之巨石上题刻"山海奇观"四个大字，为古代崂山最大的刻石。清末翰林傅增湘《游劳山记》中载："……大书有'山海奇观'四字，字大逾丈，最为雄伟，乾隆巡抚惠龄所书。僧言，竟以此被劾去职，可谓风流罪过也。"巨石的南侧还刻有惠龄到崂山游览砥柱石的文记，全文为："余凤闻崂山之胜，兹阅兵海上，裹粮往登，将至华严庵，见路旁一巨石，延袤七丈余，高亦五丈。询之土人，称为砥柱石。余徘徊其下，仰视层峦八崇，俯瞰大海之浩瀚，烟云变灭，倏忽万状，真平生之奇观也。因题此镌诸石，兼志其由，俾后之登是山者知余屐齿所到焉。乾隆五十六年，岁在辛亥春三月，惠龄书并跋。"

[5] 造：到。

[6] 蜩 [tiáo]：古书上指蝉。

[7] 迤 [yǐ]：向，延伸。

[8] 潨 [cóng]：同淙，流水声。

[9] 唅喁 [yǎn yóng]：鱼在水面张口呼吸。

[10] 倏倏 [shū shū]：象声词。

[11] 浮屠：佛教语。梵语 Buddha 的音译。指佛塔。

[12] 茶毗 [tú pí]：同"茶毘"，佛教用语，梵语音译，意为焚烧，指僧人死后将尸体火化。

[13] 子坦：即黄宗昌之子黄坦。

[14] 冠山抗殿：冠山，把山当帽子。《艺文类聚》卷九七引《符子》："东海有鳌焉，冠蓬莱而游于沧海，腾跃而上则干云，没而下潜于重泉。有红蚁者闻而悦，与群蚁相要乎海畔，欲观鳌之行，月余未出群作也。数日风止，海中隐沦如岊 [jié，山角落]，其高概天，或游而西。群蚁曰：'彼之冠山，何异乎我之戴粒也。'"抗殿，抗，举，举起。指依山势高筑殿堂。

[15] 飞甍 [méng]：指飞檐。

[16] 桷 [jué]：方形的椽子。

[17] 藏经阁：即藏经楼。参前《澹黄柳暮宿华严寺》"经楼"注。

[18] 庪 [guǐ]：置放，收藏。

[19] 蓚 [tiáo]：羊蹄菜，一种草本植物，根可入药。

[20] 缡属 [lí shǔ]：连续。

[21] 飔 [sī]：疾风。

[22] 炎歊 [xiāo]：亦作"炎熇 [hè]"，暑热。

[23] 观日台：又名望海楼，位于华严寺后。是山顶一平台，立于台上，东望大海，明旷无阻。

[24] 寂光洞：位于华严寺后侧的山腰间，洞大如屋，是天然的洞穴。

[25] 吴郁生（1854—1940）：字蔚若，号钟斋、钝斋，晚号钝叟。吴县（今江苏省吴县）人。为嘉庆七年（1802）状元吴延琛之孙。光绪三年（1877）进士，授翰林，曾为内阁学士兼礼部尚书，四川学政，广东主考，康有为出其门下。1910年代军机大臣。民国时期寓居青岛，寄情诗词书画，深居简出，不问世事，遍游崂山名胜。

外九水游记

外九水以水九曲著，曲处有潭，九水或以指九潭。甲戌夏，余偕吕美荪、路弧厂从大劳观入山抵菊湾，是为一水。天际玉笋峰亭亭秀峙，如迎客状。涧水从山中奔腾而下，如雷鸣。人立桥上，俯视涧石，皑皑如雪。东南行抵二水，水声益壮，锦岩山峙其阳。岩裂巨罅，名曰浑沌窍，石自窍中坠。一石仰而承之[1]，险谲不可名状。三水西障峭壁，澄潭倒影，清鉴毛发。晨曦射壁上，纷红驳绿，如张锦屏。涧北一峰，仰视如头陀拥袈裟入定，所谓老僧峰也。入天梯峡，抵四水，两崖如扉，水从峡中过，荡击垠鄂[2]，汇为潭，广可盈亩。涧断路穷，人缘山跤行，就山凿石成凹，劣[3]可容足，土人呼为脚窝石。五水距四水东里许，地名环翠谷，山脉舒缓，四围冈峦襟抱，青翠不断，涧水玲珑[4]，咽石如奏玉笙。杏树庵在涧北，有天启石刻"天开异境"四字镌崖上。出谷，仰见骆驼头迎候道周。抵六水，峰形益奇，峰顶岩石斜出如咮[5]，仰而啄，是名鹰嘴峰[6]。峰西叠嶂排空，腾踏而下，势犷[7]猛，飞虎岩[8]在焉。岩下为鸡爪潭[9]，水穿乱石过，钩曲若距，故名。外九水风景当以此为最胜。七水在河西村，居民多岩栖，庐舍整洁。小丹丘在涧北，峰形如神女髻鬟[10]，严妆照水，黛螺如沐。涧东有大劳崮、泻云瀑[11]诸胜。八水地名松涛涧，山麓饶松柏，因风散籁，如波涛骤起，自远而近，与涧水声相和也。九水在大劳观，为内九水分界处。北九水庙在涧北，涧底激流淙淙，峰峦环饷[12]，人在画中行。仙古洞在山椒，有明周鲁石刻。

会日晡，相与坐桥上看西山落日。云峰返照，如渗金[13]，如吹粉，景绝奇丽。夫元气[14]扈冶[15]旁魄[16]，因物赋形，非直无以壮其势，非曲无以博其趣。直而有曲体，乃成宇宙之壮观。水从巨峰来，抵太和观，因山曲折西骛[17]，起伏顿挫，含深茹奥，水势益壮，境乃益奇。外九水，遂为劳山风景冠。瓠厂深于文，美荪豪于诗歌。观于此，其亦翛然有悟，莫逆于心乎？爰记其辜榷[18]如此。

李拔可[19]曰：叙次井井，有变化，故多奇趣。

谭瓶斋[20]曰：模山范水，笔具化工。步趋《水经注》而少变其体。

注释：

[1] 原稿中此句下删"若危复安"四个字。

[2] 垠鄂［è］：又作"垠堮"。悬崖、断岸。

[3] 劣［liè］：只，仅。

[4] 琤瑽［chēng cōng］：象声词。

[5] 咮［zhòu］：鸟嘴。

[6] 鹰嘴峰：即骆驼头。该峰从不同角度看，有不同的形状，由东看似骆驼头，由西与南望则形似鹰嘴。

[7] 犷［guǎng］：粗。

[8] 飞虎岩：周至元《游崂指南》："（鹰嘴）峰西有一叠嶂，排空直奔而下，形状粗野，如同猛虎下扑，叫'飞虎岩'。"

[9] 鸡爪潭：周至元《游崂指南》："这里（六水）不仅山峡险奇，涧水也分外湍急，在飞虎岩下，涌成一个深潭叫'鸡爪潭'，潭形弯曲，像鸡爪的样子。"

[10] 髻鬟［jì huán］：古时妇女将头发环曲束于顶的发式。

[11] 泻云瀑：即飞云瀑。参前《桂殿秋·劳山顶近区纪游》"飞云瀑"注。

[12] 饷：疑当为"响"。

[13] 渗金：以金粉或金箔装饰物体表面。

[14] 元气：泛指宇宙自然之气。

[15] 扈冶：冶通"野"。广大，广远。

[16] 旁魄：亦作"旁礴"、"旁薄"。广大、宏伟。《荀子·性恶》："齐给便敏而无类，杂能旁魄而无明。"王先谦《荀子集解》引郝懿行曰："旁魄，即旁薄，皆谓大也。"

[17] 骛［wù］：奔驰。

[18] 辜榷［gū què］：大略，梗概。

[19] 李拔可：李宣龚（1876—1952），字拔可，号观槿，室名硕果亭，晚号墨巢。福建闽县人，沈葆桢为其曾外祖父。光绪二十年（1894）举人，官至江苏候补知府。民国后供职上海商务印书馆多年，曾任商务印书馆经理，并兼发行所所长，与张元济、鲍咸昌、高凤岐等合称"商务四老"。为一代收藏大家，所藏多有清一代和清末民初同辈人诗文，以及时人书法、绘画精品。民国三十年（1941）任合众图书馆（即上海图书馆前身）董事。所藏图籍及师友简札、书画均捐入该馆。

合众图书馆编有《闽县李氏硕果亭藏书目录》一册。李拔可工书法，曾师从郑孝胥、陈衍学诗，著有《硕果亭诗》、《墨巢词》。今人黄曙辉汇集校点的《李宣龚诗文集》，由华东师范大学出版社 2009 年出版。

[20] 谭泽闿（1889—1948）：湖南茶陵人，字祖同，号瓶斋，室名天随阁，谭延闿之弟。早年就读于长沙明德学堂，清末授巡守道，分发湖北，上任之始，即逢武昌起义爆发，遂返回长沙，从此绝意仕进，以书画、诗酒、收藏自娱。善书法，工行楷，师法翁同龢、何绍基、钱沣，上溯颜真卿。气格雄伟壮健，为艺林所推重。尤善榜书。民国时南京"国民政府"牌匾，国民党党报《中央日报》及上海、香港两家《文汇报》的报名均出自他的手笔，后二者至今沿用。曾从王闿运问学，诗学谢灵运，平素以诗书会友，不与权贵交，有《止义斋集》行世。喜收藏，搜集清代书家真迹甚丰，尤以钱沣、刘墉、何绍基、翁同龢四家书法最富，曾影印行世。

龙潭观瀑记

龙潭[1]在八水河北。泉从天门峰来，至海门峡[2]，曲折南流，泻为龙潭瀑。瀑三叠自峭崖下，如玉龙破壁飞翔，沫散空际，霏微[3]成烟霭[4]。数尺后复傅[5]于壁，若曳匹练[6]下属于潭，跳珠[7]漱玉[8]，声满崖谷。人立其下，洒然疑濯魄[9]玉壶[10]中也。潭水窅碧，石鳞荇[11]带参差，随流左右披拂[12]。青蛙出草间，见人影，跃水訇然有声。水次，石方坦如台，可坐十数人观瀑。山中瀑多促狭，惟此长达数十丈。雨后挟势骋怒，摧山倒海，声闻数里，景尤奇伟。惟岩栖[13]者岁一二觏[14]焉。时壬申[15]夏日，同游者袁道冲、张子厚、黄匋厂及弟璧厂、翆厂。

吴钝叟曰：写景逼真，笔具锤炉[16]。

注释：

[1] 龙潭：龙潭瀑水源来自海拔 500 米的天茶顶和北天门之间的山谷。涧水穿山越岭，沿路汇集了数十条溪水，聚成一股急流，奔腾而下，在一个高约 30 米的

崖顶平台上，平直地冲出数尺之外，水在半空飞旋了几曲几折之后，才合成一道长约30米，宽约5米的瀑布，顺着90度的峭壁跌入崖下的碧潭之中。其气势宛如一条矫健的玉龙，从悬崖之巅，腾云驾雾，呼啸而下，击得潭中水花四溅。故得名"龙潭瀑"，瀑下的深潭也被称为"龙潭"。这也就是崂山十二美景中的"龙潭喷雨"。

〔2〕海门峡：不知今之所指，疑为海门涧。一般认为，八水河发源于天茶顶，天泉是其发源地之一，海门涧是其主流。

〔3〕霏微：瀑水细小貌。

〔4〕烟霭：云雾。

〔5〕傅：附着。

〔6〕匹练：白绢。常用以形容奔驰的白马、光气、瀑布、水面、云雾等。

〔7〕跳珠：喻指溅起来的水珠或雨点。

〔8〕漱玉：谓泉流漱石，声若击玉。

〔9〕濯魄：濯，光明的样子。魄，月始生或将灭时的微光。濯魄是比喻清澈著名的瀑水貌。

〔10〕玉壶：东汉费长房欲求仙，见市中有老翁悬一壶卖药，市毕即跳入壶中。费便拜叩，随老翁入壶。但见玉堂富丽，酒食具备。后知老翁乃神仙。事见《后汉书·方术传下·费长房》）。后遂用以指仙境。

〔11〕荇〔xìng〕：多年生草本植物，叶略呈圆形，浮在水面，根生水底，夏天开黄花；结椭圆形蒴果。全草可入药。

〔12〕披拂：吹拂；飘动。

〔13〕岩栖：栖宿在山岩上，借指隐居。唐杜甫《赠特进汝阳王二十韵》："瓢饮唯三径，岩栖在百层。"

〔14〕觏〔gòu〕：遇见。

〔15〕壬申：民国二十一年（1932）。

〔16〕锤炉：比喻对文艺作品的反复加工。

游华楼宫记

劳山东南滨海，元明之际，人迹罕至，游屐[1]率止于西北，故华楼山特著。宫据山巅，创始元大定[2]中，天顺[3]时增修，殿三栋，轮奂[4]壮丽。大树皆合抱。荫满庭际。殿奉老子像，传为元塑。聚仙台在宫东，位于华表峰上。大石矗峦脊，高可四十丈，顶平，向东斜出，若冕旒[5]状。远望又若岑嵝[6]凌虚，传为神女梳妆处，故一名梳洗楼。峰四隅巉削壁立，无阶可攀登。道人为言，上有洞府金像及玉碗，树多松柏、碧桃，莫可穷际。独三四月间，时有花片飘坠云。

注释：

[1] 游屩[juē]：屩，草鞋。这里借指游客。

[2] 元大定：元末陈友谅的年号（1361—1363）。

[3] 天顺：是中国明朝第六个皇帝明英宗朱祁镇二次登基后的年号（1457—1464），前后共8年。

[4] 轮奂：形容屋宇高大众多。语出《礼记·檀弓下》："晋献文子成室，晋大夫发焉。张老曰：'美哉轮焉！美哉奂焉！'"郑玄注："轮，轮囷，言高大；奂，言众多。"

[5] 冕旒：古代大夫以上的礼冠。顶有延，前有疏，故曰"冕旒"。据《周礼·夏官·弁师》记载，天子之冕十二旒，诸侯九，上大夫七，下大夫五。

[6] 岑嵝[cén lóu]：岑，小而高的山；嵝：屋脊。

翠屏岩在宫后，峭壁高五丈许。石深黛色，苔藓薜荔[1]，缘隙蔓引[2]，斑斓如张锦屏。岩腹孕玉皇洞[3]，建自元达鲁花赤[4]。摩崖有明陈沂[5]、蔡叔逵[6]等石刻，漫漶[7]寖[8]不可辨。凌烟岗在宫右侧，居民谓峰为岗。叠石如台，顶正平，上有岩子洞[9]，为元刘志坚[10]藏骨处。志坚号岩子，博州人，始创此洞，故名。有元大学士赵世禄所撰碑，今移庋宫中。

注释：

[1] 薜[bì]荔：植物名。又称木莲。常绿藤本，蔓生，叶椭圆形，花极小，隐于花托内。果实富胶汁，可制凉粉，有解暑作用。

[2] 蔓引：牵连。

[3] 玉皇洞：位于太平宫翠屏岩之下，是自然形成的山洞，因其内供奉玉皇，故名。该洞内原供奉石雕玉皇像一尊，为元朝达鲁花赤监造。

[4] 达鲁花赤：达鲁花赤是蒙元时期具有蒙古民族特点和设置最为普遍的官职，始设于成吉思汗时期，达鲁花赤，蒙古语，意为"镇守者"，汉文文献也称"监"。蒙古贵族征服许多其他民族和国家，鉴于单独进行统治不便，于是委付当地统治阶级人物治理，派出达鲁花赤监临，位于当地官员之上，掌握最后裁定的权力，以保障大蒙古汗国大汗和贵族的统治。

[5] 陈沂［yí］（1469—1538）：字宗鲁，后改鲁南，号石亭，明浙江鄞县人，徙家南京。正德十二年（1517）进士。授编修，嘉靖中，出为江西参议。历任山东参政和提学使，以不附张总、桂萼，改山西行太仆寺卿，致仕。陈沂工诗善画，擅隶篆，与顾磷、王韦号称"金陵三俊"，其后宝应朱应登继起，称四大家。又与李梦阳、何景明、徐祯卿、边贡、朱应登、顾璘、郑善夫、康海、王九思等号十才子。任职山东期间，他曾遍游崂山，留下了许多诗文，至今在崂山的许多景点仍可见他的勒石题刻。如狮子峰侧有他的亲笔篆书"寅宾洞"三字及诗一首："潮涌仙山下，楼台俯视深。赤阑横海色，碧丸下峰阴。片石千年迹，孤云万里心。举杯清啸发，振叶欲空林。"

[6] 蔡叔逵：明代登州知府。翠屏岩石壁正中刻有篆书"翠屏岩"，字体凝重古朴，是明代"金陵三俊"之一陈沂的手迹。偏西另刻"翠屏岩"草书大字，龙飞凤舞，气势雄浑，为明代蔡叔逵所题。

[7] 漫漶［huàn］：模糊不可辨别。

[8] 寖［jìn］：古同"浸"，渐渐。

[9] 岩子洞：黄宗昌《崂山志》卷三《名胜》记载："凌烟崮……上有石塔，下有洞，为元使臣刘志坚修道之处，其遗蜕在焉。天启辛酉，雨，大洞石崩。蜕见，肤发宛然无损。人相传为道人死不朽，抑知人之所以不朽者，岂发肤也耶！"周至元《崂山志》称为"云岩子洞"："在凌烟崮下，门南向。云岩子遗蜕在焉。洞门以砖砌成。明天启间，雷震门开。"

[10] 刘志坚（1240—1305）：博州人。原为英王掌管鹰坊，元世祖至元八年（1271）弃家入道，至崂山为华山派道士，号云岩子。他的功绩主要是主持创建了华楼宫，但因不通文墨，在道教理论与宗派方面的建树便无足称道了。这里说他

"号岩子"，"岩"上当脱"云"字。元人赵世延撰有《云岩子道行碑》，碑文今存。

南天门在宫前，石崖南向，广坦可一亩。东南俯临深壑，西南蔽以石门山，东为华表峰，南为五龙山[1]。峰峦屏列，左右引挹，东南独留一罅，遥望劳顶，攒峰叠嶂，剑戟[2]森列，刺天无极。白云紫带，时隐时现，落日反射峰尖，金碧璀璨，如读大李将军[3]画，窅然[4]意有会也。山近即墨县治，元明香火綦[5]盛，古刻独多，骚人题咏夸饰，寖成名胜。如元王思诚所品题花楼十四景者，不备述云。同游为赵孝陆、张季骧、胡陔云、邹心一、黄翙厂，时壬申秋日。

张季骧曰：叙述不紊，能扼其要。

叶莆孙[6]曰：布局练要，言亦雅驯。

刘经庐曰：意境高远，文笔清丽，此下笔不受古人牢笼，而能自得其诀者。

注释：

[1] 五龙山：位于石门山的东南面，最高峰常年笼罩在云雾中。周至元《游崂指南》记载："五龙山，高三百公尺，五龙河之水出焉。"其《崂山志》也说："山不高而极险峻。"

[2] 剑戟：泛指武器。

[3] 大李将军：指唐代杰出画家李思训。唐宗室李孝斌之子。以战功闻名于时。因曾任武卫大将军，画史上称他为"大李将军"。擅画青绿山水，题材上多表现幽居之所。其子李昭道，继承家学，善画山水，后世称之为"小李将军"。

[4] 窅[yǎo]然：幽深遥远的样子。

[5] 綦[qí]：极，很。

[6] 叶玉麟（1876—1958）：字浦孙，晚号灵贶居士。桐城人，与李国松、孙宣受业于同县马其昶，并称"马门三杰"。精于古文，与郑孝胥相善，并结为儿女亲家。后长居上海，在传统经典普及注译方面著述丰富，选注选译有《白话译解老子道德经》、《白话译解墨子》、《白话译解庄子》、《白话译解荀子》、《白话译解韩

非子》、《白话战国策读本》、《白话译解国语》、《书经》、《三苏文》、《释注白香词谱》、《再增幼学琼林》、《历代闺秀文选》等，另有文集《灵觋轩文钞》。其子叶元，字蒽奇，能传父业，所注《李贺诗集》明晰条辨，足与王琦、吴正子注鼎立；《李商隐诗集疏注》，收诗近600首，是李诗非常重要全面的注本之一。按《文汇报》2012年10月6日载有叶玉麟之孙叶扬《"童稚结习"：记祖父叶玉麟山水》一文，称叶玉麟"字浦孙"，《劳山集》"莆孙"当为"浦孙"之误。

鱼鳞峡记

劳山之奇萃于石，而鱼鳞峡最著。乙亥[1]秋，余偕友抵峡下涧中行，揭浅厉深[2]，泉淙淙出胯间，而西驶达于鹰窠河。涧石形诡谲，廉[3]者，隅[4]者，窊[5]者，隆者，朴者，华者，白而粲者，赤而泽者，黄而皱者；□者如羝，伏者如虎；或庞然大如犀象，或狞然恶如鬼魅，或轮囷案衍[6]、磊砢斑驳[7]如栲栳[8]、磋磭[9]、庾廪[10]、鼎彝[11]、罍缶[12]诸状，欹侧偃仰，左引右挹[13]，令人目不暇给。

石壁拔地千仞，色黔黑，皱作大斧劈。双崖对立，负气争高，崒然[14]插云漠间。奔湍中通，束势蓄怒，荡击益烈。大声震空谷，人语咫尺不可辨。仰视天衺狭如巷，日未下舂[15]，阴晦疑曛暮，所谓大牙门[16]也。风从峡中过，肃振林莽。刁刁调调[17]，万窍号噫[18]，披离捷猎[19]，列植俱靡。石罅蔓生女萝[20]薜荔，经霜叶如渥丹[21]，与苍松翠桔相间，景绝奇丽。以境过幽，不可久留，乃相与临流濯足，野餐讫而去。是日游者袁道冲、赵孝陆、胡陔云、黄翙厂及弟璺厂、翚厂。

赵孝陆曰：刻画物态，有声有色，知泽于古者深矣。

夏映厂曰：景既幽异，文亦足以副之，似《水经注》。

刘经庐曰：刻画物态，历历如绘，文境高洁，与柈湖[22]相近。

注释：

[1] 乙亥：民国二十四年（1935）。

〔2〕揭浅厉深：又作"深厉浅揭"，典出《诗经·邶风·匏有苦叶》首章："匏有苦叶，济有深涉。深则厉，浅则揭。"意为水深则连衣服下水，水浅则撩衣而过。

〔3〕廉：有棱角，狭窄。

〔4〕隅：边、角。有边角的。

〔5〕窊〔wā〕：低凹、低下。

〔6〕轮囷〔qūn〕案衍：轮囷，高大、硕大。案衍，地势低洼。

〔7〕磊砢〔lěi luǒ〕斑驳：磊砢，众多委积的石头；斑驳，色彩错杂。

〔8〕栲栳〔kǎo lǎo〕：用柳条编成，形状像斗的盛物容器。也叫"筲斗"。

〔9〕磓碌〔zhóu lù〕：盛酒器皿。

〔10〕庾廪〔yǔ lǐn〕：粮仓。

〔11〕鼎彝〔dǐng yí〕：古代祭器，上面多刻着表彰有功人物的文字。

〔12〕罂缶〔yīng fǒu〕：亦作"罂瓿"，大腹小口的瓶。

〔13〕抴〔yì〕：拉。

〔14〕崒〔zú〕然：突兀高耸的样子。

〔15〕下舂〔xià chōng〕：日落时分。

〔16〕大牙门：内八水石门峡入口。石门峡两岸崖高数十米，对峙如门，故名。入峡后为大龙门，古称"大崖门"，讹传为"大衙门"，俗称"大牙门"，清代张鹤改称为"大龙门"。大龙门东去，出口即为"二龙门"。

〔17〕习习调调〔tiáo diào〕：即"调调习习"，出自《庄子·齐物论》："泠风则小和，飘风则大和，厉风济则众窍为虚。而独不见之调调之习习乎？"郭象注："调调习习，动摇之貌也。""调调"是树枝大动，"习习"是树叶微动。《庄子》原文是指大风吹过去了，草木仍在摇曳摆动。这里用来形容风势之大。

〔18〕万窍号噫：万窍，指大地上大大小小的孔穴。《庄子·齐物论》："夫大块噫气，其名为风。是唯无作，作则万窍怒呺。"这里是对《庄子》原文的化用，指风声拂荡的气势。案原文"万"作"方"，误。

〔19〕披离揵猎：散乱参差貌。

〔20〕女萝：亦作"女罗"。植物名，即松萝。多附生在松树上，成丝状下垂。

〔21〕渥丹：润泽光艳的朱砂。多形容红润的面色。这里指植物叶子的颜色。

〔22〕柈湖：吴敏树（1805—1873），字本深，巴陵铜柈湖（今湖南省岳阳县）

人，因有书斋建于故里南屏山，遂自号南屏，学者称南屏先生。清代著名的文学家、经史学家。道光十二年（1832）举人，曾任浏阳县教谕，因厌恶争权夺利、尔虞我诈的官场生涯，年余即称病告退。从此隐居乡里，潜心研习文章，吟诗作赋，磨炼文锋，兼取各学派之长，形成了自己独特的风格，成为中国梓湖文派的创始人。著有《梓湖文录》、《梓湖诗录》等，主纂同治《巴陵县志》，主持编修《湖南通志》，续修《沅湘耆旧诗文集》。

玉鳞口潮音瀑记

自北九水东南行五里，抵潮音瀑。其泉盖源于巨峰，伏流曲折，至崖，湍乃急，穿玉鳞口而下凿山跌，石庨[1]漱广，遂积以成潭。周围可五六丈，若巨瓮倾斜，涵深演泓[2]，水幽如黛，所谓靛缸湾也。瀑悬其上，注湾中，飞沫四溅，山民呼为马尾瀑，吾友叶遐庵始易今名。夫海潮无念，弗愆[3]厥时，音之至清者。遐庵深于浮屠氏学，即瀑以晤[4]禅，意固有在。山寒木落，秋空寥廓[5]，来游者其亦枕流洗耳，众然[6]以思，不益[7]足发深省而解外胶[8]也与？时乙亥[9]秋，同游者吕美荪、袁道冲、黄匐厂及弟曁厂。

注释：

[1] 庨 [xiāo]：高峻深邃。

[2] 涵深演泓：涵，水泽众多。深，水深。演，水长流。泓，水深而广。涵深演泓，在这里指靛缸湾之水深广而长流不断。

[3] 愆 [qiān]：违背，违反。

[4] 晤 [wù]：同"悟"，明白。初稿即作"悟"。

[5] 寥廓 [liáo kuò]：空旷深远。

[6] 众 [zhòng] 然：纵然。

[7] 益：更，更加。

[8] 外胶：胶，胶着，比喻相持不下或工作不能进行，犹如黏住。这里指实际生活中的困境。

[9] 乙亥：民国二十四年（1935）。

附　初稿

　　自北九水东南行五里许，抵潮音瀑。其泉盖源于巨峰，伏流曲折，隐见倾崖返捍，湍急厉怒，穿玉鳞口而下凿山跌，石庨漱广，积深成潭。周围可五六丈，若嵌巨瓮岩侧，储幽蓄奥，水幽如黛，所谓靛缸湾也。瀑悬其上，山民呼为马尾瀑，吾友叶遐庵始易今名。夫海潮无念，弗督厥时，音之至清者。遐庵，深于浮屠氏学，即瀑以悟禅，意固有在。山寒木落，秋空沉寥[1]，来游者众然高望，俯而洗耳，将以发深省而解外胶者，非斯瀑也耶？书以念来者。时乙亥秋，同游者吕美荪、袁道冲、黄匑厂及弟壐厂。

　　陈散原曰：胎息[2]柳州[3]，词旨老洁。

　　陈苍虬曰：刻画物态，善达难显之情，如读《永州八记》。

　　刘经庐曰：前半描写湾状潮音，体物极细。后阐命名意，语亦透辟。

　　周至元[4]曰：如聆仙梵[5]，发人猛省，禅心[6]人独处有妙解。

注释：

　　[1] 沉寥 [jué liáo]：亦作"沉潦 [liáo]"，清朗空旷。《楚辞·九辩》："沉寥兮天高而气清。"王逸注："沉寥，旷荡空虚也。或曰，沉寥犹萧条。萧条，无云貌。"

　　[2] 胎息：犹师承，效法。

　　[3] 柳州：唐柳宗元曾被贬为柳州刺史，故后人称其为柳柳州。

　　[4] 周至元（1910—1962）：名式址，又名式坤，字至元，自号伴鹤头陀，晚号懒云，山东即墨县人。一生钟情于崂山山水，曾四十余次进崂山游历并进行实地考察，所著《崂山志》、《游崂指南》、《崂山名胜介绍》、《周至元崂山名胜画集》、《周至元诗文选》、《懒云诗存·游崂诗》、《懒云诗存·杂咏》等，大多与崂山有

213

关。周至元于1952年以《崂山志》手稿拜识黄公渚。两人一见如故，以崂山为媒，诗画往来，交往颇深。

[5] 仙梵：指道教徒诵经的声音。

[6] 禅心：佛教用语。谓清静寂定的心境。

内九水游记

巨峰之阴，其水皆西流。至太和观东南行，为内九水。癸巳夏六月，余约张丛碧伉俪为劳山游。惠孝同、启元白自京来会。岳宏略及盬弟预焉。明发抵柳树台，雨甚，车止一水村，水没石缸，涉者赤足褰裳[1]过。抵二水，地名双石屋，林壑骤暝，风雨大至，投农家小憩。四山飞瀑，与檐溜[2]声玲琤相和。烟霭弥空，前路咫尺不辨。饭讫，雨止，东行入三水。循鹰窠河越四水而抵八水之石门峡。沿途河流，水浑湍急，漻漻[3]有声。五水之飞凤崖，六水之锦帆嶂，七水之连云岩[4]，若隐若现，半没云海中。山巅飞溜[5]，四泄如曳匹练，如玉龙乘云变化，飞舞空际，长各数十丈，或百余丈。姿势奇诡，晴游所未觏也。

石门峡，一名龙门。下为金华谷，双峰对峙如衙。雨后山洪暴怒，砯[6]崖转石，声如雷霆。人履石脊过，心目为之震眩[7]。出谷不百步，闻瀑声淙淙，抵靛缸湾，是为内九水尽处。

亭午，天忽霁[8]。四山草树，苍翠欲滴。坐观瀑亭瀹茗[9]。元白、孝同、潘素出画具，勾勒途中所遇粉本。日高春[10]，云从东北隅上，不可久留。归途值鹰窠河下游水暴涨，断渡，纤道[11]柳树台西北行出山。劳山水多曲，瀑独少而促。游内九水者，率以马尾瀑布为归。故靛缸湾名独著。兹游以雨故，沿途飞流长逾马尾瀑数十倍者，不可一二数。壮观顾在鹰窠河道中，靛缸湾之胜相形反绌[12]焉。是不可无记，遂书以念来者。

夏枝巢曰：用雨游为全篇线索，胎息姚惜抱《登泰山记》。

周至元曰：山游遇雨，兴趣最佳。此篇写雨中景色，尤为淋漓尽致。

注释：

　　[1] 褰裳〔qiān cháng〕：撩起下裳。

　　[2] 檐溜〔liù〕：顺房檐滴下来的水，房顶上流下的水。

　　[3] 漴漴〔cōng cōng〕：水流声。

　　[4] 连云岩：又名连云崖。七水内的一悬崖，和锦帆屏相连，高耸天际，几与云接，故名。

　　[5] 飞溜：瀑布。

　　[6] 砯〔pīng〕：水击岩石的声音。

　　[7] 震眩：震惊眩惑。

　　[8] 霁〔jì〕：雨雪停止，天放晴。

　　[9] 瀹茗〔yuè míng〕：煮茶。

　　[10] 高舂：日影西斜近黄昏时。

　　[11] 纡〔yū〕道：纡，弯曲，绕弯。纡道，绕道。

　　[12] 绌〔chù〕：不足，不够。

白云洞记

　　白云洞在劳山东北，山势自滑溜口奔腾东骛[1]，怒峰阻海，突起天半，如展屏障。洞在山巅，传有道士田白云[2]诛茅其间，洞因以名。丙申[3]夏，余偕张子丛碧游焉。辰正[4]登山，自雕龙嘴绕二仙山南麓西上，崎岖山谷间，雨后流渐瑽瑽[5]，草树绿净如拭。仰视高峰出云中，如神龙变化，时露首尾。夹磴翠葆娟娟，道出逍遥谷，路隅石塔矗立，上荫古樾[6]，箕踞[7]翼张[8]。其顶正平，为迎客松，更上不百步，抵洞之山门。小憩款宾楼，相与凭阑远眺，云阴解驳[9]，溟渤界天，一碧如镜。岛屿黑子棋布，桴鼍帆幅[10]，千百影乱落波外，天风振衣，神观飞越。泠然[11]不知在三伏中也。

注释：

　　[1] 翥〔zhù〕：举，向上。

　　[2] 田白云：明末清初崂山道士，据传为白云洞的创建者。

　　[3] 丙申：1956 年。

　　[4] 辰正：辰时为上午七点到九点，辰正为八点到九点。

　　[5] 流澌：流水。瑽瑽〔cōng cōng〕：象声词，多形容佩玉的响声，这里指悦耳的流水声。

　　[6] 樾：路旁遮阴的树。

　　[7] 箕踞〔jī jù〕：一种轻慢、不拘礼节坐姿，即随意张开两腿坐着，形似簸箕。这里是形容石塔的形状。

　　[8] 翼张：如鸟展翅。

　　[9] 解驳：离散间杂。

　　[10] 桻艭〔xiáng shuāng〕帆幅：桻艭，未张开的帆；帆幅，帆篷。指船帆。

　　[11] 泠然：清凉貌。

　　洞在楼阴，巨石颥屃，中空为突[1]室，广袤盈丈。敞其阳为门，日光下漏，虚牖[2]生白，中祀铜仙一尊。洞侧银杏二株，大可合抱。玉兰斜倚洞口，阴覆一亩。花时繁英缟昼[3]，景尤奇丽。道人为言山中胜赏之一。因与丛碧订明春看花约焉。

　　巡廊观傅藏园丈[4]题壁，朱墨漫漶。因忆丙子[5]秋，丈信宿山中。周养庵[6]获野菌佐馔，夜暴下[7]，惫甚。会朝裹絮被，扶两黄冠登峰，观日出，用泰西[8]法摄影。归，意兴豪迈，记以七言长古。过诧[9]诗人吕美荪，余适在座，相与击节叹赏。时阅廿载。历历如前日事。美荪客死西湖，同游高仲礼及养庵先后谢世，丈亦墓门草宿。独邢蛰厂在耳，年垂八十，卧疴宣南[10]。人世嬗变，不独岁月之弗淹也。绕廊徘徊久之，记此索丛碧声为令慢以张之，并寄蛰厂燕京云。

　　邢冕之[11]曰：意境甚高，文亦峻净，追忆旧游，宛然在目。

　　夏枝巢曰：刻画物态，文有兴会，神似六一翁[12]。

　　周至元曰：登临怀旧，情思缠绵凄恻，游记中之变调也。

注释：

[1] 突 [yào]：结构深邃的，幽深。

[2] 牖：窗户。

[3] 繁英缟 [gǎo] 昼：繁英，繁花。缟昼，光彩照耀于白天。此指白色的玉兰花在白天光彩耀眼，绮丽迷人。

[4] 傅藏园丈：傅增湘（1872—1949），字沅叔，别署双鉴楼主人、藏园居士、藏园老人、清泉逸叟、长春室主人等。四川江安县人。光绪二十四年（1898）进士，选入翰林院为庶吉士。曾任民国教育总长、故宫博物院图书馆馆长。是近现代著名教育家、藏书家、考古学家、版本目录学家。著有《藏园群书题记》、《双鉴楼善本书目》、《藏园群书经眼录》等。1932 年农历八月，傅增湘与绍兴名士周肇祥同游崂山，住三日，遍游南九水、北九水、潮音瀑、蔚竹庵、白云洞、上清宫、明霞洞、太清宫、华严寺、仰口、晓望、劈石口和大劳观等处。在太清宫纪念册上曾留言："以中秋宿此，海天月色，万里空明，使人有遗世之想，良辰佳会，毕世难逢。"

[5] 丙子：民国二十五年（1936）。

[6] 周养庵：周肇祥（1880—1954），字嵩灵，号养庵，别号退翁，浙江绍兴人，清末举人，肄业京师大学堂，历任四川补用道、奉天劝业道、湖南省长等职。后归北京，任清史馆提调、北京古物陈列所所长等。工诗善书画，与北京绘画界友人共同创办中国画学研究会，出版《艺林旬刊》。

[7] 暴下：急性腹泻。

[8] 泰西：犹极西。旧泛指西方国家，一般指欧美各国。

[9] 过诧 [chà]：过访，访问。司马相如《子虚赋》有："田罢，子虚过诧乌有先生，而无是公在焉。"

[10] 宣南：明嘉靖三十二年（1553），加筑北京外城时设"七坊"，其中正西坊、正南坊、宣南坊、宣北坊、白纸坊等即在今宣武区内。"宣南"一词正由此而来，并逐渐成为明清时期人们对宣武门以南、前门以西这一带的泛称。

[11] 邢端（1883—1959）：字冕之，号蛰人，笔名新亭野史，贵州贵筑（今属贵阳市）人。光绪二十七年（1901）举人，光绪三十年（1904）进士，毕业于日本大阪高等工业预备学校及东京法政大学。历任翰林院检讨、奉天八旗工厂总

办、天津工业学堂监督等职。北洋政府时期，曾任工商部金事、图书馆主任、农商部技监。1917 年 9 月起历任农商部矿政司司长、工商司司长、普通文官惩戒会委员、善后会议代表、井陉矿务局总办。1928 年后赋闲。抗日战争期间，坚决不与日本人合作。1951 年 7 月被聘任为中央文史研究馆馆员。精书法，行楷皆工。长于山志掌故，著有《黄山游记》、《齐鲁访碑记》、《于钟岳别传》、《黔人馆选题名》、《读南北史札记》、《续魏书宗室传补》、《山游日记》、《贵州方志提要》等。1960年，家属将其诗、文、游记遗稿整理为《蛰庐丛稿》行世。

[12] 六一翁：对欧阳修的敬称。欧阳修（1007—1072），北宋文学家、史学家。字永叔，号醉翁、六一居士。他在 63 岁时所写的《六一居士传》中说："吾家藏书一万卷，集录三代以来金石遗文一千卷，有琴一张，有棋一局，而常置酒一壶"，"以吾一翁，老于此五物之间，是岂不为六一乎？"这就是六一居士的由来。

跋

曩[1]在成都，闻青城峨湄之胜，（峨湄俗作峨嵋，赵尧生[2]侍御定为峨湄，谓峨水之湄也。）辄思襆被[3]往游。人事卒卒[4]，终以不果胜跻[5]为憾。及客胶嶴[6]，又以时危道梗，欲一访二劳而不可得。子舆氏所谓行止非人之所能为也[7]。岂不信哉？庚寅[8]夏，辗转南来，孑然一身，局处海隅。环岛周遭仅十数里，匪直[9]崇山峻岭不可睹，幽泉怪石亦所罕观。其狮子、大屿诸峰，不啻[10]培塿而已。春秋佳日，风和气爽，犹当时挈徒侣攀跻[11]其间，藉草移晷[12]。噫！余所愿游者不可得而往，其不愿游者又嬲[13]之不置。造化弄人，抑何甚也？

注释：

[1] 曩［nǎng］：以往，从前。

[2] 赵尧生（1867—1948），名赵熙，字尧生，号香宋。四川荣县人，清末民国著名的诗人、词人、书法家。

[3] 襆［pú］被：用包袱裹束衣被，意为整理行装。

[4] 卒卒［cù cù］：匆促急迫的样子。

[5] 胜跻：犹胜游，即快意的游览。

[6] 胶嶴［ào］：即胶澳。嶴，沿海一带称山间平地，多用于地名。

[7] 子舆：孟子，字子舆。行止非人之所能为也，语出《孟子·梁惠王下》："行或使之，止或尼之，行止非人所能也。"

[8] 庚寅：1950 年。

［9］匪直：不只。

［10］不啻［chì］：不过。

［11］攀跻［jī］：攀登。

［12］移晷［guǐ］：日影移动。

［13］嬲［niǎo］：纠缠，搅扰。

余师匑厂先生近写定《劳山集》，远道寄余，盖裒集[1]其平昔纪游之作，文十三篇，诗一百三十七首，词一百三十五阕。于二劳九水之胜，曲尽其妙。余昕夕[2]梦寐而欲往者，读此可以当卧游矣。因亟为刊行，以饷世之有山水癖者。至其文辞之美，在先生特碎金[3]屑玉耳，初不足以尽其才若学。抑[4]吾闻之，古之贤达遭时不偶[5]，侘傺[6]失志，往往寄情一丘一壑间，发为文章以吐胸中磊落嵚奇之气。若元亮[7]之爱丘山[8]、子厚[9]之乐居夷[10]，皆造物所以慰贤者，而贤者亦引之以自慰者也。先生兹集殆无近是欤？癸卯[11]春日，门人王则潞[12]谨跋。

注释：

［1］裒［póu］集：辑集。

［2］昕［xīn］夕：朝暮，谓终日。

［3］碎金：比喻精美简短的诗文。

［4］抑：文言发语词。

［5］不偶：不遇、不合。

［6］侘傺［chà chì］：失意而神情恍惚的样子。

［7］元亮：即东晋时期的陶渊明（365？—427），又名陶潜，字元亮，自称“五柳先生”。陶渊明在中国几乎是个家喻户晓的名字。他外表恬淡静穆，诗文充满田园气息。陶渊明少年时胸怀大志，接受儒家思想，希望能够建功立业。但在出仕了一个时期以后，现实令他感到失望，他不愿与当政的人同流合污，便选择了退隐归耕的道路。他的名士风范和对俭朴生活的热爱，影响了一代又一代的中国文人。

［8］丘山：山丘、山岳。

［9］子厚：即柳宗元（773—819），字子厚，河东（今山西运城一带）人，世称"柳河东"、"河东先生"，因官终柳州刺史，又称"柳柳州"。唐代著名文学家、哲学家、散文家和思想家，与韩愈共同倡导唐代古文运动，并称为"韩柳"。与刘禹锡并称"刘柳"。与王维、孟浩然、韦应物并称"王孟韦柳"。与唐代的韩愈、宋代的欧阳修、苏洵、苏轼、苏辙、王安石和曾巩，并称为"唐宋八大家"。他一生留诗文作品达 600 余篇，笔锋犀利，讽刺辛辣。游记写景状物，多所寄托。

［10］居夷：亦作"居彝"。本指居住在东方九夷之地。后泛指居住在少数民族地区。这里指柳宗元被贬之地永州（治所在今湖南省永州市）和柳州（治所在今广西壮族自治区柳州市）。

［11］癸卯：1963 年。

［12］王则潞：黄公渚学生，生平待考。后定居香港。曾影印出版过黄公渚《劳山集》，黄公渚、黄君坦、黄公孟兄弟三人合著的《左海黄氏三先生》及瞿兑之《补书堂诗录》等著作。

附　录

黄孝纾先生生平、创作与学术成就述略①

黄孝纾以其超群的才力在二十世纪三、四十年代即享誉文坛画苑。他的诗词文章、绘画、书法，均达到了很高的造诣，有"三绝"之誉。他在词与骈文方面的成就，受到文学史家的一致推崇；在古文献学、版本目录学、古典文学、金石学及文物鉴定等领域，也有相当高的造诣；在学术研究方面著述颇丰，为时辈所推重。在 1934 年以后的 30 年间，他曾两度任教于山东大学达 20 年之久，在当时中文系古典文学教授中，与冯沅君、陆侃如、高亨、萧涤非并称"五岳"。但由于他的辞章旧学与新文化运动的时代潮流有诸多的不同，也由于他在政治运动中过早地离开了人世，以致声名湮没，多年来一直未能受到应有的重视，以致今天已经很少有人知道黄孝纾这个名字，不仅老百姓，就是国内的学术界，了解黄孝纾的人也已经不是很多。笔者近年来有幸拜读黄先生的部分著作，并对他的生平有点滴了解，追思先贤，怅惘之余，草就此文，简要考察黄孝纾生平、创作与学术成就，希望能引起海内外学者们的注意。

---

① 本文原刊于《文史哲》2008 年第 4 期。

一、成名上海

黄孝纾，生于 1900 年 8 月，字公渚、頵士，号匑庵（匑厂），别号霜腴、辅唐山民、灌园客、沤社词客、天茶翁等。福建省闽侯县（今福州市）人，其父黄曾源（1857—1935），字石荪，号槐癭。清末进士，光绪六年（1880）授翰林，曾任监察御史，因耿直敢谏，受权贵排挤，外放徽州知府，后调至山东，任青州知府，两任济南知府，居官颇有政声。宣统退位（1912）后，举家迁居青岛，寓居湖南路 51 号。后为生活所累，只能将旧宅变卖还债。黄曾源于 1935 年病逝于青岛，黄曾源的夫人支氏带领子女迁居至观海二路 3 号，1995 年始将故居出售。

黄曾源学识渊博，诗文兼擅，非常注意对子女的教育。他移居青岛时，就带有《四部丛刊》等古籍万余卷。其藏书占了一层楼，并被命名为"潜志堂"。① 这为黄孝纾兄弟幼年学习提供了极好的条件。因此，黄孝纾从小受到良好的家庭教育，在经学、考据、训诂、书画和诗词等方面，均显示出过人的天赋，有"岭南才子"之誉，与弟黄孝平、② 黄孝绰并称"江夏三黄"，兄弟三人著有《黄氏三兄弟骈俪文集》。

黄孝纾的少年时代，在青岛度过。他自称"少长山麓（笔者按：指崂山），日对三标、石门诸峰。"③ 1924 年，黄孝纾移居上海。当年冬天，著名藏书家刘承干（1882—1963）在家乡浙江省湖州市南浔镇

---

① "潜志堂"与黄曾源的近邻也是亲家刘廷琛的"潜楼"，以及于式枚的"潜史楼"，在当时的青岛并称"三潜"藏书楼。

② 黄孝平（1902—1986），字君坦，号叔明，长于辞章之学，曾与夏枝巢、许宝蘅、叶恭绰、章士钊、郭风惠、汤用彤、张伯驹等近百位一流学者结"稊园诗社"。北洋政府时期，在教育、财政、司法等部，和青岛特别市卫生局等处任职，还任日伪临时政府实业部参事兼工商局长等职。抗战胜利后赋闲，新中国成立后，在人民文学出版社做校勘古籍工作，1961 年 9 月被聘为中央文史研究馆馆员，1986 年病故。著有《清词纪事》、《词林纪事补》、《宋诗选注》、《清词选注》（与张伯驹合注）、《续骈体文苑》、《校勘绝妙好词笺》等，还校点过朱彝尊《静志居诗话》（人民文学出版社，1990）。

③ 《劳山集·东海劳歌》自序，1962 年油印本。

"购地二十亩，斥金十二万"，① 历经五年建成了嘉业堂藏书楼。嘉业堂十几年来收集的数万卷图书，② 需要专业人士进行整理。黄孝纾接受了刘承干之聘，在 1924 年至 1934 年的十年里，为刘承干主持嘉业堂，得以博览群书，亲见各种宋元珍本，特别是大量的明清刻本，为他的版本目录学打下了扎实的基础。由于南浔距上海只有 200 里之遥，刘承干本人也长期住在上海，这十年间，黄孝纾在完成嘉业堂工作之余，常常参与上海的文士集会活动，同时还在上海南洋公学、上海暨南大学兼任教职。

其间他从一代宗师陈三立受业，学习古典诗词，并得到词学大师况周颐的指点。与陈三立（1852—1937）、朱祖谋（1857—1931）、潘飞声（1858—1934）、夏敬观（1875—1953）、吴昌硕（1844—1927）、诸宗元（1875—1932）等老一辈诗人词家雅集，以诗酒相酬唱。1930 年，与夏敬观等在上海结成沤社，作诗填词，活跃于文坛。沤社每月一会，参与者有朱祖谋、潘飞声、林葆恒（1872—?）、杨铁夫（1869—1943）、冒广生（1873—1959）、叶恭绰（1881—1968）、郭则沄（1882—1947）、陈方恪（1891—1966）、赵尊岳（1897—?）、龙榆生（1902—1966）等 29 人，前后集会 20 次，填词 284 阕，直至 1931 年朱祖谋去世，才告一段落。

1932 年 11 月 15 日，由陈灨一任总编纂的《青鹤》杂志创刊于上海。这是一份同人刊物，依照陈灨一的说法："本志之作，新旧相参。颇思于吾国固有之声名文物，稍稍发挥，而于世界思想潮流，亦复融会贯通。"③ 而从杂志后来的实际情况来看，其"主要成分将为国学谋硕果之存"。④ 杂志创刊号首页还列出了 105 位"特约撰述"，其中包括了

---

① 黄孝纾：《吴兴刘氏嘉业堂藏书记略·纪建筑》，《青鹤》第 2 卷第 12 期。
② 刘承干的藏书生涯始于 1911 年，到 1924 年嘉业堂建成的十几年是他藏书业的兴起阶段。
③ 陈灨一：《本志出世之微旨》，《青鹤》一卷一期，1932 年 11 月 5 日。
④ 汤漪：《青鹤别叙》，《青鹤》一卷一期，1932 年 11 月 5 日。

陈衍（1856—1937）、章太炎（1869—1936）、丁福保（1874—1952）、于右任（1879—1964）、章士钊（1881—1973）、黄节（1873—1935）、冒广生、夏敬观、袁思亮（1881—?）、傅增湘（1872—1949）、叶恭绰、潘飞声、刘承干、蒋维乔（1873—1958）、钱基博（1887—1957）等老一代名流，而黄孝纾、黄孝平兄弟年辈虽晚，却都名列其中。

　　陈灏一（1892—1953）出身于名门望族江西新城陈氏，自己又兼擅诗画，在当时极具号召力，与他共同编辑《青鹤》的也大都是世家之后、才力超群者。其中李宣龚（1876—1953）、夏敬观、袁思亮、冒广生、叶恭绰、汤漪（1882—1942）、黄孝纾、章士钊等人，与他交往尤为密切。从《青鹤》所登的"鬻文润例"可知，陈灏一的卖文价格是碑传 300 元，序记、寿序 200 元，题跋 20 至 30 元。夏敬观、黄公渚、杨云史（1876—1942）跟他一样。按照当时的惯例，骈文的价格还要加倍。而黄孝纾的骈文在当时是一流的，近现代著名词论家冯煦（1834—1927）把他与李详（1858—1931）、孙德谦（1859—1935）视为骈文三大家；钱基博则在三大家之外，又加上刘师培，合称骈文四大家。① 陈柱（1890—1944）《四十年来吾国之文学略谈》（1936 年交通大学出版），全书分五章，在"骈文"、"诗"和"词"三章中，也都有专门的篇幅论及黄孝纾。

　　由于黄孝纾骈文创作的声望，当时有不少名家著作都请他作序。如陈乃乾所辑《清名家词》②、蔡莹《味逸遗稿》③ 卷三《连理枝杂剧》、夏敬观《汉短箫铙歌注》④，都是由黄孝纾作序。

　　黄孝纾的画也颇受时人重视，30 年代初，陈灏一江西故宅在战乱

---

① 　钱基博：《现代中国文学史》（增订本），世界书局 1936 年版。

② 　陈乃乾辑：《清名家词》，1936 年上海开明书店排印本，1982 年上海书店据初版复印。

③ 　蔡莹是著名学者吴梅先生的弟子，也是一位几乎被遗忘的人物，其《味逸遗稿》，为 1955 年油印线装本，共四卷。黄孝纾为《连理枝杂剧》所作的序写于"癸酉秋日"即民国二十二年（1933）秋天。参左鹏军《关于蔡莹和他的〈味逸遗稿〉》一文的介绍，《博览群书》2001 年第 3 期。

④ 　刊行于 1931 年 2 月。

中被毁后，曾请汤涤（1878—1948）、夏敬观、黄公渚三人"各为一图，以记哀思"，后来黄孝纾与夏敬观、陈灝一还曾出售合作扇面，并与当时著名的国画家汤涤、陈曾寿（1877—1949）、夏敬观、叶恭绰、黄宾虹（1865—1955）等组成上海"康桥画社"，历年举办画展，受画界好评。可见他不仅在当时文坛享有盛名，在书画界也有很高的地位。因此当时与他交游者多为一时名流，如他与夏剑丞（夏敬观字剑丞）、李拔可、卢冀野、梁鸿志、李国杰、李宣倜、黄濬 7 人在上海结八人"饭社"，[①] 与谢国桢、谭正璧诸人也过从甚密。[②]

二、执教青岛

1934 年，嘉业堂盛极转衰，刘承干开始零星卖书。在这种情况下，黄孝纾回到了离别 10 年的青岛，任青岛山东大学中文系教授、系主任，讲授古典诗文，与梁实秋、黄敬思、张煦、洪深等知名教授为同事。黄孝纾讲课，注重古文写作和做诗填词的实践活动，受到学生好评。

1936 年 1 月，山东军阀韩复榘借故将山东省协助山东大学的经费每月减为 15000 元（原为每月 30000 元），学校陷入困境，1936 年 3 月，校长赵太侔愤而辞职。7 月 9 日，教育部下令由林济青来校代理校长。林济青曾任私立齐鲁大学教务长兼代理校长，时任山东省府委员。此人官气十足，政客军阀作风严重，引起一部分教师的不满，加上国难当头，时局动荡，一些知名教授相继离校，黄孝纾也在此时离开山东大学而移居北京。

1937 年，原沤社成员郭则沄移居北京结瓶花簃词社，黄孝纾与关赓麟（1880—1962）、夏孙桐（1857—1941）等成为该社中坚。一些文章称黄孝纾曾任北京大学（一度任北京艺专校长）、北京师范大学教

---

① 后四人虽附逆为汉奸，但当时也是朋辈中的佼佼者，见民国学者张慧剑《辰子说林》"饭社"条，上海书店出版社 1997 年版。

② 参王湜华：《音谷谈往录》第一部分谢国桢（谢刚主），中华书局 2007 年版。

授，当即在这一时期。

1946 年春天，山东大学在青岛复校，赵太侔再次出任校长。他到任后，立即通过多种渠道聘请了包括原山东大学教授在内的一批知名学者，黄孝纾也在被聘之列，与他同时被聘的还有朱光潜、老舍、游国恩、王统照、陆侃如、冯沅君、丁山、赵纪彬、杨向奎、萧涤非、丁西林、杨肇燫、童第周、曾呈奎、王普、郭贻诚、王恒守、李先正、刘遵宪、朱树屏、严效复、杨宗翰、郑成坤、李士伟、沈福彭等一批名人。[①] 从此以后，黄孝纾再未离开过青岛。但是对于黄先生在以后十余年里的相关事迹，现在我们知道的并不多。故只能仅就笔者所知，略述于下。

1946 年以后，作为山东大学的教授，黄孝纾先生享有较高的待遇，据有些资料介绍，他当时每月的学术研究补助费为 5 万元，同赵太侔、王统照、杨向奎、童第周、曾呈奎、何作霖、李文庵、陈瑞泰等教授一样。[②] 20 世纪 50 年代以来，他还担任过青岛市政协第二届（1959 年 5 月至 1963 年 10 月）与第三届（1963 年 10 月至 1966 年 4 月）委员和常委、山东省美协会员、青岛市文联常委等。

青岛大学教授郭同文先生回忆说："五十年代中期，我在文学馆教室听他讲《中国文学史》课，他是我最敬爱的老师。精通韵律，喜吟诵，在课堂上评赏名章佳句，把原作之妙趣神韵表达得活灵活现，深受学生欢迎。"[③] 大约在 40 年代，他还与潘天寿、俞剑华、王雪涛、李苦禅等画家共同举办过画展，受到好评。

1962 年 8 月，山东省文联、山东省美协和青岛市文联联合邀请了

---

① 这些学者除朱光潜、游国恩因客观原因未能应聘，老舍应聘后因赴美未能到校外，其余均于 1946 年至 1947 年先后到校，分别担任各系教授，有的兼任院系负责人。

② 李彦英、毋嘉平：《著名校友丁观海》，《山东大学报》2004 年 2 月 28 日，第 6 版，总第 1545 期。

③ 郭同文：《半生执教海大园——三个年代都在文学馆执教的著名文学史家黄公渚》，《碧海扬帆——大师辈出海大园》，中国文联出版社 2003 年版。

京、沪、宁、鲁四地数十位著名画家在青岛召开中国画风格讨论会，黄孝纾与另外7位画家合作完成了一幅《秋光图》，画中包括了王个簃的桂花，孙雪泥的鸡冠花，江寒汀的花枝红果，关友声的礓石，王天池的凤仙花，王企华的菊花，于希宁的竹子，黄孝纾的题诗和跋语。诗曰："翛翛凤尾偃奇礓，黄菊披离独傲霜，自是一年秋光好，百花齐放占年芳。"另有跋语："壬寅夏遣暑青岛，雪泥、个簃、寒汀、友声、企华、希宁、天池合写，匑庵题。"这幅国画有幸被保留下来，2005年，山东一批老书画家传看之后，感慨颇深。[1]

　　1958年秋，山东大学的主体部分迁往济南，黄先生因身体不好，且喜爱崂山风景，仍留在青岛从事古典文学研究，并指导古典文学研究生。黄先生精通文物字画，当年常为博物馆和一些民间收藏者鉴定，这本是尽己之长，助人为乐之举，没想到在20世纪60年代初的"四清运动"中，却被诬以莫须有的罪名。1965年，黄先生以65岁高龄前往济南接受批判，会后即自缢身亡。

三、学术成就

　　黄孝纾先生身后留下的著作，计有《欧阳永叔文选注》（商务印书馆，1933年版，收入《万有文库》第一集）、《匑厂文稿》六卷（1935年铅印，陈三立题签，后收入台湾《近代中国史料丛刊》一编、《匑厂词乙稿》（线装一册，民国年间排印本，纤海楼丛刻之一）、《楚辞选》（与陆侃如、高亨合著，上海古籍出版社1956年版）、《欧阳修词选译》（作家出版社，1958）、《崂山集》（诗歌部分有1952年印本、词部分有1962年油印本，后收入台湾《近代中国史料丛刊》二编等。此外，他选注的《玉台新咏》、《周秦金石文》、《两汉金石文》、《三苏文》、《黄

---

[1] 常诚《〈秋光图〉与画坛的一次雅集》，《大众日报》2005年12月2日"大众书画版"。

山谷诗》、《司马光文》、《钱谦益文》、《晋书》等八种普及性著作，收入王云五、朱经农主编的《学生国学丛书》，该丛书由商务印书馆于1926年到1948年陆续出版，丛书共收文学类选注本56种，黄先生的著作占到了总数的七分之一。他的《天问达诂》亦有写印本行世。

由于酷爱崂山山水，黄孝纾不仅有"辅唐山民"（崂山一名辅唐山）的别号，而且他每年都要数次去崂山游览，以画笔描摹崂山美景，完成了百幅崂山山水画。《劳山集》一书则是他歌咏礼赞崂山的文学创作集，该书主要描写崂山的自然美景，分为诗、词、文三部分，各部前皆有题词，题词作者有叶恭绰、瞿宣颖、龙元亮、许宝衡、夏仁虎、王琴希、朱西溪、吴则虞等著名词人和学者。正文系据作者手稿影印。篇后有黄云眉、张伯驹等人的评语。据书末王则潞跋，本书有文13篇，诗137首，词135首。其中词作部分叶恭绰的题词称："综读全卷，以一人之词，遍咏一山之胜，至百十阕，昔人无是也。"又说："余诵古人之词，至万余首，不得不推此为苍头异军，不但于沤社拔戟，自成一队而已，山水有灵，定惊知己。"龙元亮题词也称赞："并世词流，允推独步矣。……以唐宋歌儿传唱之杂曲，写万壑千岩之胜境，千年来，无若兹集之富艳精工者，名山馨业，传后无疑。"均对一百余首词作称赞有加，评语也甚为中肯。词虽有一千多年的历史，但是这种体裁本是以表现男女艳情为本色，所谓"词为艳科"。千余年来，摹写山水美景的词作并非没有，只是很少有人以百余首词作集中表现一山一水之神韵，至于偏处海隅的崂山，与五岳等名山相比，向来不甚为文人学士所关注，像黄孝纾先生这样，对崂山一往情深，以数百首诗、词、文，专咏其胜迹幽奥，写其灵气精神，更是不仅前无古人，而且至今也无来者。

黄先生生前曾有完成《清词纪事》、《三唐诗品》、《中国词史》、《魏晋南北朝文学史》等书稿的学术计划，而讴歌海上名山，为崂山继续写诗作画也是他最大的愿望之一。遗憾的是，着意颠倒黑白的政治运动，使他过早地离开了人世，这是中国学术界的憾事，也是崂山的憾事!

　　古人云："往者不可谏，来者犹可追。"（王羲之《与会稽王笺》）我们的确已无法去改变历史，但是在今天的学术研究中，充分关注黄公渚这位杰出的学者、诗人和画家，珍惜他留给我们的文化遗产，却是我们能做而至今还没有做到的。

黄孝纾先生的诗文创作和治学特点①

黄孝纾（1900—1965），字公渚、颓士，号匋庵（匋厂），② 别号霜腴、辅唐山民、灌园客、沤社词客、天荼翁等。曾于 1934 年至 1936 年及 1946 年至 1965 年，两度任青岛山东大学中文系教授，讲授古典诗文，先后与闻一多、梁实秋、洪深，陆侃如、冯沅君、高亨、萧涤非等著名学者为同事。1958 年秋，山东大学的主体部分迁往济南，黄先生仍留在青岛从事古典文学研究，并指导研究生，直至 1965 年去世。

黄孝纾在诗、词、书、画创作方面均有较高的造诣，骈文尤为时人称道，③ 由于生活阅历相对简单，其诗文多模山范水、寄赠酬唱和感时伤世之作，但在艺术方面却达到了较高的水平。他的学术研究，也因作家的身份和视角而别具特色。

但由于特殊的时代原因和不幸的个人遭遇，他的学术著述，或有计划却未能完成，或已完成或部分完成，却在"文革"中被毁于一炬。因此，像那个时代许多旧式文人一样，他在创作和学术研究方面的成就，为历史潮流所湮没，加之"文革"中又受到冲击，因而其作品和论著流传不广，知者甚少。但是就他现存的相关论著来看，其学术特点仍可窥见一斑。④ 本文拟就黄先生现存著作，简述他在创作与治学两方

---

① 本文原刊于《文史哲》2011 年第 5 期，收入本书时，增补了"黄孝纾诗文集的刊刻与流传"，其他部分略有增删。

② "厂"同"庵"，多用于人名。

③ 钱基博曰："冯煦论近世能为汉魏六朝文者，于李祥、孙德谦外，尤称闽县黄孝纾警炼俶诡，后出居上。"钱基博《现代中国文学史》（全三册），傅道彬点校，中国人民大学出版社 2004 年版，第 119 页。笔者案：该书由世界书局初版于 1932 年，初版时书名为《现代中国文学史长编》，其中以刘师培、李祥、孙德谦为民国骈文三大家。后改为今名，1936 年由上海书局出版的增订四版，骈文部分补入黄孝纾，且以为黄孝纾骈文在李祥、孙德谦之上，参该书中国人民大学出版社 2004 年版，第 124 页。

④ 黄孝纾著述请参见拙文《黄孝纾先生生平、创作与学术成就述略》，《文史哲》2008 年第 4 期。此外，尚有抄本《霜腴诗稿》、《左海黄氏三先生俪体文》，另有《延嬉室书画经眼录》一卷，收入黄宾虹、邓实编辑的《美术丛书》，现有江苏古籍出版社 1997 年版。

面的特点，不当之处，尚请方家教正。

一、黄孝纾诗文集的刊刻与流传

黄孝纾擅长诗、词，尤以骈文驰名民国文坛，与李祥（1858—1931）、孙德谦（1859—1935）、刘师培（1884—1919）齐名。他存世的作品，主要见于《匑厂文稿》、《碧虑商歌》、《劳山集》、①《霜腴诗稿》及兄弟三人的合集《左海黄氏三先生俪体文》、《延嬉室书画经眼录》一卷等。其中，《霜腴诗稿》为民国年间蒋国榜苏曼那室抄本，书中文字系况周颐弟子、著名书法家陈运彰（1905—1955）手书，集中诗歌大多刊发于《青鹤》杂志。《左海黄氏三先生俪体文》是黄孝纾兄弟三人的合集，不分卷，包括《匑庵文稿》、《匑庵稿赋》、《问影轩骈体文存》、《问影轩赋稿》、《撄宁斋遗稿》五部分。或以为黄公渚弟子王则潞自费刊行。后三种笔者多方访求，至今未见。故这里主要对前三种简介如下。

《匑庵文稿》 为"江宁蒋氏湖上草堂丛刻之一"，共六卷，陈三立题签，收有各体骈文 68 篇。② 集中明确点出时间的文章，当以卷五的《孙益庵先生诔文》最晚，其开头有云："岁在端蒙大渊献玄月，吾友孙益庵先生以疾卒于沪上。"古代以太岁在天宫运转的方向纪年，太岁指向乙宫之年，称"端蒙"或作"旃蒙"；太岁指向亥宫之年称"大渊献"；"玄月"为夏历九月的别称。"端蒙大渊献玄月"，为乙亥年九月的别称，即民国二十四年（1935），孙德谦益庵先生卒于本年九月。又卷首董康序曰："岁在乙亥冬"，曾克瑞序曰："乙亥嘉平"，蒋国榜序称："乙亥辜月"，"嘉平"为十二月的别称，"辜月"指十一月。一般

---

① 原书"崂山"均作"劳山"，故本文引用黄孝纾原文用"劳山"，其余部分依现在习惯作"崂山"。

② 卷一为赋，13 篇；卷二为序，11 篇；卷三为跋、赠序，11 篇；卷四为记，11 篇；卷五为碑、传、墓志铭、诔文，12 篇；卷六为书、颂、杂文、揭、启、引，10 篇。

论者多据序言认为此书刊刻时间为民国二十四年（1935），但就曾序所述，刊刻时间当在本年冬天或次年，即民国二十四年（1935）冬或民国二十五年（1936），而刻于民国二十五年的可能性更大，实为黄先生36岁之前骈文作品的汇集。

《碧虑商歌》　为线装一册，民国年间排印本，是纡海楼丛刻之一，收词61首。书中未明确说明刊刻年代，从词中标明时间的作品看，创作时间较晚的似为［乌夜啼］（飞仙谩与遨游），小序称："丙子秋登泰山绝顶，对月邀依隐、会川、舜伯同赋"，知此词作于民国二十五年（1936）。又卷首有夏孙桐题词，署名为"八十二叟夏孙桐初草"。考夏孙桐卒于民国三十年（1941），享年八十五岁，当生于清咸丰七年（1857），其八十二岁应在民国二十七年（1938），比［乌夜啼］写作年代晚两年，故《碧虑商歌》的刊刻当在本年或稍后。

《劳山集》　为歌咏崂山山水之美的专集，分为三部分：词之部名为《东海劳歌》，收词137首；① 诗之部名为《劳山纪游集》，又名《七十二叠山房纪游稿》，收诗138首；② 文之部名为《辅唐山房猥稿》，收游记13篇。《劳山纪游集》最早印行于1952年，③《东海劳歌》则有1962年7月油印本，现藏于山东省图书馆，卷首有黄公渚的亲笔签名。油印本《东海劳歌跋》又说："游记一卷，迄写未竟，将以俟诸异日耳。"诗、词、文三部分合刊为《劳山集》，最早由黄先生门人王则潞刊行，王氏为《劳山集》所作的跋语中称："余师匋厂先生近写定《劳山集》，远道寄余，盖收集其平昔纪游之作，……因亟为刊行，以饷世之有山水癖者。"据跋文末"癸卯（1963）春日门人王则潞谨跋"的落

---

① 笔者案：黄孝纾先生门人王则潞的跋文中称有"词135阕"，实际上，包括各类组词，《东海劳歌》收词为137阕。

② 笔者案：黄孝纾先生门人王则潞的跋文中称有"诗137首"，实则《劳山纪游集》中除《劳山百咏》100首七绝外，另有30题，其中《志俊于劳山佛耳崖置别业艺蔬种树有归隐之志乙亥秋招同伯明鹽弟往游赋赠主人》为五古二首，《癸巳初秋偕同丛碧、慧素、孝同、元白、宏略，雨中游劳山，自北九水至鱼鳞瀑途中书所见》为七律八首，共计138首。

③ 黄孝纾《东海劳歌跋》曰："纪游诗业于1952年印行。"

款可知，黄先生在油印《东海劳歌》后不久，即完成了《辅唐山房猥稿》的迻写工作，《劳山集》的刊行当在 1963 年。

《碧虑商歌》未见重印，《匑厂文稿》后收入沈云龙主编的《近代中国史料丛刊》一编七十三辑第 0726，《劳山集》收入其续编四辑第 0038。均由台湾文海出版社出版。后者为影印本，除题词外，正文部分保留了黄孝纾的手迹，部分字迹较模糊。因此，黄孝纾著作流传不广，在中国大陆不易见到，加之用典较多，文字古奥，没有一定的古汉语水平很难读懂。因此今天的学术界知道黄孝纾的人并不是很多。

二、黄孝纾诗文集的创作内容

黄孝纾存世的作品，主要见于《匑厂文稿》、《碧虑商歌》、《劳山集》、①《霜腴诗稿》及他与两位弟弟的合集《左海黄氏三先生俪体文》等。其中，后两书多方访求，至今未见。故本文所述主要以前三种为主。这三部诗文集，共收录黄孝纾文、赋、诗、词 417 篇（首），这些作品虽然文体不同，其内容却颇多共性，模山范水、寄赠酬唱和感时伤世是其最为集中的几个方面，兹简述如下。

其一，模山范水。黄孝纾的一生，经历较简单，游赏的地域范围并不是很广。他早期的山水之作作于随父寓居青州时期，② 主要有收录于《匑厂文稿》卷五的《青州侨寓记》、《益都胭脂井记》、《清明日游范公祠记》、《怡园游记》、《重游青州四松园记》等五篇骈文，除第一篇

---

① 原书"崂山"均作"劳山"，故本文引用黄孝纾原文用"劳山"，其余部分依现在习惯作"崂山"。

② 黄家在 1912 年迁居青岛，1914 年 9 月，青岛发生了日德之乱，黄孝纾一家为避乱于 1915 年迁到青州，在那里大约住了 10 年。作者在《青州侨寓记》中说："卫街之居，岁在乙卯（民国四年，1915），为吾家自胶澳迁青之始。"又《清明日游范公祠记》作于"壬戌年二月"，即民国十一年（1922），同游者多兄弟子侄；《怡园游记》作于甲子春日，即民国十三年（1924）。可知至晚在 1924 年春季，黄家仍住在青州。又据《青州侨寓记》刘廷琛评语曰："叙述甲寅（民国三年，1914）避乱情景，历历如绘十年影事。"则在青州寓居确有 10 年之久。

可能为后来追记，其余四篇均为寓居青州时的游记，是作者24岁移居上海前的少作。

中期的山水之作多作于校书嘉业堂、鬻画沪上时期，包括部分骈文体杂记，如《蜗厂文稿》卷五的《坚匏别墅记》，及《碧虑商歌》中的一部分词作，如［醉吟商小品］《浔溪道中和白石韵》、［踏莎行］《夜宿西泠坚匏别墅》、［一丛花］（白鹇兜外鹧鸪溪）① 等。还有少部分作品，写于从上海回到青岛山东大学任教的初期，如［乌夜啼］（飞仙漫与遨游）、［八声甘州］（破鸿濛）等。②

后期作品除少部分外，主要作于任教山东大学期间，分诗、词、游记三种体裁，全部收录于《劳山集》。其中标明写作时间的，最早的是列于卷首的［青房并蒂莲］《甲子夏日偕依隐、翆弟登劳山绝顶峰》，作于民国十三年（1924）。写作时间最晚的为［兰陵王］（乱蝉寂，雨过凉飔习习），小序曰："华严寺建自明季，藏经楼风景最胜，丁酉夏日与丛碧同游。"丁酉为1957年，这是本年作者与张伯驹同游崂山华严寺时所作。故《劳山集》实为黄孝纾1924年至1957年33年间多次游览崂山的纪游集。从创作内容来看，作者30余年中足迹所至，踏遍了崂山的山山水水，许多著名景点都是多次光顾。如仅就作品中所见，太清宫就有7次游历的记录；明霞洞、华严寺、华楼宫、白云洞、上清宫等佛道宫观，北九水、外九水、内九水、鱼鳞峡、龙潭瀑、南九水、崂顶等自然景观，也都曾多次游览。另外，如太平宫、神清宫、大劳观、蔚竹庵等景点，甚至像杏花庵、佛耳崖、沙子口、环翠谷、雕龙嘴、王子涧等很多不太知名的景点，都成为作者笔下歌咏的对象。其中不少景点，在以往文人的笔下从未提及。可以说，黄孝纾不仅饱览了崂山美景，对所游历的山水也几乎做到了歌咏殆遍，无所遗漏。像这样以一人

---

① 据《一丛花》有小序，该词作于"乙亥（民国二十四年，1935）冬"，当为作者任教于山东大学后，回嘉业堂小住时所作。

② 据《乌夜啼》小序，词为丙子秋游泰山所作，丙子为民国二十五年（1936），后一首当作于同时。

之力遍咏一山之美，不仅在历代文人歌咏崂山的众多作品中是空前的，在中国山水文学史上也是从来没有过的。

上述山水之作，在《翎厂文稿》中约占十分之一，在《碧虑商歌》中，约占四分之一，《劳山集》则为山水文学专集。因此，模山范水之什在黄孝纾全部作品中占有绝对的数量优势，也奠定了他作为山水文学家的地位。

二是寄赠酬唱。黄孝纾虽经历简单，但交游却颇为广泛，集中所录颇多寄赠酬唱之作。《碧虑商歌》61 首中，这类词作近 30 首，约占50%。所与唱和者，大多是当时名流。《翎厂文稿》68 篇中，卷二、卷三所收序跋 22 篇，卷五除《重修法庆寺碑》一篇外，其余传、墓志铭、诔文 10 篇及卷六的 3 篇书，皆可从另一侧面见出其交游。也占到文稿的 50%，① 总体上仅次于模山范水之作。

黄孝纾与集中寄赠酬唱的文人，大多订交于 1924 年到 1934 年间往来南浔、上海时期。这些人多精通诗、文、书、画，以围绕在陈三立（1853—1937）、朱祖谋（1857—1931）、况周颐（1859—1926）等大师周围的故知或后学为主。

其中老一辈的名士，如陈夔龙（1857—1948），又名陈夔鳞，字筱石，号庸庵、庸叟、花近楼主，室名花近楼，贵州贵筑（今贵阳）人。同治以来，先后任顺天府尹、河南布政使、江苏巡抚、四川总督、直隶总督兼北洋大臣等。《翎厂文稿》卷二有《陈庸庵尚书花近楼诗续篇序》，可见二人之交情。又如陈曾寿（1878—1949），湖北蕲水县（今浠水县）人，字仁先，号焦庵，因家藏元代吴镇所画《苍虬图》，因以名阁，自称苍虬居士。是嘉庆二十四年（1819）状元陈沆的曾孙。官至都察院广东监察御史。工书画，其诗与陈三立、陈衍齐名，时称海内

---

① 《劳山集》中有一部分山水诗词其实也属于酬唱之作。

三陈。陈曾寿对黄孝纾极为赏识，① 曾为黄孝纾《碧虑商歌》题签。黄孝纾［千秋岁引］（雁水初程）、［风入松］（枯桑覆瓦易黄昏）等词作，也述及二人深厚的交情。②

他如余尧衢（字倦知，生卒年不详，为陈三立同年，二人唱和颇多）、孙德谦（1869—1935），黄孝纾集中有专门为他们写的诔文。王乃徵（字聘三，又字病山，1861—1933）、周庆云（号梦坡，1864—1933）、高振霄（字云麓，1878—1956）、徐珂（1869—1928）等名家，黄孝纾词作或骈文中，多有为他们写的寄赠、序文或悼念之作。

与黄孝纾交往最为密切的，当推夏敬观（字鉴臣、剑臣、剑丞等，晚号映盦，又作映庵、映厂，1875—1953）、叶恭绰（字裕甫，又字玉甫、玉父、玉虎、誉虎，号遐庵，1881—1968）、冒广生（字鹤亭，号疚斋，1873—1959）、梁鸿志（字仲毅，后改字众异，1882—1946）、刘福姚（生卒年不详，原名福尧，字伯棠，一字伯崇，号忍庵）、龙沐勋（字榆生，1902—1966）、卢前（字冀野，1905—1951）、张伯驹（字家骐，号丛碧，1898—1982）诸人。仅以《碧虑商歌》而论，集中寄赠以上诸家的词作就有很多，如［石州慢］（霜鬓飘髯），小序曰："映厂丐湖帆作《填词图》，索赋，十年海上觞咏过从，抚时怀旧，声为此词。映厂览之，其亦忾然同喟乎?"［浣溪沙慢］（槛角旧树石），小序曰："甲戌春日招同众异、映厂、榆生、冀野真茹张氏园看花，劫后重来，非复当年裙屐之盛矣。映厂约填此解，并邀诸子同作。"［法曲献仙音］（谋野吟情），小序曰："春晴连日与鹤亭、剑丞、遐厂、子有赵园讨春，并索诸公同作。"［八六子］《寄榆生广州》，［蕙兰芳引］（湖海倦游），小序曰："归自青岛，忽忽深秋，忧生念乱，怅触余怀，

---

① 《翱厂文稿·蒋国榜序》曰："苍虬先生早岁语，闽侯黄君翱厂，英年高文，友不可失。"

② 《千秋岁引》小序曰："秋晚信宿焦山归来阁忆丁卯年（民国十六年，1927）与焦厂曾此小住，相隔又五年矣，感念前尘，不能无词。"《风入松》小序也说："苍虬书来，慨然增久别之感，书此代柬。"

和歌谨叔，并柬榆生广州。" ［望月波罗门引］（抱山心事），小序曰："忍庵逭暑青岛，有结邻之约，词以坚之。"

上述文人有不少对黄孝纾诗文作品作过点评，点评文字一般以小字双行的格式，著录于每篇作品的末尾，有少数则列于题下开头位置。①其中，龙榆生为朱祖谋弟子，卢前为吴梅弟子。二人与黄孝纾年龄最为相近，在这个群体中都属于晚辈。张伯驹则精于诗词、书画、京剧鉴赏，黄孝纾与他的交往稍晚，他们的诗词酬唱更多地见于《劳山集》。

黄孝纾的寄赠酬唱之作中，还有一部分是写给前清遗老和民国政要的。如《匑厂文稿》卷六的三封书信：《与冯梦华中丞书》、《寄刘潜楼侍郎书》、《致孙慕韩丈书》，其主人公，在晚清或民国都曾身居要职。冯梦华，即冯煦（1842—1927），字梦华，号蒿庵。光绪十二年（1886）进士，授翰林院编修，官至安徽巡抚。辛亥革命后，寓居上海，以遗老自居。刘廷琛（1867—1932），字幼云，晚号潜楼老人。曾任陕西提学使、京师大学堂总监督（北京大学校长）、学部副大臣。孙宝琦（1867—1931），字慕韩，曾任驻法公使、驻德公使、山东巡抚等。辛亥革命后，历任徐世昌内阁外交总长，曹锟内阁总理。又［暗香］（海程云邈）小序曰："江南小别，荏苒春深，辽海倦游，寄怀翰怡诸公，并留别夜起翁。""夜起翁"即郑孝胥（1860—1938），字苏戡，号海藏、苏庵，又号夜起庵主。福建闽侯县（今福州）人，与黄孝纾为同乡，曾历任广西边防大臣，安徽、广东按察使，湖南布政使等。

大约由于黄孝纾所交游的前辈文人有不少是晚清遗老，而他既以擅长古典诗词、骈文与书画，得到这些前辈的赏识，在文化价值观念和情

---

① 本文所引诸家对黄孝纾作品的点评，全部出自黄孝纾诗文集相关篇章的末尾和开头，为行文简洁，不再另标注出处。

趣方面，也与他们更为接近。①

三是感时伤世。由于受家庭及周围朋辈的影响，又身处乱世，黄孝纾作品，尤其是前期作品中，有非常深重的感时伤世之忧。其中既有对世事无常的哀悼叹惋，也不乏对自我身世的伤感。如［金缕曲］《花近楼席上闻红豆馆主〈弹词〉》（凤首黄金拨）就很典型。红豆馆主，即清代宗室爱新觉罗溥侗（1871—1952），字后斋（一作厚斋），号西园。溥侗从小酷爱昆曲与京剧，多方求教，刻苦钻研，在戏曲表演方面达到了很高的境界。《弹词》为《长生殿》第三十八出，是他拿手的曲目之一。1934 年，溥侗曾在上海庚春曲社演唱过《长生殿·弹词》。黄孝纾这首词中所写，地点在陈夔龙的花近楼，属于小范围的表演。词中未标明时间，估计也当在 1934 年间。当时清亡已有二十余年，作为皇室宗亲的溥侗已年过五十，在经历了世事变幻之后，再来饰演剧中的李龟年，自然比一般艺人感慨尤深。黄孝纾词中有"歌断处，泪盈睫"，又有"故国一身无长物，抚腰间，宝剑珊瑚玦。今古恨，那堪说"，可见溥侗的表演感人至深，其中也有作者对时事的感慨。

像这样感时伤世的情怀，在作者其他的作品中也多有流露。如［小重山］《壬申（1932）岁朝》云："劫外有涯生，当筵拼一醉，更愁醒。"［浣溪沙慢］（槛角旧树石）云："问讯水滨，年事笋争长。一醉欢无量，怎奈万般愁，酒醒时，依然怅惘。"［声声慢］（沧江投老）上片云："沧江投老，故国平居，斜阳心事年年。烟画寒林冷吟，且乃荒寒。空山倘容孤往，怕西风吹老啼鹃。身世证，闲云天际，去住随缘。"［忆秦娥］《后湖》下片曰："画船归去烟如织，残荷败苇无人惜。无人惜，一片江山，旧时月色。"［风入松］曰："虚堂睡起日三竿，小极得

---

① 《翦厂文稿》卷四的《乙丑二月花朝日集周氏学圃记》文末列出了包括黄孝纾在内，参与集会的吴昌硕、徐乃昌、孙德谦、张尔田等 22 人，《丁卯九日集华安高楼记》文末也列出了包括黄孝纾在内，参与集会的陈三立、朱祖谋、陈曾寿等 47 人，及"期而未至者"徐乃昌、张元济、冒广生、李宣龚、褚宗元等 17 人。从两文亦可窥见黄孝纾交游的圈子和他在其中的地位。

偷闲。了知除酒无忙事，春风驻、镜里朱颜。四壁萧然，长物半生，渺尔中年。　向人不乞卖碑钱，一角马家山。废吟谁识无声苦，伤心处、点笔都难。海峤几回，梦断天涯，且住心安。"皆忧生念乱，感时伤世，寄予着明显的身世之痛与对乱世的悲悯伤悼。

三、黄孝纾诗文的几个特点——以骈文与山水词为中心

黄孝纾的诗文，在当时即深受诸家好评，其骈文更是得到一批名家的高度赞扬。限于篇幅，我们在此仅拟以《匑厂文稿》和《劳山集》为主，对其骈文骈散双绝、潜气内转，及山水词强化词的表现功能、突破词与文的疆界等几个特点，作一简要的分析。

（一）黄孝纾骈文的特点

有清一代，汉学、宋学之争颇为激烈。汉学的兴盛客观上促进了骈文的发展，遂有所谓骈文中兴，而骈散之争在清代也几乎贯穿始终。虽然汉学大师阮元以骈文为正宗的观点，有不少的响应者。但如果抛开当时的门户之见，清人关于骈文的思考和探索，对我们认识骈文独特魅力最有意义的，当是骈散合一的主张与骈文"潜气内转"特点的发现。黄孝纾骈文在这两方面均有其特色。

骈散双绝，富于诗意，是黄孝纾骈文的特点之一。 骈散合一其实是清代很多学者的共识，① 黄孝纾的骈文没有明确的师承，大抵得之于家学和自悟者为多，然从理论到创作，都体现了骈散合一的特点。其《与冯梦华中丞书》有云：

> 尝以六朝人士，祖尚玄学。吐属清拔，高在神镜。譬夫车子转喉，有声外不言之悟。湘灵鼓瑟，得曲终无人之妙。以才雄者，类物赋形。以情胜者，言哀已叹。潘陆联镳于典午，江

---

① 　如骈文家孙梅（？—1790）、李兆洛（1769—1841）、谭献（1832 — 1901）、孙德谦（1869—1935），古文家刘开（1784—1824）、曾国藩（1811—1872）等均主张骈散合一。

鲍骖靳于萧齐。道元经注，山水方滋。蔚宗史才，论赞独绝。曹思王之诔碑，吴季重之笺奏。庾信多萧瑟之思，刘峻得隽上之致。各颛一体，并有千秋。求之昭代，容甫北江，雅称复古。平生证向，略罄斯言。

这是黄孝纾自论文章师法不可多得的一篇文章，从中可以看出，其骈文并未如晚清、民国其他各家一样，受桐城、扬州二派之牢笼，而是由六朝江淹、鲍照、郦道元、范晔、庾信等，上溯魏晋曹植、吴质、潘岳、陆机，同时出入清代汪中（容甫）、洪亮吉（北江）诸名家。取径宽广，不拘一格。这种兼取骈散之长的骈文观，表现创作中，即是骈散双绝。如《两先生传》曰：

> 茂才遭际坎壈，穷老无欢。陈侯蔡出，槌绵牒于宗华。魏舒宁甥，作外家之宅相。蓼莪废于幼学，菀童凄其寄生。曾王母于内外诸孙中，最爱先生。年若干，与家君同就外傅。佐公孤露，抗手而厕阳元。安仁读书，改颜而亲千里。两人情好，觉友于不能过也。

这段话，既用到了陈侯、魏舒的典故，也不乏口语式的叙述。骈句与散句间杂，转换自然，颇具灵动之美。冯煦评曰："委婉深至，辞事相称。较诸桦湖一文，允称骈散双绝。"[①] 桦湖，此指吴敏树（1805—1873），字本深，巴陵铜桦湖（今岳阳县友爱乡）人，是清代桦湖文派的创始人。他曾写过《业师两先生传》，故冯煦将黄孝纾的《两先生传》与之相比，而特重其"骈散双绝"的特点。又如《青州侨寓记》有云：

> 北则问影轩、延嬉室，余兄弟读书所也。庭有桃树一，更益以槐、桧、梧桐之属。画地为畦，种花其间。程力不辍，岁事益勤。自是宅东隙地，以次稍辟。紫茄白苋，庖薤豆菽，随时铺菜，自足生意。每当春夏之交，风和景明，把卷行吟，巡檐索笑。姜花噀雨，黄出墙坳。庭莎凝烟，翠波衣袂；幽蝉一

---

① 《匔厂文稿》卷五《两先生传》，第206页。

噪，众阴始满。万卷横几，一榻当窗。清风徐来，梦境亦古。其或商声在树，朔吹入帷。酒波滟于黄花，诗境清于冰雪。朝晖夕脁，雨榻风廊。景物所需，取供悉办。

所叙为日常琐事，然娓娓道来，写景如在目前，言情沁人心脾。在写法上也完全突破了骈散的疆界，自由挥洒，充满了诗情画意。对此文，诸家多有高评。刘潜楼称："情至之文，故不觉其为散为骈也。"陈郇庐说："取径《卷葹阁》以上，窥《水经注》复古之机，其在兹乎？"洪亮吉书斋名"卷葹阁"，《卷葹阁诗文集》是其诗文集之一。洪氏是与汪中齐名的清代骈文大家，而郦道元《水经注》，则是以散句见长。故陈郇庐的评语也是说此文能融合洪亮吉、郦道元之所长，在骈散双绝方面形成了自己的特点，这与刘潜楼的观点可谓不谋而合。

潜气内转，低回无尽，是黄孝纾骈文的又一特点。在骈散之争中，探讨骈文有别于古文的艺术特点，逐渐成为骈文理论家关注的问题。自谭献（1830—1901）、朱一新（1846—1894）拈出"潜气内转"的批评术语，晚清以来的骈文批评家多把"潜气内转"看作是骈文特有的艺术表现形态，并用这一术语来品评具体的骈文作品。而是否具备这一特点，也成为衡量骈文高下的重要标准之一。已有学者指出：

> 我们应当充分重视"潜气内转"一语的批评价值，它是清代骈文批评经历了二百年之久而结出的一个硕果。……一般来说，骈文重视藻饰的表层特征是较容易被发现的，而"潜气内转"则是深层特征，它在中国古代骈文批评史经过长期的发展后才获得明确的论述。①

这一二百年结出的"硕果"，到了民国年间，受到了李祥、孙德谦、刘师培等人的普遍重视。孙德谦更是这一理论的积极倡导者和实践者。他

---

① 奚彤云：《清嘉庆至光绪时期沟通骈散的骈文理论》，《南京师范大学文学院学报》2005年第3期。此外，吕双伟：《清代骈文理论中的风格论》，《文学遗产》2007年第4期；陈鹏：《论六朝骈文的行文之气》，《济南大学学报》2009年第2期，也对"潜气内转"的相关理论问题有所探讨，读者可以参考。

在《六朝丽指》中说他三十岁时喜读李兆洛《骈体文钞》，后逐渐发现了六朝文之"隽妙"，但"心能喻之而口不能道"。及读到朱一新《无邪堂答问》以"上抗下坠，潜气内转"① 论六朝骈文，始悟"六朝真诀"，他说：

> 盖余初读六朝文，往往见其上下文气似不相接，而又若作转，不解其故。得此说，乃恍然也。……读六朝文者，此种行文秘诀安可略诸？②

又说：

> 文章承转上下，必有虚字。六朝则不然，往往不加虚字，而其文气已转入后者。……故读六朝人文，须识得潜气内转妙诀，乃能承转处迎刃而解，否则上下语气，将不知其若何衔接矣。③

孙德谦对朱一新提出的"潜气内转"做了更为明确的解说，他把骈文上下文之间不用虚词而文气暗转的行文方式，称为"潜气内转"，不仅将之看作是骈文创作的妙诀，也以此来进行骈文批评。而他极为欣赏的黄孝纾的骈文，就很好地体现了这一"妙诀"，如《重刊苍梧词序》云：

> 然而舜民生值昌时，名传狂社。江山文藻，世睹华勋。门第衣冠，人为养炬。探梅邓尉，招香海之胜流。击节漳台，盛高尘之嘉会。标榜缘达，同閈有白云逸人。嘤鸣所求，投分则金风亭长。赢缩有数，荣悴何嗟！沉泉可作，舒寨产于回风。异代相知，企灵芬而如昨。

又如《丁卯九日集华安高楼记》云：

> 江关秋老，何处寻家？生死海中，当离言合。驶駊④尊俎，

---

① 笔者按：朱一新原文"潜气内转"一句在"上抗下坠"之前，孙氏当为误记。
② 孙德谦：《六朝丽指》，四益宦 1923 年刻本，第 8—9 页。
③ 孙德谦：《六朝丽指》，第 35—36 页。
④ "驶駊"疑为"駊駊"之误。

> 祓瓜硎之劫尘。谈笑沙虫,拟槐柯之酣梦。东南竹箭,并萃一
> 时。西北高楼,嗣有千古。抚膺滋辛,触绪斯哀。江湖多矰缴
> 之惊,城郭有人民之异。囊莢作佩,灾岂能消?把酒看天,杵
> 真可倚?

皆能完全省却虚词接续,于读者不觉中"陈仓暗度",深合骈文"妙诀"。故孙德谦评前一首曰:"潜气内转,丽辞绮合。用笔极抗坠控纵之妙。"秦子质论后一首亦称:"轕思郁抱,低回无尽。后幅尤极潜气内转之致。"从艺术表达及艺术效果而言,"潜气内转"其实又不仅仅是一个是否用虚词的问题。它还应指作者有意对情感的表达进行了"欲露还藏"式的处理,因而虽然才气纵横,情感深挚慷慨,但却有意不让情感的表达一泻无余,故能够达到余味无穷的艺术效果。如章一山评《哀时命赋》曰:"低回家国盛衰之故,惊心动魄,不忍卒读,可与玉樊堂《大哀赋》比美。"孙益庵评《汉短箫铙歌注序》曰:"气往轹古,辞来切今,后幅尤低回无尽。"王病山评《陈庸庵尚书花近楼诗续篇序》曰:"通体谨严遒练,末幅尤有远神。"刘潜楼评《彊村校词图序》曰:"纳慨叹于蕴藉,余味盎然。"其中所谓"低回"、"低回无尽"、"有远神"、"余味盎然",都是就骈文有余不尽的艺术效果而言,看似与"潜气内转"没有关系,实际上却是互为表里的。

当然,上述两点还不足以说明黄孝纾骈文的全部特点。应该说,作为一位骈文大家,优秀骈文的基本特点,黄孝纾骈文也是具备的。钱基博先生曾综合诸家之论,对黄孝纾骈文有一短评曰:"大抵融情于景,而抒以警炼之辞,效鲍照以参郦道元;夹议于叙,而发以纵横之气,由庾信以窥范蔚宗;辞来切今,气往轹古,以视李祥之好雕藻而乏韵致,孙德谦又尚气韵而或缓懦,其于孝纾,当有后贤之畏焉。"其概括性更强,既可为本文未尝论及者之补充,也可见黄孝纾骈文确能融诸家之长,合孙、李之胜,而有所超越,故说他是文学史上最后一位骈文大家,似不为过。

（二）黄孝纾山水词的特点

中国山水文学历史悠久，佳作林立，但词本艳科，山水词的创作与山水诗、山水文向来难以等量齐观。黄孝纾山水诗词，几乎全是对崂山山水的歌咏。这在文学史上原本就是很奇特的现象。就山水词而言，黄孝纾山水词最为突出的是以下两个特点。

其一，以山水入词强化了词的表现功能。从中国词史发展的角度来看，还很少有人对一座名山倾注如此巨大的热情，写下如此集中的词作。因此，黄孝纾对崂山美景所做的细致、全面的描摹，具有明显的突破意义。正如龙元亮《劳山集》题词所说："以唐宋歌儿传唱之杂曲，写万壑千岩之胜地，千年来，无若兹集之富艳精工者。名山馨业，传后无疑。"对此，叶公绰讲得更为透彻：

> 综读全卷，以一人之词，遍咏一山之胜，至百十阕，昔人无是也。抑模山范水，幽奇巉削，光奇陆离，拟之正则、相如、灵运、明远、郦亭、杜陵、辋川、昌谷、柳州、介甫、皋羽、铁厓、友夏、石巢之文与诗，①殆一炉而冶之，词中亦无是也。余诵古人之词至万余首，不得不推此为苍头异军，不但于沤社拔戟自成一队而已。山水有灵，定惊知己。（《劳山集》题辞）

这一评价虽不无友朋间的推重与偏爱，但还是比较公允的。历代热爱山水的文人，可谓数不胜数。但受各种条件的限制，真正能成为山水之知己者却并不多。对此黄孝纾是用"力逮"说来加以说明的，其《劳山集自序》曰：

> 自古佳山水、名文章获显于世，恒视乎力之所至。济胜有

---

① 笔者按：郦道元（？—527），北朝北魏地理学家、散文家。字善长，范阳郡涿县（今河北涿县）郦亭人，这里是以籍贯代指作家；谢翱（1249—1295），南宋爱国诗人，字皋羽；杨维桢（1296—1370），元末明初著名文学家、书画家。字廉夫，号铁崖，著有《铁崖先生古乐府》；谭元春（1586—1637）明代文学家，字友夏，与钟惺同为"竟陵派"创始人，有《谭友夏合集》；阮大铖（1587—1646），明末戏曲家，字集之，号圆海、石巢。其传奇《春灯谜》、《燕子笺》、《双金榜》和《牟尼合》，合称"石巢四种"。

具，力足以胜山水，而后其游始快；纪游有作，力足以称景物，而后其文乃工。造物殚全力缔构，而有名山大川。名山大川负全力，极宇宙嶔崎浩汗瑰玮之观，以待人领取，游者各就力之所得，而有丰啬浅深不同。游焉不能穷其胜，与习焉不能阐诸心声，皆力有未逮耳。

黄孝纾所谓的"力逮"，包含了"力足以胜山水"、"力足以称景物"两个方面。前者是"其游始快"的必备条件，后者为"其文乃工"的个人素养，能同时具备这两个条件的文人，也许数量不算少。但是在黄孝纾看来，仅仅有着两个条件还是不够的，因为"造物殚全力缔构"的名山大川，同样"负全力"展示其"极宇宙嶔崎浩汗瑰玮之观，以待人领取"，因此，游览者除了具备上述两个条件外，也需"全力"地投入，达到独与山水精神往来的境地，才能"尽山之秘"与"尽耳目之奇"。黄孝纾虽自谦"文质无所底，力之所限，不可勉强"，但从《劳山集》来看，作为崂山之知己，他是当之无愧的第一人。从山水词的发展来说，也正因为他是作为崂山之知己，倾全副心力来创作，故不仅能"穷极幽隐"，"且证此道尚有可辟之境界耳"（叶公绰题词），他的创作无疑为词体开辟了新的境界，并强化和提升了词的表现功能。

其二，以组词方式突破词与文的疆界。组诗、组词的表现方式，在前人作品中，并不少见。在山水词中使用组词，虽不是很普遍，但早在北宋就已经有词人做过尝试，如潘阆［酒泉子］十阕，写钱塘和西湖之美；欧阳修［采桑子］十三阕，其中十阕写颍州西湖之美。但在词中大量使用组词描写山水，却并不多见。

黄孝纾的崂山山水词，可能是为了更好地集中描写某些景点，较多地采用了组词的形式。如［桂殿秋］《劳山近区纪游二十阕》，就分别写了崂山附近丹山、少山、李村、月子口、法海寺等 20 个景点，与王维《辋川集》颇为相似。又如［春去也］小序曰："胶东人呼峰为崮，崮读若个。山中峰以崮命名者，不可一二数。口占得二十二解。"这二十二阕歌咏了鹰子崮、金刚崮等 22 个山峰。又如［闲中好］《劳山四时歌四阕》，总写崂山四时之美；［十六字令］《劳山八忆》，总写崂山的晴、阴、朝、昏、风、花、雪、月之美；［渔歌子］《黄山櫂歌十阕》，总写崂山中黄山、青山一带的秀丽风光和渔家生活；［梦江南］《北九水樵歌九阕》则分咏九水景致。

　　这些组词固然与表现就近景点的写作需求有关，也因突破了词体篇幅的限制，有了更大的容量。同时，作者不仅在骈文创作中善于吸收《水经注》等描摹山水的长处，热爱山水的天性也使他格外留意游记，如《劳山集》中的《鱼鳞峡记》，夏映厂评曰："景既幽异，文亦足以副之，似《水经注》。"《外九水游记》，谭瓶斋评曰："模山范水，笔具化工，步迻《水经注》而少变其体。"从中可见他对《水经注》的借鉴。这种由游记得来的创作技巧，也被他用于组词的创作中。瞿蜕园评［桂殿秋］《劳山近区纪游二十阕》曰："以明人游记中之奇秀语，入花间雅调，岂古人所及见？"龙榆生评［梦江南］《北九水樵歌九阕》也说："九歌随步换形，珠玑满眼。"都不约而同地指出了这种将游记笔法用于词作山水描写的尝试。因而这些组词，在表现形式的探索之外，又具备了突破文体疆界的审美追求。这无论对于词体、游记，还是山水文学来说，都是值得我们重视的。

四、黄孝纾的治学特点

　　在学术研究方面，黄孝纾先生存世的多为选注类的普及性著作，主要有《周礼》、《周秦金石文》、《两汉金石文》、《玉台新咏》、《欧阳永叔文》、《三苏文》、《黄山谷诗》、《司马光文》、《钱谦益文》、《晋书》①等选注，另有《楚辞》（陆侃如、高亨、黄孝纾选注，上海古典文学出版社 1956 年版）、《欧阳修词选译》（作家出版社 1958 年版）

---

　　① 　均收入王云五、朱经农主编的《学生国学丛书》，该丛书由商务印书馆于 1926 年到 1948 年陆续出版，其中黄先生的著作竟有 10 种之多。

等，他的《天问达诂》亦有写印本行世。据黄先生弟子、青岛大学的宫庆山老师回忆，黄先生还完成了《广说文古籀补》，他们师生二人还一起完成了《蒲松龄诗文选注》，可惜都毁于"文革"。

这些选注类著作，多是为学生学习国学之便而作，力求简洁通俗是其基本宗旨。但据《学生国学丛书编例》，一则曰："诸书选辑各篇，以足以表见其书、其作家之思想精神、文学技术者为准。其无关宏旨者，概从删削。所选之篇类不省节，以免割裂之病。"再则曰："诸书卷首，均有新序，述作者之生平、本书之概要，凡所以示学生研究门径者，不厌其详。"因此，这类著作一来从选篇可见作者之眼光；二来从序言可见作者之见识。黄孝纾的这些著作，在这两方面都非常精彩，尤其是其序言，不仅文字优美，而且其中的一些观点，至今仍启发良多，给人耳目一新之感。这里拟以部分古籍选注的序言为中心，简述其独到的学术观点，以见其学术造诣和见识之一斑。

独特的古文观。如前所述，黄孝纾作为骈文大家，却不受清人骈散之争的影响，能以更广阔的心胸吸收借鉴骈文和古文的长处。与此相应，他对秦汉古文的看法，也显得与众不同。他认为历代的金石考据家，只重视文字训释，而不注意文章工拙，而历代选集中，又不选金石文，致使金石文的价值无人知晓。而事实上，金石文的文法比其他古文更为"谨严缜密"，"故欲研求文法者，舍金石文字外，无他道也。"[1]不仅如此，他还认为，秦汉古文多取法于金石。

> 文之有法度者，《史》、《汉》尚已。其《书》、《志》、《帝纪》、《列传》非司马、班、范诸儒所凭空杜撰者也。泰半取材于金石，可断言也。……故以文论，金石之文，实为《史》、《汉》之祖；司马、班、范之作，并皆取法于金石者也。[2]

自唐代古文运动以来，秦汉古文就受到推崇，发展至明代前后七

---

① 黄孝纾：《两汉金石文选评注·绪言》，商务印书馆1935年版，第3页。
② 黄孝纾：《两汉金石文选评注·绪言》，商务印书馆1935年版，第5页。

子，至有"文必秦汉"的主张。黄孝纾的这一看法，对于上千年的传统观点，显然是一个挑战。不仅如此，他还发现，两汉金石，多古文假借。因此要读懂金石文，必须精通小学，"要之金石之学，非有十年小学考据之功者不能道。不明六书段借而道金石者，皆门外汉也。是故金石之学，必自姸求古籀始。"① 这正是他撰写《广说文古籀补》的初衷，由此也透露出他在小学方面深厚的造诣。

对欧阳修词的洞幽烛微。《欧阳修词选译》是一本仅有 5.5 万字的小册子，但其序言就约 1.2 万字，占了全书近 1/3 的篇幅，实为欧阳修词的一篇专论。作者敏锐地注意到欧阳修"集中存有'渔家傲'数十阕，是应注意的。'渔家傲'是北宋民间流行的新腔，在'六一词'中特别多，'琴趣'中二十五阕，'乐府'中有二十四阕。其中两套，是咏十二月的节气。"② 这两组〔渔家傲〕，词牌下注明为"鼓子词"。而鼓子词本是说唱文学，"宋代'鼓子词'，是采用当时流行的词调，开始伶工为了供应的需要，配合节令，应时出演，这便形成联章格式，发展到后来，文人便应伶工的请求，替他们把历史传说一些故事，联系成为套曲，……欧阳修的'渔家傲'，咏十二月节令，虽属初期形式，但也看出这类民歌的优越性和当时流行的情况。"③ 黄孝纾对欧阳修以〔渔家傲〕新腔的联章体改造民间鼓子词的做法，是给予肯定的，认为"欧阳修注意民间歌谣，把不登大雅之堂的东西，上升为士大夫阶层的宴乐，是有进步性的"。④ 大约正因为有这样的认识，《欧阳修词选译》共选欧词 21 阕 72 首，〔渔家傲〕一阕居然选了 21 首，约占全部选词的 1/3。这一观点，后来在杨海明先生的《唐宋词史》中得到了回应，⑤ 追溯其源头，黄孝纾大约是较早的发现者。

① 黄孝纾：《两汉金石文选评注·绪言》，商务印书馆 1935 年版，第 10 页。
② 《欧阳修词选译·前言》，作家出版社 1958 年版，第 11 页。
③ 《欧阳修词选译·前言》，作家出版社 1958 年版，第 12 页。
④ 《欧阳修词选译·前言》，作家出版社 1958 年版，第 12 页。
⑤ 参杨海明《唐宋词史》，江苏古籍出版社 1987 年版，第 207—208 页。

　　黄孝纾还通过对欧词的考察，发现了他在慢词创作方面所起的重要作用。他说：

　　　　北宋是慢词成长时期，这种民间新腔，吸取到文人乐府，扩大词的领域，一般都归功到柳永、周邦彦身上，其实欧阳修慢词的尝试，早于周邦彦五十余年，与柳永同时，而名位尤高，以一个主持坛坫的文章巨公，和当时所谓浪子文人的柳永，互通声气，这无疑使北宋词坛发生了巨大影响。①

又说：

　　　　欧阳修以文章巨公，更能从事于民歌的仿效，这便起了提倡作用。柳永实受其影响，我们认为他在词坛的功绩，也不下于他的古文运动。②

这一认识是接近文学史实际的，但与前者相比，直至今日的文学史著作，对于欧阳修在开拓慢词方面的功绩，仍然认识不够。③ 更少有人将此与欧阳修领导古文运动的功绩相提并论。作为词人的黄孝纾在词学方面的卓见，由上述两点可见一斑。

　　对山谷诗的独到认识。黄孝纾的《黄山谷诗》选注，在选篇和注释方面均不乏特点，这在该书的《导言》中有最为集中的体现。黄庭坚诗歌学习杜甫，这在当代学术界几乎已是常识，对此黄孝纾也没有异议。但他却能站在诗人的立场，对黄庭坚诗歌的艺术特点有更细微的体会。

　　　　虽然，山谷诗大体固以学杜为本，但其谋篇用韵，实兼韩愈孟郊之长，融会贯通。故于杜甫则得其骨骼，其立意立言，力求沉着，有"一唱三叹"之音。于韩愈则得其恣肆博大，有"匠石断垩，运斤成风"之妙。于孟郊则得其奇险，炼字妥帖排纂，而不流于怪癖。④

---

① 《欧阳修词选译·前言》，第14页。
② 《欧阳修词选译·前言》，第17页。
③ 参袁行霈主编《中国文学史》第三卷，高等教育出版社1998年版，第35—36页。
④ 《黄山谷诗·导言》，商务印书馆1934年版，第2页。

指出黄庭坚诗能融会贯通，博采众家之长，并分别列举《登快阁》、《送王郎》等 17 首；《汴岸置酒赠黄十七》、《留王郎》、《次韵张询斋中春晚》、《寄黄几复》等 23 首；《戏答俞清老道人寒夜》、《过家》、《以小团龙及半挺赠无咎并诗用前韵为戏》等 21 首，以说明这些诗歌为学杜、学韩与学孟"而得其神似者"。① 这些诗歌也是列入选本的主要诗篇，一方面说明了诗篇入选的原因，另一方面则对读者把握诗歌的艺术特点和风格有指点门径的作用。《导言》与诗选可谓结合紧密，相得益彰。这两点，即对黄庭坚诗歌艺术师承与特点的分析，及《导言》与诗选之间的相互配合，同样与作者深谙创作甘苦的文学敏感分不开，对我们今天的学术研究而言，也仍然是值得深思和借鉴的。

以上三个方面，分别与黄孝纾创作所涉及的文、词与诗三个领域相对应，而都能体现出黄孝纾因作家身份而在学术研究中所具备的独特视角。具体而言，他对相关作家、作品及文学史现象的认识，不仅显示出其知识渊博和见解独到，也明显体现出他深谙创作甘苦和诗人型学者的特点。其中的某些观点，直至今日仍不乏启示意义。②

黄孝纾生当新文化运动风起云涌的时代，却究心于古典之学，凭借其过人的才气，在诗、文、词、赋，乃至书、画方面，均达到了相当高的水平，其骈文与山水诗词，尤具特色，在文学史上应有一席之地。其学术研究，虽主要以通俗性的作品选注为主，但特色鲜明，见解独到。虽然因与时代潮流相左，在其生前不免曲高和寡，赏音者少；身后亦知者寥寥，几被遗忘。但令我们欣慰的是，随着近年来国学的复兴，关注像黄孝纾一样被长期冷落的学者文人，考证其生平，整理其文集，对他们进行系统的研究和重新评价，已成学界的新动向。这是黄孝纾先生之幸，也昭示着理性的回归与学术的昌明。

---

① 《黄山谷诗·导言》，商务印书馆 1934 年版，第 2—5 页。
② 黄孝纾在楚辞研究方面也很有特点，读者可参考王培源《一份尘封的〈楚辞研究〉——简说黄孝纾先生的〈楚辞研究〉》，《中国楚辞学》第十辑，学苑出版社 2007 年版。

黄公渚与周至元交游考①

周至元（1910—1962）原名式址，又名式坤，号懒云，自称伴鹤头陀，即墨县即墨镇坊子街人，晚年迁居青岛。黄孝纾（1900—1965），字公渚、頵士，号匑庵，别号霜腴、辅唐山民等。祖籍福建省闽侯县（今福州市）人，12岁随父定居青岛，曾先后两度在青岛山东大学中文系工作20余年。两位先贤皆工诗擅画，酷爱崂山美景，故他们在晚年的交往，也多与崂山有关。可惜黄公渚晚年的手稿在"文革"中被付之一炬，周至元的诗文虽保存较好，但因整理不得法，颇多错谬，故两位先生交游逸事少有人提及。现据相关史料，对此作一简要分析，并对其交游诗文略加疏证，以就教于方家。

一、晚年定交

黄公渚成名较早，早在20世纪20年代，其诗、词、骈文即已卓然名家，山水画造诣也颇高。在1946年第二次到青岛山东大学中文系任教时，他的诗、书、画都达到了很高的境界，有"三绝"之称，在国内非常知名。与他交游者，如夏敬观、龙榆生、瞿蜕园、叶恭绰、张伯驹等，皆为当时名流。② 黄公渚比周至元年长10岁，就现有史料看，二人定交始于1952年。周至元《崂山志·自序》曰：

> 壬辰（1952）之夏，养疴琴冈，药鼎之间，取旧稿加以修订。闻黄公渚先生工古文词，且熟悉崂事，因携书造门就正。先生览竟而嘉之曰："此《华阳》、《武功》二志之继步，胡不

① 本文原刊于《东方论坛》2015年第2期。
② 关于黄孝纾生平、创作及成就可参看拙作《黄孝纾先生生平、创作与学术成就述略》，《文史哲》2008年第4期；《黄孝纾先生诗文创作与治学特点》，《文史哲》2011年第5期。

付诸剞劂，以飨海内，藉为崂山光宠乎？"余唯唯。先生乃力为推荐于出版社。社秉事以此志卷帙浩繁，碍于利权，势不能立即出版。转以崂山导游小册属撰。因为作《崂山名胜介绍》一书，付之刊布行世。而此志之刊印，只得俟诸异日矣。①

可见，1952 年夏的这次"造门就正"是周至元与黄公渚第一次见面，但这并没有影响黄公渚对《崂山志》的推许。他不仅为《崂山志》写了序，还向出版社力荐，虽然当时未能促成此书问世，但周至元《崂山名胜介绍》一书的出版，也与他的推荐有密切关系。在这次拜访之后，周至元写了《呈正〈崂山志〉稿赋感七律二首》，其小序曰："以《崂山志》稿呈正于黄公渚先生，谬蒙奖许，赋此志感。"诗中更是对这一次会面做了深情的记录：

> 荆州拜识幸如何？叔度威仪千顷波。笔意怪藤缠古石，文思快剑斩奔鼍。才兼三绝诗书画，辞具众长词赋歌。莫怪人争山斗仰，眼中耆宿已无多。

> 痼癖烟霞笑我顽，芒鞋踏遍二崂间。一篇稿脱鳌峰老，卅载志成鬓发斑。腕底虽无元道笔，胸中却有米芾山。孙阳启后千金值，声价顿教重海寰。②

前一首开篇即用典。李白《与韩荆州书》说："白闻天下谈士相聚而言曰：'生不用封万户侯，但愿一识韩荆州'，何令人之景慕一至于此？岂不以周公之风，躬吐握之事，使海内豪杰，奔走而归之，一登龙门，则声价十倍。所以龙盘凤逸之士，皆欲收名定价于君侯。"又说："今天下以君侯为文章之司命，人物之权衡，一经品题，便作佳士。而君侯何惜阶前盈尺之地，不使白扬眉吐气，激昂青云耶？"③ "荆州拜识"句，即以韩荆州比黄公渚，暗含了"拜识"黄公渚的无限欣喜。"叔

---

① 周至元：《崂山志》，齐鲁书社 1993 年版，第 5 页。
② 《懒云诗存·杂咏》，周氏子女 2007 年自印本，第 159 - 160 页。
③ ［清］王琦注《李太白全集》，见中华书局，1985 年版，第 1239 页、1240 - 1241 页。

度"，是东汉黄宪的字，他在东汉是一位传奇式的人物，同时代的荀淑、戴良、陈蕃、周举、郭泰等一批名士对他都极为推崇，《后汉书》本传对此有详细的记载。① 其中，郭泰对他的评价是："叔度汪汪若千顷陂，澄之不清，淆之不浊，不可量也。"② 这一句以黄公渚比黄宪，借典故表达了自己对黄公渚的高度敬仰之情。中间四句，写黄公渚绘画"笔意"之奇、诗赋文思之快，"才兼三绝诗书画，辞具众长词赋歌"，尤为典型地概括了黄公渚博采众长、艺擅多门的艺术修养，堪为黄氏知音。末二句照应开头两句，总结全诗，以泰山、北斗对黄公渚的成就给予了高度的评价。

后一首，是说自己有酷爱崂山的"烟霞痼癖"，不仅足迹踏遍"二崂间"，而且矢志不渝用 30 年的时间完成了《崂山志》。"元道"当为"道元"之误。郦道元（约 470—527），字善长，北朝北魏地理学家、散文家。他的《水经注》文笔生动隽永，既是一部内容丰富的地理著作，也是一部文字优美的山水散文集。北宋米芾能诗文，擅书画，绘画自成一家，创立了"米点山水"（或称"米氏云山"）。周至元在此以郦道元、米芾自比，"腕底虽无元道笔"，是对自己文笔的自谦；"胸中却有米芾山"，则流露出他在绘画方面的自负。"孙阳"为伯乐本名，末二句仍归结到黄公渚，意谓得到黄公渚的推举奖掖，自己的《崂山志》必能身价百倍，为海内学人所重。

从这两首诗可以看出，周至元对黄公渚的敬重是发自内心的。而黄公渚对他的《崂山志》也非常看重，称其为"《华阳》、《武功》二志

---

① 《后汉书》卷五十三《黄宪传》传末论曰："黄宪言论风旨，无所传闻，然士君子见之者，靡不服深远，去玭吝。将以道周性全，无德而称乎？余曾祖穆侯以为宪隤然其处顺，渊乎其似道，浅深莫臻其分，清浊未议其方。若及门于孔氏，其殆庶乎！故尝著论云。"见中华书局 1993 年版，第 1745 页。

② 《后汉书》卷五十三《黄宪传》，中华书局 1993 年版，第 1744 页；又《世说新语·德行》说："郭林宗至汝南，造袁奉高，车不停轨，鸾不辍轭；诣黄叔度，乃弥日信宿。人问其故，林宗曰：'叔度汪汪如万顷之陂，澄之不清，扰之不浊，其器深广，难测量也'。""周子居（举）常云：'吾时月不见黄叔度，则鄙吝之心已复生矣。'"余嘉锡《世说新语笺疏》，中华书局 1983 年版，第 4 页、第 3 页。

之继步"，并向出版社力荐。《华阳》、《武功》，指晋人常璩《华阳国志》、明人康海《武功志》，这两部地方志，历来备受赞誉，被公认为中国地方志的典范之作。因此，这是相当高的评价。在《〈崂山志〉序》中，黄公渚也说：

> 即墨周至元先生，今之积学士也。家于山麓，息焉游焉，履綦所踬，靡幽弗届。贞珉荒碣，故书雅记，搜疏纂录，积稿盈篋。其间，村落里程之沿革，山川河流寺观之兴替，人文物产之殷赈繁衍，考诸图经，诹诸故老，参以目验，搇铋刬缉，要删至当，成书若干卷。杀青将竟，问序于余……君敬恭桑梓，留心国故，尝助桐庐袁道冲先生修《胶澳志》。因得踵事裒集，别录成斯志。抱残守缺，捃辑于兵燹之余，深心隐衷，固非浅者所能测。毋亦二崂之秘，遭逢时会，将藉君书而显欤？①

从中也可看出，黄公渚对周至元及其《崂山志》是给予了高度肯定的。这篇序在齐鲁书社 1993 年版的《崂山志》中冠于篇首，序末有"癸巳（1953）夏日辅唐山民黄公渚匔庵氏拜撰"的落款，说明黄公渚是在一年后完成了这篇序言。两位先贤就是以崂山为媒介而定交，并从此开始了晚年的交往。

二、诗文往来

1952 年定交之后，周至元与黄公渚往来颇为频繁。周至元有《就黄公渚闲话》。诗曰：

> 年年除却访青山，便向君斋数往还。我是病多公是石，年来共得一身闲。②

此诗写作年代不详，在《懒云诗存·杂咏》中，列于《琴冈》第二首，

---

① 周至元：《崂山志》，齐鲁书社 1993 年版，第 1 页。
② 《懒云诗存·杂咏》，周氏子女 2007 年自印本，第 141 页。

其前一首为《寄居西镇杂咏二首》，后一首为《己亥仲秋对月有感》。己亥为 1959 年，据此，当为作者 1952 年至 1959 年间与黄公渚交往的实录。首二句，写出诗人自己的兴趣所在，"访青山"实即主要指游历崂山。周至元自称有"烟霞痼癖"，到了晚年，除了"访青山"之外，每年"数往还"于黄公渚府上，论学晤谈，成为他与"烟霞痼癖"并列的另一爱好。可见周至元心目中对于与黄公渚交往的重视。也可看出二人晚年交往的频繁。第三句"公是石"，典出米芾事迹。《宋史·米芾传》曰：

> 无为州治有巨石，状奇丑，芾见大喜曰："此足以当吾拜！"具衣冠拜之，呼之为兄。又不能与世俯仰，故从仕数困。①

此事又见于宋人费衮《梁溪漫志》与叶梦得《石林燕语》。

> 米元章守濡须，闻有怪石在河壖，莫知其所自来，人以为异而不敢取。公命移至州治，为燕游之玩。石至而惊，遽命设席，拜于庭下曰："吾欲见石兄二十年矣！"言者以为罪，坐是罢去。其后竹坡周少隐过是郡，见石而感之，为赋诗，其略曰："唤钱作兄真可怜，唤石作兄无奈贤？望尘雅拜良可笑，米公拜石不同调"云。②

> （米芾）知无为军，初入州廨，见立石颇奇，喜曰："此足以当吾拜"。遂命左右取袍笏拜之，每呼曰："石丈"。言事者闻而论之，朝廷亦传以为笑。③

可知，所谓"公是石"，当包含这样几层含义：一是借"此足以当吾拜"、"呼之为兄"，表达尊黄公渚为兄，对他格外敬重之意；二是从"吾欲见石兄二十年矣"，流露出与黄公渚相见恨晚之情；三是借米芾书画才华，傲世情愫，赞扬黄公渚的艺术才能和人格魅力。末句"共得

---

① 《宋史》卷四百四十四《文苑传六·米芾传》，中华书局 1977 年版，第 13124 页。
② ［宋］费衮《梁溪漫志》卷六《米元章拜石》，上海古籍出版社 1985 年版，第 71 页。
③ ［宋］叶梦得《石林燕语》卷十，中华书局 1984 年版，第 155 页。

一身闲"，则照应题目中的"闲话"及第二句的"数往还"，进一步写
出二人"往还"的内容和前提。

　　此诗所透露的二位先贤往来密切的信息，在周至元的另外两组诗
中，也得到了印证。一组是《黄公渚〈崂山胜览〉题词四首》：

　　　　乱来赢得一身闲，杖履二崂日往还。结得一般猿鹤侣，蓬
　　莱何必列仙班。（其一）

　　　　海上鳌峰景胜赊，辅唐词客依为家。谪仙去后无高咏，仙
　　句又传餐紫霞。（其二）

　　　　名山随处任徜徉，选胜搜奇屐齿忙。岭上松风涧底月，闲
　　来掇拾入奚囊。（其三）

　　　　新诗百首足传留，胜迹还兼一卷收。我亦烟霞有痼癖，杖
　　藜何日伴公游。（其四）①

这一组诗，《懒云诗存·杂咏》作《崂山胜览题词四首》，②并在诗末注
曰："后一首黄公渚教授著"；《周至元诗文选》作《崂山胜览》，共五
首。其第五首曰："不入崂山已十秋，摩挲蜡屐几夷由。于今披读山游
记，惹我连朝凝远眸。"下注："蓝水拜题后一首。"③ 三个版本相比较，
当以上引《黄公渚〈崂山胜览〉题词四首》（以下简称手迹本）为优。
这不仅因为《周至元崂山名胜画集》是周至元去世前亲自编定，也因
为从组诗标题到内容，都可看出手迹本比另外两个版本更接近事实。

----

　　① 周至元手迹，末题"即墨后学周至元拜题"，《周至元崂山名胜画集》，《青岛画报》
2004 年编辑印制，第 64 页。
　　② 按当作《〈崂山胜览〉题词四首》，"揭来赢得一身闲，短策二崂日往还。占得人间清
静福，蓬莱何必列仙班。"（其一）"海上鳌峰景物赊，辅唐词客依为家。青莲去后少人继，妙
句又传餐紫霞。"（其二）"芒鞋布袜任徜徉，泉石看君成膏肓。涧底松风岭上月，兴来掇拾满
奚囊。"（其三）"新诗百首足风流，胜迹名山一卷收。我亦烟霞有痼癖，几时杖履伴公游。"
（其四）《懒云诗存·杂咏》，周氏子女 2007 年自印本，第 144 页。
　　③ 《崂山胜览》第一、二首与《懒云诗存》同，三、四首作"雅怀一笑入苍茫，索隐探
奇屐齿忙。涧底松风岭上月，闲来掇拾满诗囊。""诗情潇宕见风流，胜迹名山一卷收。我亦
烟霞有痼癖，几时杖履伴公游。"又有第五首："不入崂山已十秋，摩挲蜡屐几夷由。于今披
读山游记，惹我连朝凝远眸。"下注："蓝水拜题后一首。"《周志元诗文选》，周氏子女 1999
年自印本，第 72 – 73 页。

黄公渚先生有《劳山纪游百咏》，^① 共一百首七绝，收入其《劳山集》第二部分《劳山纪游集》，列于开头部分，诗前小序曰：

> 癸酉（1933）乙亥（1935）间，余逭暑劳山饭店，时偕岳子廉识，遍游山中名胜。道途听经，参诸志乘，询之父老，每有所得，记以小诗。日积月累，得七绝乙百章，并图其迹，以当卧游。^②

周至元组诗第四首所谓"新诗百首足传留"，讲的应当就是这一百首纪游诗。黄公渚 1962 年 7 月油印本《劳山集》（词部分）跋语曰：

> 《劳山集》者，翱庵汇订旧作，作劳山游记及诗、词，都为三卷。"纪游诗"业于 1952 年印行。词一卷，久庋行箧，比以朋好索阅，懒于迻录，爰付油印，藉正方雅。……游记一卷，迻写未竟，将以俟诸异日耳。一九六二年七月翱庵附识。

由此可知，印行于 1952 年的"纪游诗"有可能也是油印，当 1962 年《劳山集》（词部分）付印时，"游记部分"尚未整理完毕。按《劳山集》卷尾有黄公渚弟子王则潞于 1963 年春所作跋语，该书即印行于 1963 年。集中词及游记部分，颇多同代名家题词和评点，但《劳山纪游集》，即纪游诗部分，却没有评点。上述词部分的跋语，也未收入集中。这说明，1963 年刊印的《劳山集》纪游诗部分应当是直接采用了 1952 年印本，而没有像词合游记部分一样，再增加诸家评点。从周至元组诗题目看，他所看到的很有可能是不包括其他纪游诗的《劳山纪游百咏》单写本，^③ 这一组诗或曾命题为《崂山胜览》，而《劳山纪游百咏》则当为黄公渚 1952 年编印《劳山集》纪游诗部分时确定的名称。

---

① 按文中所引原文作"劳山"者，仍依其旧，其余则依现在习惯作"崂山"。
② 黄孝纾：《劳山集》，香港王则潞 1963 年印本，第 69 页。
③ 笔者案：黄公渚门人王则潞《劳山志跋》说《劳山集》有"诗 137 首"，实则《劳山纪游集》中除《劳山纪游百咏》100 首七绝外，另有 30 题，其中《志俊于劳山佛耳崖置别业艺蔬种树有归隐之志乙亥秋招同伯明暨弟往游赋赠主人》为五古二首，《癸巳初秋偕同丛碧、慧素、孝同、元白、宏略，雨中游劳山，自北九水至鱼鳞瀑途中书所见》为七律八首，共计 138 首。

当然，实际情况是否确实如此，还有待进一步考证。

又今存《劳山集·劳山纪游集》部分，开头有四首题词，黄云眉、叶恭绰、周志俊所作均不署年月，其中仅张伯驹题词注明作于丁酉秋日，即1957年,[①] 应是《劳山集》刊印时补入的。虽然不知何故，周至元《黄公渚〈崂山胜览〉题词四首》没有补入《劳山集·劳山纪游集》卷首，但就标题而言，这一组诗肯定是对黄公渚"新诗百首"的题词，而不是单纯的咏崂山之作。为了方便比较，现将三种版本改动最大的几句列表如下。

	崂山名胜画集	懒云诗存	周至元诗文选
第一首	结得一般猿鹤侣，蓬莱何必列仙班。	占得人间清静福，蓬莱何必列仙班。	占得人间清静福，蓬莱何必列仙班。
第三首	名山随处任徜徉，选胜搜奇屐齿忙。	芒鞋布袜任徜徉，泉石看君成膏肓。	雅怀一笑入苍茫，索隐探奇屐齿忙。
第四首	新诗百首足传留，胜迹还兼一卷收。	新诗百首足风流，胜迹名山一卷收。	诗情澹宕见风流，胜迹名山一卷收。

从表中可以看出：其一，从《周至元诗文选》中第四首的前两句，应是最早的稿本。《懒云诗存》的改动，是为了更切近黄公渚七绝百首。其二，因为第三首第一句改为"名山随处任徜徉"，为了避免重复，手迹本第四首的第二句将"胜迹名山"改作"胜迹还兼"。其三，第一首首句的改动，则是为了与黄公渚游山的实际更切近。前引黄公渚《劳山纪游百咏》小序，提到他与岳廉识一同游山，其实常与黄公渚同游的友朋有一大批，他们在黄公渚的《劳山集》中都是有名有姓的，如《东海劳歌》中的《戚氏》小序曰：

甲戌（1934）丁丑（1937）间常携张子厚、路金坡、赵孝陆、张季骧、邹心一，从雕龙嘴入山，遍游诸名胜……

---

① 黄孝纾：《劳山集》，香港王则潞，1963年印本，第65—68页。

这些人，包括《劳山集》中出现的其他同游者，① 都应该属于黄公渚游览崂山的"猿鹤侣"。

从上述三点可知，《黄公渚〈崂山胜览〉题词四首》的三种版本，《周至元诗文选》本当为最早的稿本，《周至元崂山名胜画集》中的手迹本才是最后写定本。从稿本到最后定本，除了文辞的推敲外，从第一首和第四首首句的修改，还可以看出周至元对黄公渚的了解及他们交往的深入过程。

黄公渚自号"辅唐山民"，第二首中的"辅唐词客"是对他的另一种称呼。第二、三首都是说他在崂山"选胜搜奇"，并有堪与李白诗歌媲美的新诗佳句。至于《懒云诗存》中将第四首断为黄公渚之作，不知编辑者有何依据，从上面的分析来看，这一首也应是周至元所作，"我亦烟霞有痼癖，杖藜何日伴公游。"是他自称有"烟霞痼癖"，"公"当指黄公渚而言。而《周志元诗文选》中所录第五首，倒可能真是蓝水所作。蓝水与周至元为从小过从甚密的挚友，二人都能诗并喜爱崂山，蓝水完全有可能在周至元处读到黄公渚的《崂山胜览》（《劳山纪游百咏》）并题诗一首。②

此外，黄公渚《劳山集·辅唐山房猥稿》所收游记 13 篇，每篇末均有当时名家的评点。其中前 11 篇作于 1931 年至 1936 年，排在最后的两篇，《内九水游记》作于 1953 年，有周至元评曰："山游遇雨，兴趣最佳。此篇写雨中景色，尤为淋漓尽致。"《白云洞记》作于 1956 年，也有周至元评曰："登临怀旧，情思缠绵凄恻，游记中之变调也。"③ 可见，黄公渚对周至元的评点是很重视的。从实际情形推测，黄公渚也应当有写给周至元或写周至元的诗歌，可惜的是，他未收入

① 这些同游者或从外地来游，或寓居本地，如蔡元培、张伯驹、潘素、谭延闿、刘福姚、启功、闵孝同、王乃徵、吕美荪、袁道冲、紫垣道人、胡鹏昌等，都是当时名人。
② 按蓝水：《劳山百咏》中未见此诗。参崂山县县志办公室编：《崂山古今谈》，青岛日报社印刷厂印刷 1985 年版，第 148—253 页。
③ 黄孝纾：《劳山集》，香港王则潞 1963 年印本，第 132、135 页。

《劳山集》的晚年诗文，多毁于焚书的大火之中，我们恐怕已难知其详。

三、画艺交流

周至元为黄公渚的组诗题词，反映出他们在诗歌创作方面的相互欣赏。而另外一组诗歌则体现了他们在绘画方面的交流，这就是周至元的《题谢黄、杜二公为〈崂山画册〉染翰》。这组诗有序曰："辛丑（1961）初夏，以《崂山名胜画册》征黄公渚、杜宗甫两先生染翰，二公俱为绘巨峰一幅于上。敬赋诗四绝，以志申谢。"

　　　　照眼云山翠作堆，霞光蜃气接崔嵬。二崂无限峦峰好，都付先生画稿裁。（其一）

　　　　万仞悬崖千叠松，白云高处少游踪。知公胸次海天阔，独写鳌山第一峰。（其二）

　　　　似此洞天胡不归，招邀鹤侣上翠微。感君情谊比山重，一笑烟云为我挥。（其三）

　　　　蓬莱方壶渺难攀，独擅奇观海上山。从此二劳传更远，常留图画在人间。（其四）①

据序言可知，这一组诗作于 1961 年夏天，诗题中提到的《崂山名胜画册》，即周至元子女于 2004 年编印的《崂山名胜画集》。② 组诗序中所提到的"二公俱为绘巨峰一幅"，现均保存于《崂山名胜画集》中。其中，黄公渚《崂山巨峰图》题款为"巨峰为劳山主峰气势绝雄伟至元先生印可匑庵"。杜宗甫《崂山巨峰图》题款为"从铁瓦殿远望巨峰，辛丑（1961）初夏为至元先生雅属，杜宗甫"。黄公渚画未署年月，据

---

①　组诗及序均见《懒云诗存·杂咏》，周氏子女 2007 年自印本，第 159 页。

②　从《题谢黄、杜二公为〈崂山画册〉染翰》组诗序来看，这个画集按照周至元原定的名称应该就叫《崂山名胜画册》，《崂山名胜画集》的扉页上有高小岩先生的题签，也作"周至元崂山名胜画册"。

组诗序及杜宗甫作画的时间，也当作于同时。周至元这一组诗，即为这两幅巨峰画而作。

因为是作画在先，题诗在后，如将绘画与诗歌对照，可以发现，诗歌是在对画境进行描述的基础上又有升华。组诗每一首中的前两句，主要是对画境的描摹，"照眼云山翠作堆，霞光蜃气接崔嵬"、"万仞悬崖千叠松，白云高处少游踪"、"似此洞天胡不归，招邀鹤侣上翠微"、"蓬莱方壶渺难攀，独擅奇观海上山"，都很好地写出了画中意境，而每一首中的后两句，则以赞美黄、杜二公的才华和表达自己的感谢为主。

《崂山名胜画集》中保存的其他友人赠画，创作时间大致集中于1959年到1961年，如黄公渚《天门峰图》，作于1959年；刘凤翔《崂山太清宫》，作于1960年；赫保真《名山著书图》及《高峡出平湖》均作于1961年7月，而据周至元《题刘凤翔先生绘〈天下名山胜景图画册〉》和《题赫抱真先生〈崂山记游画册〉》二诗的序言，周至元与刘凤翔相识于1960年春，与赫抱真相识于1961年夏。周至元仙逝于1962年2月，这说明他在去世前的一两年里，正致力于编辑《崂山名胜画册》。在赠画的几位师友中，刘凤翔、赫抱真算是新结识的朋友，但他与黄公渚相识于1952年，是已有近十年交往的老朋友。而将他上述两首题画诗与写给黄公渚的《呈正〈崂山志〉稿赋感七律二首》相比，则可明显看出，他对黄公渚的敬仰是远在其他几位师友之上的。因此，就现有史料而言，周至元与黄公渚的交往显然更为密切。

总的来看，周至元自1952年与黄公渚相识后，曾多次至黄公渚府上相访晤谈。《呈正〈崂山志〉稿赋感七律二首》，充分体现了他对黄公渚发自肺腑的敬仰。从他为黄公渚《劳山纪游百咏》的题词、对黄公渚崂山游记的评点，及黄公渚为他的《崂山志》作序，并应邀为他的《崂山名胜画册》挥毫作画等，可以看出，他们以崂山为媒，以诗画会友，相互欣赏，惺惺相惜，是各自晚年不可多得的挚友。可惜的是，黄公渚晚年诗文未能保留下来，我们难以看到他笔下的周至元，而这也许是一个永久的遗憾了。

后　记

　　我们对《劳山集》和黄公渚先生的关注始于 2001 年，为完成山东省古籍整理研究项目“《崂山志》整理研究”，我到济南查找资料。当时，除查阅了黄宗昌《崂山志》外，还见到了两个《崂山艺文志》手抄本，一个是藏于山东省图书馆特藏部的原抄本，另一个是藏于山东大学图书馆古籍部的再抄本。因价格太贵，《崂山艺文志》手抄本未能复制出来。但是，在省图的特藏部，我有幸看到了黄公渚先生的《劳山集》（词部分），即《东海劳歌》。这是一个油印本，卷首有黄先生手书“济南省立图惠存　黄公渚敬赠”，卷末跋语最后有“一九六二年七月匔庵坿识”。

　　这是我第一次知道黄公渚，当时只是为他专咏崂山的 137 首词作所震惊。后来，随着对黄先生了解的深入，我先后写过一些介绍黄公渚先生生平、创作和学术研究特点的文章，其中主要的几篇已作为附录收入本书。在撰写这些文章的过程中，又收集到了黄先生的另外一些著作，遂有整理《黄公渚集》的想法，但考虑到其间的种种困难，这项工作迟迟未能启动。大约在 2009 年，我基本收全了《劳山集》词、诗、游记三大部分，初步确定先完成《劳山集》的整理校注。

　　《劳山集》中出现的很多人物，活跃于民国年间，在中国近现代文学史和艺术史上，大都有过不俗的成就。但这些人中有不少是前清遗老，即使年轻一些的也多属于旧文学阵营，而我们以新文化和新文学为主的现当代文学史，往往把他们排斥在外。这就造成了这一批人被遗忘，其生平事迹，甚至字号都不易弄清楚，加之《劳山集》原文无标点，黄公渚诗文又喜欢用典，这些都使本书的校注在无形中增加了难度。因此，近两三年以来，虽然这项工作占去了我们很多的时间，但进展一直比较慢。

全书的校注工作是由我和我夫人苑秀丽教授共同完成的，因为经过了多次的分头工作，然后合并各自初稿，电脑里至今仍保留着好几个不同阶段的合并稿。需要说明的是，本书是由我的研究生冷纪平在国家图书馆代为复印；全书三万余字的作品原文录入，则是我的研究生宋亚莉完成的，她因攻读博士学位和从事博士后研究工作，时间紧张未能参加校注工作。在此对他们的辛勤劳动表示真诚的感谢！

尽管我们费力不少，但鉴于前述原因，仍有少部分人物阙疑待考。已经完成的校注部分，也肯定还存在着这样那样的不足，希望能在将来得到方家的指正。倘能为读者了解黄公渚先生，了解崂山，提供一个通俗易懂的本子，则是我们最大的心愿。

在前些年收集黄先生著作的过程中，我们知道先生仍有后人生活于青岛，也通过各种途径多方寻找，但因为各种原因，一直未能谋面。2014 年夏天，终于联系到黄先生的孙子黄毓璋先生，2014 年 11 月 19日，得与黄毓璋先生见面。晤谈多时，这也是本书写作的一段佳话，特记于此，以为纪念。

本书是青岛市 2014 年度社科规划项目，能在即将完成之际得以立项，首先要感谢规划办对这项研究的重视，感谢相关专家的肯定。贺畅老师是一位非常优秀的编辑，多年前我的另一本书也是由她任策划编辑，本书同样得到了她的大力支持。我也愿借此机会对贺老师表达衷心的感谢。

刘怀荣

2014 年 6 月 6 日

2015 年 1 月 22 日再校

责任编辑:贺　畅

责任校对:史　伟

图书在版编目(CIP)数据

劳山集校注/刘怀荣、苑秀丽 校注. -北京:人民出版社,2015.6
(崂山文化研究丛书/刘怀荣主编)
ISBN 978 - 7 - 01 - 014711 - 6

Ⅰ.①劳…　Ⅱ.①刘…②苑…　Ⅲ.①诗词-作品集-中国-现代
②游记-作品集-中国-研究　Ⅳ.①I216.2

中国版本图书馆 CIP 数据核字(2015)第 069321 号

劳山集校注

LAOSHANJI JIAOZHU

刘怀荣　苑秀丽　校注

人民出版社 出版发行
(100706　北京市东城区隆福寺街 99 号)

北京市大兴县新魏印刷厂印刷　新华书店经销

2015 年 6 月第 1 版　2015 年 6 月北京第 1 次印刷
开本:710 毫米×1000 毫米 1/16　印张:17.75
字数:250 千字

ISBN 978 - 7 - 01 - 014711 - 6　定价:53.00 元

邮购地址 100706　北京市东城区隆福寺街 99 号
人民东方图书销售中心　电话 (010)65250042　65289539